本书由赤峰学院学术专著出版资金资助

外国文学作品中的

女性主义研究

赵伟华◎著

光明日报出版社

图书在版编目（CIP）数据

外国文学作品中的女性主义研究 ／ 赵伟华著 .

北京：光明日报出版社，2025.1. -- ISBN 978 - 7 - 5194 -
8444 - 6

Ⅰ . I106

中国国家版本馆 CIP 数据核字第 2025N9K997 号

外国文学作品中的女性主义研究
WAIGUO WENXUE ZUOPIN ZHONG DE NÜXING ZHUYI YANJIU

著　　者：赵伟华

责任编辑：史　宁　　　　　　　责任校对：许　怡　李海慧
封面设计：中联华文　　　　　　责任印制：曹　净

出版发行：光明日报出版社
地　　址：北京市西城区永安路 106 号，100050
电　　话：010-63169890（咨询），010-63131930（邮购）
传　　真：010-63131930
网　　址：http：// book. gmw. cn
E － mail：gmrbcbs@ gmw. cn
法律顾问：北京市兰台律师事务所龚柳方律师

印　　刷：三河市华东印刷有限公司
装　　订：三河市华东印刷有限公司
本书如有破损、缺页、装订错误，请与本社联系调换，电话：010-63131930

开　　本：170mm×240mm
字　　数：191 千字　　　　　　印　　张：12.5
版　　次：2025 年 1 月第 1 版　　印　　次：2025 年 1 月第 1 次印刷
书　　号：ISBN 978 - 7 - 5194 - 8444 - 6
定　　价：85.00 元

目　录
CONTENTS

女性主义概述

女性主义，作为一个涉及性别平等和女性权益的广泛议题，其理论体系纷繁复杂，涵盖了多个学派和观点。尽管各个流派之间存在着激烈的争论和不同的策略选择，但它们的核心理念是一致的，即追求全人类的性别平等。在审视女性主义时，我们可以发现其理论形态各异，既有激进热烈的主张，也有平和沉稳的探讨。尽管女性主义的理论形态各异，但它们都建立在一个共同的基本前提之上，那就是女性在全世界范围内都遭受着压迫和歧视。这个前提是基于历史和现实的大量证据和观察得出的。从古代到现代，女性在政治、经济、文化和社会等各个领域都遭受着不平等的待遇和限制。例如，女性在许多国家仍然无法享有与男性平等的政治权利和机会，她们在劳动力市场上的地位也往往不如男性，同时还面临着家庭暴力、性骚扰等问题的困扰。为了应对这些不平等现象，女性主义都致力于推动性别平等和消除女性歧视的共同目标，提出了各种理论和策略。其中，一些理论强调女性自身的力量和自我认同，鼓励女性积极争取自己的权益和地位。另一些理论则关注社会结构和文化因素，试图改变社会对女性的刻板印象和偏见，从而消除性别歧视和不平等现象。

女性的第二性地位是一种普遍且持久的现象。这种跨历史、跨文化的普遍存在的社会结构，使得女性在政治、经济、文化、思想、认知、观念、伦理等各个领域都处于与男性不平等的地位。即便是在家庭这样的私人领域中，女性也往往处于弱势地位，她们的权益和声音往往被忽视和压制。

男权制思想根深蒂固，认为男尊女卑的性别秩序是普遍存在的，甚至是不可改变的，因为它是"自然形成"的。然而，女性主义却对此提出了疑问和挑战。女性主义认为，这一性别秩序并非普遍存在，也并非永不改变。它并非"自然形成"，而是由社会和文化人为地建构起来的。在不同的年代和不同的文化中，男性也可能受到压迫，但他们是因为属于某个阶级或阶层的成员而受压迫，而不是因为他们是男性而受压迫。与此不同，女性则因为身为女性而遭受压迫，除了因为属于某个阶级或阶层等原因之外。

由男性主导的社会将女性视为低下的存在，认为她们的地位低于男性。然而，女性主义却主张女性应该通过挑战和改变男性的高等地位来提升自己的地位。历史上有许多革命试图推翻统治集团，但只有女性主义是向男权制本身发起挑战的。女性主义强调女性的权利和平等地位，呼吁社会重新审视和反思性别不平等的根源，以期实现全人类的性别平等。女性主义理论也深入探讨了性别不平等的根源和影响。一些女性主义学者认为，性别不平等是社会和文化建构的产物，它源于人们对男性和女性的刻板印象和期望。这些刻板印象和期望导致了对女性的歧视和压迫，限制了她们的发展和进步。因此，女性主义呼吁社会重新审视和反思这些观念，打破性别刻板印象，推动性别平等。

女性主义致力于消除男女不平等现象，推动全人类的性别平等。它挑战了男权制思想的束缚，提出了女性应该享有与男性平等的权利和地位的观点。为了实现这一目标，我们需要重新审视和反思社会和文化对性别的建构和期望，努力消除性别歧视和压迫。

文学作为人学的一种表现，深刻揭示了人类的文化、现实以及对生存状态的感悟和感受。作为社会现象的反映，文学不可避免地受到了性别不平等的影响，在传统文学中，女性常常被描绘为附属品，其地位受到了严重的忽视和贬低。这种性别不平等的现象不仅影响了女性在社会中的地位，也在文学作品中留下了深刻的印记。在战争年代，女性往往成为战争的牺牲品和战利品。她们可能被迫成为士兵的战利品，被当作物品一样进行交换和贩卖。在这种情况下，女性不仅失去了她们的自由和尊严，而且往往被迫承受着身心的折磨和伤害。这种战争环境下的女性地位，无疑加剧了性别不平等的现象。而在和平时期，社会秩序和统治阶级的意志也对女性地位产生了深远的影响。在许多社会中，女性被视为男性的附属品，她们的存在往往被限制在家庭和私人领域。这种观念导致女性在政治、经济、文化等各个领域的机会和权利受到限制和剥夺。统治阶级往往通过法律、道德和文化等手段，进一步强化这种性别不平等的观念，使女性在社会中的地位更加边缘化。

在这样的背景下，文学作为社会现象的反映，也不可避免地受到了这种性别不平等的影响。在文学作品中，女性形象往往被描绘为柔弱、依赖、被动的存在，而男性则被塑造为强大、独立、主动的形象。这种性别刻板印象的塑造，不仅限制了女性形象的多样性和丰富性，也进一步强化了性别不平等的观念。女性往往被视为男性的私有财产，这种观念在文学作品中比比皆是。例如，在《伊利昂纪》浓墨重彩的特洛伊战争中，海伦被描绘为战争的导火索，敌对双方为了争夺她而展开了一场长达十年的战争。这种描绘不仅是对女性的侮辱，也是对战争的扭曲和美化，不仅忽略了战争的真正原因，也将海伦作为一个被动的角色，进一步加剧了性别不平等的现象。除了战争场景外，女性在传统文学中也常常被描绘为男性的附庸，缺乏独立自主的权利。在文学作品中，女性常常被描绘为柔弱、依赖性强的形象，缺乏独立思考和行动的能力。这种描绘不仅是对女性的歧视，也是对女性角色的刻板印象。

事实上，女性同样具有独立思考和行动的能力，她们在社会中也发挥着重要的作用。随着社会的进步和女性地位的提高，文学作品中对女性的描绘也在逐渐改变。现代文学作品中，女性角色的形象更加多样化，她们不再是被动的、附属的角色，而是具有独立思考和行动能力的个体。这种变化不仅反映了社会对于女性地位的认可和尊重，也为文学作品的丰富性和多样性做出了贡献。随着社会的进步和女性地位的提高，越来越多的女性开始参与到文学创作中来，她们的作品也逐渐得到了更广泛的认可和关注。

尽管如此，我们仍然需要认识到性别不平等的历史和现实影响，以及它们在文学中的反映。只有这样，我们才能更好地理解女性在社会中的地位和角色，以及她们在文学中的独特贡献和价值。在人类历史的漫长河流中，男权社会的统治始终如一座沉重的巨石，压迫着女性追求自我价值和幸福的道路。然而，无论统治阶级如何精心设计并强化那些带有浓厚男权色彩的道德伦理和社会秩序，女性的贡献和影响始终无法被彻底遮掩。她们以不屈不挠的精神，彰显自己的权利，坚定地追求着属于自己的幸福生活。

在男尊女卑的社会背景下，女性所取得的成就经常被忽视甚至被异化。这一点在早期的文学作品中表现得尤为明显，如最早出现的女性主义作品《美狄亚》。这部作品以其独特的视角和深刻的内涵，揭示了女性在男权社会中的困境和抗争，然而，在男性主导的文化背景下，它往往被边缘化甚至被误读。

古希腊三大悲剧作家之一欧里庇得斯所著的《美狄亚》，是著名的悲剧作品，文中描写美狄亚为了爱情而背叛祖国，杀弟叛父，后又遭受丈夫伊阿宋（伊俄尔科斯城邦国王埃宋的儿子）的遗弃，无依无靠，成为彻彻底底的失败者、飘零者，在那个女性权益没有任何保障的男权社会，只能采取极端恶毒的方式——杀子，以及毒杀丈夫的未婚妻，断绝丈夫所有的希望，当然也把自己弄得众叛亲离，孤苦余生，美狄亚的狠毒与决绝可见一斑。美狄亚为了成全心上人伊阿宋的愿望，盗取自己国家的镇国之宝——金羊毛，杀弟绝父，抛家舍业，远离故土，把所有的希望都放在了伊阿宋身上。可伊阿宋并非可以托付终身之人，美狄亚遭遇了伊阿宋的背叛，毅然决然地毁掉伊阿宋所在意的一切：未婚妻、国王、孩子，骑龙绝尘而去，逼得伊阿宋狂怒不已，癫狂至极，又无可奈何，只能拔剑自刎，以死谢罪。美狄亚是狠毒的，也是决然的，胆大妄为，无法无天，因爱生恨，让人望而生畏，不寒而栗。

就推动人类文明的进程而言，在一定程度上，美狄亚为捍卫自己的婚姻而选择的一系列的复仇行动在维护一夫一妻的婚姻制度层面有其正义性和正确性，虽然手段过于残忍，行为有待商榷，但同时也说明了人类社会在文明初始阶段，女性在捍卫自己的权利、捍卫自己的婚姻不容他人侵犯的过程中，付出极为惨重的代价。

不同于中国传统女性的矜持、羞怯和被动，美狄亚对伊阿宋一见钟情，便一发不可收，也开启了她的人生悲剧。美狄亚系出名门，是太阳神的后裔，是科尔喀斯岛的公主，智慧美丽，本领高超，深得父皇的宠爱和器重，可谓集万千宠爱于一身。

后被迫与伊阿宋逃亡他乡，他们两人美满和谐地生活了七年。当得知伊阿宋忘恩负义，抛弃自己后，一时无法接受，也无法遏制自己的愤怒，嘶吼谩骂，诅咒威吓，国王克瑞翁知道后，下令立即驱逐美狄亚。这时美狄亚才变得理性一点，哭求克瑞翁，得到一天的宽限。美狄亚的复仇大计在这一天得以施展。她放低姿态，假意逢迎伊阿宋，承认自己因妒生恨，但为了孩子，愿意祝福他们，并让自己两个儿子送给公主精美的礼服和皇冠，以换得儿子不被驱逐。所有人都被她蒙蔽了，送给公主的礼服和皇冠都浸泡了毒液，公主死得面目全非，死无全尸，国王克瑞翁救女心切，也沾染了毒液，一并死去。美狄亚一方面怕仇人报复儿子，一方面让伊阿宋品尝背叛的苦果，于是亲手杀死两个儿子，让伊阿宋断子绝孙，后继无人，给伊阿宋的人生带来无尽的黑暗、绝望和苦闷。在夫妻两人的对骂中，美狄亚坐着龙车飞离。凶狠的美狄亚也因此四面楚歌，让人望而生畏，没有人、没有国家敢收留她。后来她回到家乡，与父亲和解，帮助父亲夺回王位。美狄亚又从终点回到起点，百转千回，依然原地，只是初心已逝，命运多舛。

美狄亚实属狠毒，她心狠手辣，却也把自己生命的悲歌唱得铿锵有力，振聋发聩，她的狠毒是决绝，是玉石俱焚、同归于尽。她彻底断了伊阿宋的念想，以断子绝孙的凄惨代价让负心汉伊阿宋后悔不已，无路可走，而她自己亦付出了惨重的代价。她本是一个敢爱敢恨、为爱情赴汤蹈火的奇女子，众星捧月，高高在上，只为了一个流落他乡、空有抱负、徒有虚名的伊阿宋便舍弃家乡，背叛父王，杀害兄弟，使命运之神给予她的荣华富贵、幸福生活付诸流水，空有一身本领，却无处施展。若美狄亚是一个普通女子，断然没有本事让自己翻盘。可美狄亚是一个武功奇高又会巫术的女子，怎能甘心忍受被抛弃的凄惨结果？在复仇大计的顺利实施下，丈夫的如意算盘落空，美狄亚也出尽胸中恶气。当然，她也背负了丧子之痛、狠毒之名，无一处地方、一个男人愿意接纳如此恶毒的女人，所以美狄亚像一个飘零者一样浪迹天涯，心无所依。

虽然狠毒，但读者仍深深地被美狄亚所打动。美狄亚为爱情不惜一切代价的艰难抉择和毫无保留的付出、为报复而坚定不动摇的信念、不畏惧一切强敌的决心和勇气，与儿子永别的伤心欲绝与毫不退缩都让人为之动容，长歌当哭，势不可当。美狄亚的表现令人感叹、震惊，但也暴露出时代痼疾——女子难以把握住自己的命运，被抛弃、被凌辱是常态。《美狄亚》像一面镜子，照出了男人的功利、薄情、自私，亦照出女人遭遇背叛后置之死地而后生的决绝与坚定，打响了女性捍卫自己尊严、权益、地位的第一枪。

鲁迅先生笔下的女性形象通常都是酸楚的。阿 Q 和祥林嫂同是底层最穷苦的人，衣食没有着落，困苦不堪，可最后让他们走上绝路的不是贫穷，而是精神的麻木和盲目。相较于女性祥林嫂，男性阿 Q 还有些许独立的自我意识，有聊以自慰的精神胜利法，没有出路时，还可以选择进城自谋出路，而祥林嫂却是更加麻木和盲目的。

祥林嫂是不幸的，出场就是新寡，无依无靠，幸而还能靠自己的体力养活自己，她原是偷跑出来的，婆婆把她绑了回去，又把她卖到了大山里再次嫁为人妇。贞洁对当时的女人而言是比生命还重要的，所以祥林嫂拼命抵抗，以死抗争，但即使是死也不是她能说了算的，依然被强为人妇。聊可安慰的是，虽身不由己，但嫁的男人还不错，待她也不错，只可惜天公不作美，悲剧再次上演，丈夫病死，儿子阿毛被狼吃了，孤苦伶仃、无依无靠的她又被大伯撵了出来，一无所有，身无分文，只能选择再回到鲁四老爷家，祥林嫂再寡。初寡让人可怜，再寡就是克夫，再醮的女人被视为不祥，神鬼都是嫌弃的，所以平时忙得手脚不得闲的她在祭祀中竟无事可干，内心深处也认同周边人对自己的看法，也认为自己晦气，所以当听说往庙里捐一个门槛就可以摆脱死后下地狱、自己被分为两半的命运时，她忙去庙里捐献，在百般祈求终于得到允诺后，花费了她一年多的工钱为自己捐了个替身，她高兴地以为自己和其他女人一样了，没有想到冬至的祭祖彻底打破了她幻想中的愿望，她一样还是那个再醮了的女人，她的人生一下子就幻灭了。生无可恋，精神恍惚，萎靡不振，忘东忘西，终至沦为乞丐。即使这样，她最关心的问题仍然是有没有地狱，她死后会不会下地狱。何其悲惨，何其可怜，何其可悲！

是祥林嫂自己的问题吗？是因为她愚昧封建吗？是因为她恪守封建迷信吗？绝对不是，是吃人的礼教，是统治阶级的荼毒，让女子自轻自贱，没有身份，没有地位，没有自我，自始至终处于被奴役的地位。身处无依无靠的境地，觉得是因为自己的原因，觉得是自己不吉利，觉得是自己把丈夫克死了，罪责深重，甚至逼不得已被人强嫁也是自己的问题！

　　文学作为反映社会和人性的镜子，也开始更多关注女性角色和她们的生活。越来越多的作家用他们的笔触描绘女性的内心世界和生存状态，打破传统的女性形象，塑造出更加立体、多元的女性角色。在这个过程中，女性主义文学逐渐兴起。它不仅关注女性的地位和权益，更深入挖掘女性的情感世界和精神追求。通过文学作品，女性主义作家展示了女性的坚强、独立和自主，揭示了社会对女性的偏见和压迫，呼吁人们重新审视女性的价值和地位。传统的女性主义具有女权主义中人权的抗争因素，批判传统思想和道德秩序，强调女性的平等权利和地位，探讨文学史中女性意识、女性形象，关注女作家的创作，关注男性作家作品中所呈现的具有女性主义特征的女性形象等，重在以男性的视角展现对女性的压迫和压抑。

　　女性主义文学不同于女性文学史，本书所选取的作家作品强调从女性视角看待问题，注重女性自身感受，关注女性的立场，不仅有女性主人公，也有和女性一样处于被歧视、处于弱势地位的男性主人公。本书对所选取文本进行重新梳理，发掘彰显女性特点的痕迹，把握作品细节，从女性的需求出发，解读女性的真正情感需求和对生活的真切向往。本书以女性的阅读视野为本，彰显女性魅力，突出女性的本质追求，关注女性的本质需求，凸显女性母题的不朽魅力。《简·爱》中同名主人公简·爱自我意识的觉醒和对阶级优越感的强烈反抗，《呼啸山庄》中希刺克列夫对自我地位认识的清醒和随之而来的对贵族阶级门第、地位、立场等的决绝反抗、报复，《飘》中斯嘉丽打破了女性为第二性的传统认知，虽为人女、为人妻、为人母，却依然在以男性为主导的社会秩序中赤手空拳开创属于自己的产业王国，追求自己的爱情，保障自己的权利，快意人生，自由自在……以上种种都表明了女性自我意识的觉醒，无形地彰显了对自我权利的追求和捍卫，表达了她们强烈的自我需求，突破了传统的道德伦理、阶级秩序，以她们为榜样，女性在自我突破的道路和解放的道路上不断前进，奋斗不息。

　　女性意识的觉醒是对男性为主导的社会的反抗，是对男性统治秩序的抗争。尽管女性在男权社会中面临着种种困境和挑战，但她们始终坚守着自己的信念和追求。她们不屈不挠地争取自己的权利，努力追求自己的幸福生活。这种坚韧和勇气，不仅让女性在困境中焕发出独特的光彩，也为社会的进步和发展注入了强大的动力。因此，我们应该重新审视女性在历史和社会发展中的贡献和影响。我们应该尊重女性的权利和需求，为她们创造更加平等和公正的社会环境。

第一章

彰显自我的权利

自 19 世纪起，女性逐渐从沉睡中觉醒，开始深刻反思自己的权利和地位问题。在那个时代，女性常常被视为家庭的附属品，其社会地位和权利被严重忽视。然而，随着社会的进步和人们思想的开放，越来越多的女性开始勇敢地站出来，为自己和其他女性争取应有的权益。

这一觉醒的过程并非一蹴而就，而是经历了漫长而艰辛的斗争。从最初的小范围抗议活动，到后来的全球性运动，女性主义逐渐发展成为一股不可忽视的力量。它不再仅仅是一种口号或理念，而是深入社会的各个角落，影响着人们的思维和行为方式。

女性主义的核心思想是追求男女权利平等，它强调女性应该享有与男性同等的权利和机会，无论是在教育、就业还是政治等领域。同时，女性主义也着重于对性别不平等的分析，揭示其背后的原因和影响，它反对任何形式的性别歧视和压迫，致力于推动社会的进步和发展。

在这个过程中，女性主义不仅为女性争取了更多的权益和机会，也为整个社会带来了积极的变化。它推动了性别平等观念的普及，促进了性别平等教育的开展，使得更多的人开始关注并反思性别问题。同时，女性主义也为其他社会运动提供了借鉴和启示，推动了社会整体的进步和发展。

女性主义是一种重要的社会思潮和运动，发展历程漫长而曲折。"女性主义"一词起源于 19 世纪的法国，主张消除性别歧视和压迫，实现性别的平等。女性主义的目标是多元的，包括但不限于以下几方面：消除性别歧视和压迫，保障女性的权利和利益；推动性别平等和相关公正的法律法规的制定与实施；提高女性的社会地位和社会参与度；促进女性的教育和职业发展；

反对种族、民族、阶层之间所存在的歧视、不公现象；等等。简言之，世间存在的一切不公平不公正都是女性主义所反对的。

《简·爱》是英国现实主义女作家夏洛蒂·勃朗特的代表作品，也是彰显女性主义的杰出代表作品，在彰显女性的独立自主、选择的自由、爱情的追求等层面，书中的简·爱感动了无数的读者。在残酷的生活面前，她从未妥协，不屈不挠地与生活抗争。

简·爱是一个坚韧不拔的女性形象，她勇敢面对生活的不幸、困难和挫折，始终坚守自己的个性、原则和信念，不屈不挠地与命运抗争。简·爱的勇气和坚定，使她成为一个真正的英雄，也成为无数读者心中的楷模。在简·爱的身上，我们看到了女性的独立自主和选择的自由。她不依赖任何人，也不受任何人的束缚，她坚信自己有权利选择自己的生活方式和追求自己的幸福。这种坚定的信念和勇气，使她面对生活的种种困难时，始终能够保持镇定和坚定。

简·爱也展现了对爱情的执着追求。她深爱着罗切斯特先生，但并不盲目地追求爱情。当发现罗切斯特先生已经有家室时，她选择了离开，而不是妥协自己的原则和尊严。她的爱情是纯洁的、高尚的，也是值得尊重的。简·爱用她的坚韧和勇气，证明了即使在最困难的时候，人们也可以选择自己的道路，追求自己的梦想。简·爱的故事，是一段充满挑战和奋斗的人生历程，是一部充满希望和信念的励志传奇。她的人生，是无数人追求自由、尊严和爱情的象征。

一、简·爱女性主义意识的觉醒

简·爱父母的结合属于你情我愿，自由结合，男方的父母是反对的，通常这样的婚姻是得不到祝福的，所以夫妇二人婚后并不幸福，都异常痛苦，他们二人并未受到多少现实的苦难和凌辱，分别在简·爱出生前和出生不久后离开人世。所幸简·爱被舅舅收养，舅舅对简·爱视如己出，疼爱甚于自己的孩子，有舅舅的怜惜，倒也不错，可命运似乎并不想让简·爱安稳地生活，舅舅英年早逝，简·爱再无至亲之人。舅舅的去世让她的生活再次陷入困境，成为一个寄人篱下的小女孩。

简·爱自幼饱受欺凌和冷落，幼小的自尊心和骄傲受到重创，源自心底最强烈的反抗也被激起，对什么都没有的简·爱来说，自尊和骄傲是她最后的底线，不容践踏。寄人篱下的简·爱在生活中并没有学会忍辱负重、卑躬屈膝，而是奋起反抗，彰显自己的个性和不屈。她用自己微弱的力量奋起反抗，尽管她的反抗在别人看来微不足道，但她坚信自己是对的。

身为一个八岁的小女孩，简·爱知道自己无父无母，可在她的内心深处，她认为自己和舅妈家的那几个孩子一样高贵，和他们享有一样高贵的权利和待遇，她甚至觉得自己比他们要聪明得多，比他们懂事得多，比他们听话得多，理应有更好的待遇，可现实却与她认为的相反，无论是里德舅妈，还是那几个孩子，都从不把她当成自家人，家里的仆人也不拿她当主人，一点也不尊重她。简·爱自尊心强，不愿意委曲求全适应这个家庭、这个环境，她能做的只有逃避。这个既非主人也非仆人的小女孩，由于自身固执的个性和"自以为是"，在这个家庭处于非常劣势的地位，而简·爱虽然一直听家里的佣人说这些，但从未把这些放在心上并自我认同。因和表兄约翰打架的事情，简·爱被罚禁闭，女仆艾波特小姐就劝她说：

"你不能因为太太心眼好，把你和里德少爷和小姐们放在一起养大，就认为能够与他们平等相处了，他们将来会非常有钱，但是你将一无所有，你得低声下气地顺从他们，这才是你的身份。"

"我们说这些给你听，全都是为你好。"贝西接着说，说话口气还不算刺耳，"你应该努力学会做个有用、令人愉快的孩子，那么，你也许在这儿还算有个家。但如果你变得粗暴无礼，我保证太太一定会把你赶走的。"①

无疑，她们都是好意，劝说简·爱要懂得感恩，要安分守己，她无亲无故，对里德舅妈的抚养，她应该感恩戴德，要谦卑，这样才能在这个家待下去，不能和家里的小姐、少爷比，他们是这个家的主人，有财产，有身份，有地位，而她自己是寄人篱下，身无分文，不能任由自己的性子。简·爱并

---

①　勃朗特. 简·爱［M］. 张承滨，译. 哈尔滨：北方文艺出版社，2016：7.

不认可这些话，她从心里瞧不起这些话，对此不屑一顾，她坚定地认为自己受到了不公平的对待，在她心里，她认为自己就是一个高贵的人，而这高贵源自她的心、她的灵魂、她的精神、她的思想，而非金钱、地位等，这种观念是伴随其一生的。不想低头，更不想露宿街头，在没有可靠的落脚地之前，她仍然留在了里德舅妈家里，自己以主人自居，不和家里真正的主人来往，即使大家孤立她，在里德舅妈家中的日子过得孤独而寂寞，简·爱对此也丝毫不在意，甚至因此心中窃喜，觉得这是比较好的生活方式。

简的平等权利意识是与生俱来的，对简而言，只要心是自由的，只要可以尽情地阅读、学习，就是幸福的。只可惜，她想要的幸福是异常短暂的，谁会容忍这样的存在呢？她的另类、不合群、目空一切让咄咄逼人的表兄妹瞧不起，处处排挤她、欺凌她。她成为他们泄愤的对象，而一旦这种定位形成，简·爱就没有好日子了。

在简的周围，表兄妹们总是用尖酸刻薄的话语嘲讽她，把她的与众不同视为对他们的挑衅。她承受着无尽的痛苦和磨难，但内心的坚韧让她从未屈服。简总是在安静的午后躲起来看书，沉浸在只属于自己的天地。可逃避终究不是办法，简的表兄妹总是能找到她，随意侮辱、欺凌她，甚至对她拳打脚踢。简忍无可忍时，只有选择反抗。太多的人选择忍气吞声，尤其是无依无靠的孩子，简·爱选择的却是反抗，这是难能可贵的。反抗意识是她骨子里的坚持，她不甘屈居人下，不甘任人宰割。反抗意识在她的生命里滋长。

毋庸置疑，简·爱从小就具有独立的人格和平等意识。她虽然生活在父母双亡、寄人篱下的环境中，备受虐待和欺凌，但她并没有在侮辱中沉沦，而是用自己的方式抗争着。简·爱从小就展现出了超乎寻常的坚韧和自主性。尽管她的生活充满了困苦和磨难，但她从未放弃对平等和尊严的追求。她的坚韧和勇气使她能够抵抗任何试图压制她的力量，始终坚守自己的信仰和原则。很难想象，一个不到10岁的孩子因为无人关心、无人关爱，选择读那么晦涩难懂的书逃避自己的生活，选择逃避周边环境对自己的刻薄与不公，逃避心中感受到的委屈和屈辱，大多数时间选择一个人待着，自己感受精神的愉悦，多么不可思议！这也是简·爱自小就自立、坚强、自主的原因！

　　约翰·里德的骄横跋扈，他妹妹的傲慢冷漠，他母亲的令人厌恶，佣人们的偏袒，这一切在我混乱的脑海里，就好似一口污井里的污泥沉渣那样翻腾了起来。为什么我总是在遭罪受苦，从来都是被恫吓、被告状、被惩罚呢？为什么我从来都是不讨人喜欢的呢？为什么我用尽心思却得不到别人的好感呢？伊莉莎人性自私，但是其他人却都尊敬她；乔治亚娜脾气坏透了，尖酸刻薄，一副挑剔无礼的样子，但是大家都宠爱着她。她的美貌，她红嫩的双颊和金灿灿的鬈发，谁见了都高兴万分，不管有什么错，她都能得到宽恕。还有约翰，没有人敢反对他，即使他扭断了鸽子的脖颈，整死小麻雀，放狗咬绵羊，偷摘温室里的葡萄，毁坏花圃里珍贵花木的幼芽，也没有人敢去惩罚他。他还将自己的母亲称为"老姑娘"；有的时候，他还因为里德太太和自己拥有同样黑的皮肤而责骂他的母亲；蛮横地不听母亲的教导；好多次撕破、扯坏她的绸缎衣裳。但是他依旧是里德太太的"宝贝宠儿"。可是，我却不敢犯一点儿错，尽心做好每一件事，但依旧从早到晚被骂是个调皮、可恶、沉闷、鼠头鼠脑的家伙。①

　　简·爱心中感到万分委屈，明明自己的表现是最好的，为什么待遇却是最差的？她百思不得其解，感到恼怒、郁闷、伤心、难过，在她的内心深处，是用做事的标准，用产生的后果，用现实生活中所造成的客观影响去衡量结果的，而她却忽略了最重要的客观事实——她是寄养在别人家的。

　　简·爱在红房子中度过了漫长而痛苦的时光，她充满恐惧和无助，屋子里弥漫着诡异的气氛，仿佛有什么她看不到的东西在窥视着她。那些恐怖的场景让她无法呼吸，她感觉自己仿佛被无尽的黑暗所吞噬。她挣扎着呼吸，大声呼救，却无人回应，只剩下无尽的恐惧和无助。在病痛的折磨下，简·爱的身体变得越来越虚弱。她躺在床上，眼神空洞地望着天花板，心中的痛苦无法用言语表达。她开始反思自己的生活，思考着那些曾经美好的事物为何突然变得如此遥不可及。经过伤痛、刺激、生死，一切曾经美好的事物都

① 勃朗特. 简·爱 [M]. 张承滨，译. 哈尔滨：北方文艺出版社，2016：8-9.

失去了吸引力，简·爱在恐怖和难眠中度过了异常难熬的时光，而这种恐惧对于小孩子更是印象深刻、影响深远。

在那段艰难的时光里，简·爱的内心经历了巨大的变化。她不再相信忍受对面的希望，而是成长为一个勇敢面对困难、坚定追求自由和平等的初生牛犊不怕虎的勇敢的人。在与里德太太的争吵中，她不仅展现了自己的勇气和智慧，更找到了内心深处的力量。那场争吵成为简·爱人生中的一个转折点。那场激烈的争执让她意识到，她已经不再是胆小、懦弱的小女孩，而是一个有着自己想法和追求的独立个体。她不再畏惧权势和压迫，敢于站出来为自己发声。在与里德太太的交锋中，她不仅为自己争取了尊严和权利，也为其他受压迫的人树立了一个勇敢的榜样。

简·爱在舅妈家的屋檐下，她仿佛生活在无尽的黑暗中，每一次的辱骂和嘲笑都在她幼小的心灵上刻下深深的伤痕。然而，正是这样的苦难，塑造了简·爱坚强不屈的性格，让她在困境中坚守自己的底线——自尊和骄傲。

自尊，是每个人心中最神圣不可侵犯的领地。对简·爱而言，自尊是她最后的防线，是她在困境中挣扎的力量源泉。在舅妈家的冷漠与忽视中，她没有被压垮，反而激起了她心底最强烈的反抗。她拒绝接受别人的施舍，坚持用自己的努力来赢得尊重。她坚定地认为，每个人都有权利拥有自尊，无论其出身如何，无论其地位如何。

骄傲，是简·爱另一种坚韧的表现。她从不因为自己的处境而自卑，从不因为别人的嘲笑而低头。她相信，每个人都有自己的价值，都值得被尊重和认可。正是这种骄傲，让她在困境中不屈不挠，用自己的微弱力量去反抗那些不公与冷漠。她的反抗，虽然在别人看来微不足道，但在她心中，却是捍卫自己尊严和骄傲的战斗。

在简·爱与里德太太第一次也是最后一次针锋相对的争吵后，里德太太下定决心送走简·爱。对简·爱来说，这是一个新的开始。她知道前方还有很长的路要走，也许充满了荆棘和坎坷，但她已经做好了准备。她将过去的痛苦经历化为内心的力量，坚定了自己的信念，勇敢地迈向未知的未来。

二、女性主义关照下的自我成长

简·爱从小就表现出独立和自尊的特质，这不仅仅是因为她所处环境的要求，更是因为她内心深处对自由和平等的渴望。她对那些不公正的待遇、刻薄的言论、欺凌和侮辱的反抗，都体现了她对自我价值的坚守。尽管她的生活充满了困苦和磨难，但她始终没有放弃对自由和尊严的追求。

在红房子事件中，简·爱经历了巨大的恐惧和痛苦，但她并没有被这些打倒。相反，她开始深刻反思自己的生活，思考那些曾经被认为理所当然的事情。她开始明白，生活的价值并不取决于外部的评价或者地位的高低，而是取决于自己内心的追求和坚守。

简·爱孤身一人前往寄宿学校，在里德太太家中的生活告一段落。她彻彻底底成了孤儿，无亲无故，没有故土难离，没有亲朋好友难舍，孑然一身，自此开始自己真正独立的生活，而简·爱反而很快适应了，甚至可以说生活得不错。

简·爱在寄宿学校饱受生活的艰辛，早早起床，用冰冷的水洗漱，吃着粗糙的食物。虽然食不果腹，衣不保暖，经常冻得哆哆嗦嗦，还经常遭受年龄、年级大一点、高一点学生的毒打和谩骂，这里的生活条件和里德太太家的生活条件比起来如在地狱中，而简·爱一点也没有感到后悔，也没有转变自己的思想，更没有抱怨，甚至苦中作乐，怡然自得，无疑，简·爱学会了适应环境。

正是这种艰辛的环境，让她变得更加坚强。她不再依赖别人的照顾，而是学会了独立生活。

尽管在学校里经常受到大孩子的欺负和谩骂，简·爱却没有被打倒。她明白，只有通过自己的努力，才能改变自己的命运。

简·爱第一次思想的蜕变是在和海伦的谈话中发生的。海伦告诉她反抗无用，只会徒添更多的烦恼和惩罚，莫不如逆来顺受，让这些不愉快的事情过去得快一点，让自己有更多的时间、更多的经历、更多的自由去做自己真正想做的事情。这给简·爱巨大的启发。她开始重新审视自己的所思、所行、所为，重新考量未来在寄宿学校的行为方式和处事原则，在某种层面上，简·爱开始用相对宽容的态度去面对寄宿学校的生活，这是她的生活体验，这是她和海伦思想碰撞的结晶。

自到了寄宿学校以后，简·爱像变了一个人，不像之前在舅妈家那样具有超强的反抗性，即使受人欺负，她也像一只小猫一样安静，在一群出身落魄的女孩子中间既不彰显自己，也不小心翼翼、谨小慎微，她表现得平淡无奇，再也不是那个心高气傲的里德家外甥女，而是将明哲保身作为生存的准则。简·爱之所以这样做，并不是因为她失去了可贵的反抗精神，失去了超越等级、追求自己平等的权利的意识，而是生活的经验告诉她，面对不公，反抗是必要的，但适应同样重要。生活的种种经验让她懂得，环境的影响力无法忽视，她没有失去反抗的勇气，只是更理智地选择了一条更为稳妥的道路。

她并不害怕权势，也不缺乏追求平等的决心。

简·爱明白，对抗的力量来源于对环境的深入理解和适应。她决定在融入环境中寻找机会，用理解和适应来积蓄力量，为未来的反抗做好准备。她选择用智慧和勇气来应对不公，而不是盲目冲动。她相信，只有深入理解环境，才能找到改变的契机。在这个过程中，简·爱并没有放弃自己的理想和追求。她只是更加理智地处理问题，更加冷静地面对挑战。她明白，只有先适应环境，才能更好地追求自己的理想。

简·爱是聪明的，懂得拿捏分寸，懂得收敛自己，尽管被人欺凌，却也成功地接受了良好的教育，熬过了寒冬酷暑，终守得月朗星明，苦尽甘来。一场瘟疫，使全校半数的人丧生，但也使得学校引起有关部门的重视，学校状况得以大大改观，衣食住行各个方面均有很大的改善。简·爱在学校也接受了较为完整的教育，凭着自己的勤奋好学取得较好的成绩，毕业之后能够留校任教。

在寄宿学校度过的十年光阴，简·爱将八年的时光用于研读，而后的两年则在工作中度过。她始终恪守职责，展现出了无比的敬业精神，这使她在众姑娘中赢得了较大的尊重。但她并未满足于这种已趋向安稳的生活方式。面对未知的未来，她选择成为一名家庭教师，投身于一个全新的、陌生的环境。这无疑显示了简·爱不断拓展生命边界的意志。

　　在寄宿学校的十年时间里，简·爱投入了大量的心血和汗水。她以笔墨为伴，在孜孜不倦地研读各种书籍中度过了无数个夜晚。她的勤奋和毅力使她在学业上取得了卓越的成就，也让她在同龄人中脱颖而出，得到留校任教的机会。可寄宿学校的生活虽然安稳，但那种一成不变的日子并不是她所追求的。简·爱并不满足于这种安稳的生活方式。她渴望更广阔的世界，渴望追寻属于自己的梦想。于是，在某一天，她毅然决定离开这个熟悉的环境，去迎接未知的挑战。她相信自己的能力和勇气，也相信只有勇敢迈出那一步，才能真正拥抱生活。

　　她渴望变化，渴望能在生活中找到新的挑战和可能。这份勇气，对一个出身平凡、一无所有的女孩来说，实属不易。她坚信，只有勇敢地迈出那一步，才能迎接生命中的奇迹和美好。于是，她开启了一段充满未知的冒险旅程。

　　回看简·爱在寄宿学校的十年生涯，与海伦成为挚友，是因为在她的生命历程中，在她受到委屈的时候，在她感到屈辱的时候，第一次有人给予她真正的同情和爱，有人愿意站在她的立场，有人愿意相信她，有人愿意真心实意帮助她，她也愿意倾心相与。终于有人关注她、关心她，这是她一直向往的，简·爱欣喜万分。海伦的出现正是在简·爱处于异常尴尬的被惩处境地之时，于是海伦的关心和慷慨就显得弥足珍贵。患难见真情，简·爱将海伦引为知己，患难与共，生死相随。她们在彼此身上找到了共鸣。对简·爱来说，与海伦的友谊是一种久违的温暖，是一种心灵的慰藉。

　　十年的寄宿学校生活，让简·爱从一个孤独无助的小女孩，蜕变成了一个勇敢、独立的新女性。她不再依赖任何人，而是依靠自己的力量和智慧，勇敢面对生活的挑战。当简·爱意识到自己无法忍受学校生活的束缚和限制时，她决定离开这个地方，去追求更加自由和有意义的生活。她选择了闯荡世界，去探索那些未知的领域，去寻找属于自己的幸福和价值。

　　在不断辗转中，简·爱经历了许多艰辛和磨难，但她始终保持着积极乐观的心态。她不断学习、成长，不断挑战自己，不断超越自己，她成为一个独立自主、充满智慧和力量的女性。她用自己的经历告诉世人：只有勇敢面对生活，才能真正成长和进步。

三、捍卫自尊的爱情之路

在离开寄宿学校后，简·爱踏上了新的旅程，开始了她作为家庭教师的生涯。她选择这样的道路，既是为了追求更好的生活，也是为了实现自己的理想。

在这个全新的环境中，简·爱遇到了一些善良和有教养的人。其中，桑菲尔德庄园的主人罗切斯特先生给她留下了深刻的印象。罗切斯特先生是个思想独立、敢于挑战传统的人，他的勇气和独立精神深深吸引了简·爱。然而，在面对罗切斯特先生时，简·爱仍不可避免地感到自卑。

但她仍能勇敢地向罗切斯特先生表白。面对爱情，简·爱仍始终坚守着自己的原则和尊严。她不愿意为了得到爱情而放弃自我，也不愿意为了迎合别人而改变自己。她坚信，只有保持独立和自尊，才能真正得到别人的尊重和爱。她的坚持和勇气，最终让她收获了美好的爱情和幸福的生活。

简·爱对罗切斯特爱得热烈、浓郁，也经历了许多内心的挣扎和矛盾，在这个过程中，简·爱她曾经试图放弃对罗切斯特先生的感情，但最终还是无法抗拒自己的心。

身为家庭教师的简·爱，这个平凡的女孩，却对庄园主罗切斯特先生怀有浓烈的情感。门当户对才是婚姻缔结的基础，简·爱哪有资本、哪有资格去选择爱情呢？不，她是极具反抗色彩的，有强烈追求自我解放、自我人格的心，她的心，如同被一股无形的力量牵引，向着罗切斯特先生靠近。

简·爱不是一个容易被束缚的人。她深知门第之见是社会的毒瘤，是对个人自由的束缚。她坚信，每个人都有追求爱情的权利，每个人都有选择自己幸福的自由。

在那个充满等级观念和偏见的时代，简·爱的行为无疑是一种反抗。她不惧世俗的眼光，坚定地选择了自己的道路。她与罗切斯特先生的爱，是一种超脱世俗的爱，是一种对人性自由和尊严的坚守。简·爱的行为虽然看似平凡，但她的勇气和坚定却给了无数人力量和启示。她让我们明白，无论身处何种环境，我们都应该坚守自己的信念和尊严，勇敢面对生活的挑战。简·爱的故事是一个关于勇气、自由和尊严的传奇，它将继续激励着人们不断前行。

在简·爱的眼中，罗切斯特先生不仅是一个庄园主、一个贵族，更是一个有思想、有情感的人，她看到了他的孤独、他的痛苦、他的挣扎，她理解他、同情他、爱他。

她内心的挣扎和矛盾却也如同风暴一般，让她无法自拔。她曾试图放弃对罗切斯特先生的感情，想要把心从那份沉重的情感中解脱出来。她尝试过远离，尝试过遗忘，却始终无法摆脱那份执念。

在寂静的夜晚，她独自一人思绪万千。她问自己是否应该放弃这份情感？是否应该听从理智的声音，远离这个不可捉摸、无法把控的人？然而，每当这个念头出现，她的心就会剧烈疼痛，仿佛在抗议着她的想法。她知道，自己无法抗拒自己的心。

她回想起与罗切斯特先生相处的点滴，那些深情的眼神、温柔的话语、关心和体贴，都让她感到无比幸福和满足。他的存在就像一束光，照亮了她内心深处的黑暗。她无法想象没有他的生活，无法想象自己将如何度过那些没有他陪伴的日子。

内心的挣扎和矛盾让简·爱疲惫不堪，但她始终没有放弃。她知道，爱情需要勇气和坚持。她相信自己的感觉，相信自己的心。她决定勇敢面对内心的挣扎和矛盾，勇敢追求自己的爱情。无论前方有多少困难和挑战，她都不会退缩。因为她深知，只有勇敢追求自己的幸福，才能让自己的人生更加充实和美好。简·爱决定不再逃避，她要勇敢面对自己的感情。她知道，只有这样，才能真正拥有自己的幸福。于是，她开始主动与罗切斯特先生交流，表达自己的感受。在小说中，最被读者津津乐道的是简·爱深感绝望，感到罗切斯特要娶英格拉姆小姐做妻子时对罗切斯特的深情告白，可谓孤注一掷：

> 你认为我会留下来，成为你的一个无足轻重的人吗？你认为我是一架机器人？——一台没有感情的机器吗？我能忍受把我口中的一小块面包被人抢走，能忍受我的一口生命之水从我的杯子里被人泼掉吗？你认为，因为我贫穷、低微、矮小、长相平平，我就没有灵魂、没有心吗？你想错了！——我和你一样有灵魂，和你一样有颗完整的心！假如上帝

赐予我一点美貌和大量财富，我就会让你感到难以离开我，如同现在我难以离开你一样。我现在和你说话，不是通过世俗、惯例，甚至也不是通过血肉之躯，——而是我的心灵在同你的心灵交流，好像两个人都离开了人世，我们同样站在上帝的跟前，彼此平等——因为我们生来平等！①

如果我拥有财富，拥有美貌，我会让你感受到你对我的痴迷，如同我对你那样。这是一种何等大胆的表白，展现出何等的勇气。简·爱，她勇敢追求自己的爱情，坚定捍卫自己的权利，让平凡的自己闪耀出非凡的光芒。这是何等独特的魅力，显示了何等的品质和意志。这是何等大胆的发言，何其勇敢地追求，何其执着的信念。简·爱勇敢追求自己的爱情，勇敢捍卫自己平等追求的权利，毫无畏惧地挑战社会规则，使他们的爱情成为永恒的传奇。

此刻，他们之间的爱情从彼此试探到心心相印，这于坠入爱河的两人而言是最幸福的。简·爱选择勇敢面对。经此罗切斯特对她刮目相看，也更加欣赏她的勇气和坚定。在接下来的日子里，简·爱和罗切斯特先生之间的交流越来越多。他们分享彼此的故事和感受，慢慢拉近了彼此的距离。罗切斯特先生也不再掩饰自己对简·爱的感情，他告诉她，他一直在等待她的真心告白。而简·爱也坦然承认了自己对罗切斯特先生的感情，她告诉他，她愿意与他共度余生。在彼此的陪伴下，简·爱和罗切斯特先生度过了一段美好的时光。他们一起散步、聊天、分享彼此的喜怒哀乐。他们的感情逐渐加深，成为彼此的依靠和支撑。

幸福的日子仿佛一幅绚烂的画卷，美丽而短暂。就在简·爱和罗切斯特即将步入婚姻殿堂的那一刻，一股冷风突然吹散了他们心中的喜悦。罗切斯特的过往，那个他一直隐瞒的秘密，犹如一个无法逾越的鸿沟，横亘在他们之间。他的前妻，就像一个无法摆脱的影子，公然闯入了他们的生活。这个曾经让罗切斯特付出一切代价的女人——梅森小姐也成了他们幸福路上的障碍。梅森小姐是一个异域女子，早年罗切斯特因为没有继承权而选择了富裕

---

① 勃朗特. 简·爱 [M]. 张承滨，译. 哈尔滨：北方文艺出版社，2016：225.

的梅森小姐，两个人的婚姻非常不幸，争吵、谩骂、冷战、离家出走，这让两个人渐生嫌隙，隔阂越来越大，梅森小姐最终患上疯病。

那个曾经让罗切斯特付出巨大代价的女人，再次出现在他们的生活中。她的出现，让原本平静的生活瞬间变得波涛汹涌。她不仅带走了罗切斯特的过去，也给简·爱的生活带来了无尽的痛苦。阴郁和不快像一场突如其来的暴风雨，席卷了他们曾经美好的一切。罗切斯特的眼神中充满了痛苦和无奈，他的心被愧疚和痛苦撕扯着。而简·爱的心中更是充满了迷茫和惶恐，她不知道自己是否应该继续坚持下去。那种得而复失的痛苦，让他们心中的爱火渐渐微弱。

曾经的甜蜜和温馨，如今只剩下无尽的沉默和疏离。他们试图找回那个曾经幸福的自己，却发现，那些美好的回忆已经被现实的残酷所取代。尽管心如刀割，可面对残酷的现实，简·爱心中充满了不安与痛苦，她开始怀疑自己的选择是否正确。离开罗切斯特，离开她深爱的桑菲尔德庄园，离开那些她熟悉和留恋的一切，这让她感到无比痛苦。她告别了那份苦涩的爱情，告别了那个迷失的自己，也告别了她深爱的恋人。她知道这是一段痛苦的旅程，但她坚信这是她必须走的路。她没有回头，没有后悔，只有坚定的决心。

可生活仍在继续，简·爱明白，她不能让痛苦将她淹没。她需要找到自己的力量，重新站起来，继续前行。她开始重新审视自己的人生，思考自己的未来。虽然简·爱的心中仍然充满了痛苦和迷茫，但她毅然决然地选择出走，而且只带走属于自己的东西，在车费上花掉所有的钱，只为彻彻底底地告别曾经的爱而不得。

她独自踏上了旅途，带着一颗受伤的心，却也充满了坚定和决心。她知道，生活不会因为一个人的离去而停止，而她也不能让痛苦将她淹没。简·爱开始重新审视自己的人生，思考自己的未来。虽然她的心中仍然充满了痛苦和迷茫，但她已经不再逃避，而是选择勇敢面对。

在旅途中，简·爱开始发现自己的力量，她发现自己不再是一个弱小无助的人，而是一个坚强勇敢的女性。她开始重新审视自己的价值观和人生目标，她开始重新为自己的未来做出规划和决策。她不再被过去的痛苦所束缚，而是用勇气和决心走向未来。

最终，简·爱找到了属于自己的力量，重新站了起来。她回到了家乡，但已经不再是原来的简·爱，她已经找到了新的希望和方向。她决定勇敢面对未来，用自己的力量去创造属于自己的新生活。她知道，无论多么痛苦，生活还得继续。她开始了新的旅程，不再受困于过去，而是以开放的心态接受未来的挑战。她明白，只有通过自己的努力，才能找到真正的幸福。

然而，简·爱始终没有忘记罗切斯特。她深知，虽然他们已经分别，但他们的爱情依然真实存在。她将这份爱情深藏在心底，成为她内心最珍贵的回忆。

简·爱自幼父母双亡，无人怜爱，相貌平平，物质财富匮乏，注重的是内在的修养和精神的高贵，简·爱的骄傲更多体现在心性、思想情感、精神层面。而简·爱最值得称道的地方就是勇于选择、敢于放弃，敢于和自己不喜欢的人、事决裂，当自己的尊严和骄傲被肆意践踏的时候，她宁愿豁出一切也要捍卫，哪怕是食不果腹，饥肠辘辘，衣不遮体，也绝不放弃自尊。她在年幼的时候，就体现出了这种特质，虽寄养在里德舅妈家中，虽然没有什么守护、爱护、呵护她的人，虽然没有依靠，但她毅然决然反抗表兄对她的欺凌，毫不退缩，简·爱的骄傲并非来自她所拥有的物质财富或者美貌，而是来自她坚韧不拔的精神和高贵的心性。尽管她遭受了许多不幸，但她从未放弃对自由和尊严的追求。她的勇气和坚定不移的信念使她在面对困难时始终能够保持镇定和坚定。

前路本漫漫，于简·爱而言，一切又都是艰难困苦。一个不到 10 岁的个子矮小的又无依无靠、没有任何支撑的小女孩只身前往寄宿学校的心境是期盼多一些，还是害怕多一些？无论如何，离开了给自己侮辱最多的人，于简·爱而言，都是一件快乐的事情，虽然自己面对的是缺衣少食、食不果腹、饥寒交迫的生活，但她可以拥有自由的心，在她的思想深处，精神自由的可贵是无可比拟的。

到了寄宿学校，简·爱终于找到了让她开拓生活可能性的地方，虽然物质匮乏，经常会饥肠辘辘、食不果腹，但能得到平等的待遇，不再任人欺凌，不再任人侮辱，不再任人惩罚，这些对她而言是可贵的，她异常看重她的清白，所以当校长在全校的孩子面前告诉大家简·爱是一个爱撒谎、爱欺骗人的孩子并让她罚站时，她感到无比悲伤和痛苦，过去的不平等和耻辱竟然摆脱不掉，那些曾经伤害她最深的东西竟然还在纠缠她，那些侮辱仍然影响她的生活。直到她的不白之冤解除了，简·爱的自我生活才真正开始。

作为家庭教师的简·爱，命运多舛，经济窘迫，但乐观坚强，她的内心深处善良坚韧，永不妥协。简·爱追求自我独立、自我尊严、人格自由，敢于追求爱情和平等，所以，她接受罗切斯特的爱情，并不接受他的礼物和金钱，接受罗切斯特的温柔呵护，并不接受他的谎言和无奈。这是一种选择，是一种态度，更是一种勇气，勇于为自己的错误负责，勇于承担相应的代价，勇于在错误之后做出选择，这于外表矮小又势力单薄、无钱无财的简·爱而言是非常难得的。

作为家庭教师的简·爱，她面对艰难的生活，却始终保持着乐观和坚强的态度。尽管她的经济状况十分窘迫，但她从不向命运低头。她是一个善良而坚韧的人，永不妥协。

简·爱是一个有着内在美的丑小鸭，她的美需要用心去感悟，她外表的冰冷需要用情去融化。她内心的细腻和可爱，让人在了解之后就会爱不释手，视若珍宝。

当罗切斯特先生的过去被揭露，他们的爱情面临考验时，简·爱选择了离开，她不愿受爱情的束缚。她明白，真正的爱情是建立在平等和自由的基础上的，而不是建立在金钱和权力上的。离开庄园后的简·爱生活更加艰难，然而，她并没有被打倒，而是更加坚定了自己的信念。她知道，只有通过自己的努力，才能改变自己的命运。最终，简·爱的坚韧和勇气为她赢得了真正的爱情和平等的生活。

于简·爱而言，爱需要勇气，恨也需要勇气，诀别更需要勇气。简·爱出奇的冷静，理性分析自己的处境，理智看待自己在这种境遇中的客观状况，毅然决然选择保全自己，彻彻底底和罗切斯特告别，所以才有后面的更名换姓，即使饿死也不回去做情妇，以前是不知道，尚有情可原，现在知道了，就绝不能给别人留口实，免得让他人误会自己是因为没钱才出此下策，是为了钱才做别人的情妇，自身一穷二白，留给世界的唯有清清白白和视若珍宝的自尊，即使濒临死亡，也要保有自己最后的尊严，这亦是无奈。

在简·爱的故事中，我们看到了一个勇敢、坚强、独立的女性形象。她用自己的生活告诉我们：无论生活多么艰难，只要我们有勇气、有决心、有信念，就一定能够战胜困难，实现自己的梦想。她不接受没有爱情的婚姻，也不愿意过没有自由的生活。当她面对罗切斯特先生的财富和社会地位时，没有屈服于权力和金钱的诱惑，而是坚定选择了自己的尊严和自由。

简·爱，这位充满勇气与坚定信念的女性，她的行为远非简单的个人反抗，而是对整个社会固有偏见的深刻挑战。她的形象犹如一座鲜明的灯塔，照亮了女性主义的特点，也揭示了性别平等的重要性。简·爱的反抗行为不仅仅局限于个人的遭遇，而是对整个社会对于女性的既定认知的质疑。在那个时代，女性被期待扮演着柔顺、服从的角色，而简·爱却以她的坚韧和独立，打破了这些束缚。她拒绝接受婚姻的束缚，坚持追求自己的真爱，这种勇气与坚持，无疑给那些生活在同样社会环境下的女性带来了巨大的启示。

简·爱的爱情也揭示了女性主义的核心价值——女性有权追求自己的幸福，有权决定自己的生活方式。她的行为无疑是对社会性别偏见的挑战，也是对女性自我价值的肯定。她通过自己的行动，告诉世界，女性同样可以拥有独立的思想和行动，同样可以在社会中发挥重要的作用。她面对生活的种种困难，从未放弃过自己的信念和追求。她的勇气和坚定，让我们看到了一个女性在面对压迫和不公时，应有的态度和行动。她的故事激励了无数的人，让她们明白，无论身处何种境地，只要有信念和勇气，都可以勇敢面对不公和压迫。

简·爱的行为不仅仅是一种个人反抗，更是一种对整个社会偏见的挑战。她的女性主义特点在她的行为中得到了充分体现，她的勇气和坚定也给了无数人力量和启示。她让我们看到，女性同样可以在社会中发挥重要的作用，同样可以追求自己的幸福和理想。她的故事，无疑为我们提供了一个反抗不公和压迫，追求性别平等的范例。

简·爱的故事是一个关于勇气、自由和尊严的传奇。她的形象激励着无数人勇敢面对生活的挑战，坚守自己的信念和尊严。无论我们身处何种环境，无论我们面临何种挑战，我们都可以从简·爱的故事中汲取力量，勇敢地走自己的路。简·爱的故事，是一个跨越了时间与空间的传奇。它不仅仅是一部文学作品，更是一种精神的象征。在当今社会，虽然我们已经远离了那个充满等级和偏见的时代，但我们仍然可以从中汲取力量和智慧。

简·爱的选择是给人鼓舞的，她坚守自己的底线，不可触碰，不可践踏。尽管生活对她并不公平，但她从未放弃自己的尊严和原则。迫于无奈身陷窘境的简·爱离开桑菲尔德庄园后，在困苦中辗转流离，无家可归。幸运的是，她遇到了自己的表兄妹，他们为她提供了一个温暖的避风港。在表哥的帮助下，简·爱的生活逐渐有了起色。她继承了一笔数目可观的财产，在经济上有了更多的保障。然而，即使生活有了改善，她内心深处的情感却始终无法割舍。那个声音始终在她的心中回荡。在听到表哥提出强硬的求婚要求时，简·爱听到了罗切斯特旷野的呼唤，意识到了自己的真实感受。她知道自己无法忘记罗切斯特，她的心始终在他那里。于是，她做出了勇敢的决定，她要回到罗切斯特身边，无论生活多么艰难，她都要坚守自己的选择。

在那个寒冷的冬日，简·爱离开了桑菲尔德庄园，她的心如同飘落的雪花一般冰冷。然而，即使在最困苦的时候，她依然坚守着自己的底线和尊严。她知道，生活虽然不公平，但她可以选择自己的态度和应对方式。简·爱在自己的安全得以保证时，就开始担心罗切斯特了。

> 我的歇息非常安适，但是一颗悲伤的心却毁坏了它。心在怨诉它裂开的伤口、流血的内伤和紧绷的弦线。它为罗切斯特先生和他的命运颤抖，它怀着怜悯为他悲叹，它需求他的渴望无边无际。尽管像只折断双翼的鸟儿般无能为力，它仍颤动着残破的翅膀，徒劳地尝试寻找他。①

简·爱勇敢做出拒绝表哥的求婚的决定，毅然决然回到罗切斯特身边。她知道，这个决定可能会让她面临更多的困难和挑战，但她仍然坚定地跟随了自己的心。在回桑菲尔德庄园的路上，简·爱的心中充满了复杂的情感。她既感到兴奋和期待，又感到忐忑和不安。她不知道等待她的将是怎样的命运，但她知道自己会坚守自己的选择，不让自己后悔。在那个熟悉的庄园门前，简·爱停下了脚步。她的心跳加速，手微微颤抖。眼前的庄园已经破败

---

① 勃朗特. 简·爱 [M]. 张承滨，译. 哈尔滨：北方文艺出版社，2016：289.

不堪，昔日的景象已成过眼云烟。然而，对简·爱来说，这里的一草一木都充满了她与罗切斯特共度的美好时光。漫步在荒芜的花园中。她的思绪不禁飘回到过去，那些甜蜜而苦涩的日子一一浮现在眼前。她想起了罗切斯特的笑容，他的眼神，他的声音，每一个细节都刻骨铭心。她知道，自己从未停止过对罗切斯特的爱。

勇于追求个人幸福、爱情的简·爱，颇有资财，学识丰富，精神高贵，举止得当，慷慨仁慈，富有同情心和同理心，她已不再是当初那个一无所有、战战兢兢、不经世事、未见过世面的小丫头，而是焕然一新、完全可以为自己做主，不再受任何束缚的简·爱。她没有因为生活的困苦而放弃自己的爱情，也没有因为别人的反对而改变自己的选择。她忠于自己的内心，一往无前，不改初衷，坚定地走上了自己选择的道路，散发着不朽的魅力和光芒。

如今的简·爱，已经不再是那个在孤儿院长大的小丫头，她已成长为一个独立、坚韧、勇敢的女性。她拥有丰富的学识和见识，她的精神世界高贵而富有内涵。她的举止得体，言谈举止间流露出一种从容和淡定。她慷慨仁慈，富有同情心和同理心，总是愿意帮助那些需要帮助的人。

简·爱深知自己的幸福和爱情需要自己去争取，她勇敢面对生活中的一切困难和挑战。当她遇到罗切斯特的时候，她没有被他的财富和社会地位所吸引，而是被他的真诚和善良所打动。她坚信自己的爱情是纯洁而高尚的，她不愿意为了金钱或者地位而放弃自己的原则和信仰。

即使在罗切斯特已有家室的情况下，简·爱也没有退缩或者放弃。她坚定地选择了自己的爱情和幸福，不顾及世俗的眼光和评判。她没有被流言蜚语所左右，也没有被罗切斯特的过去所束缚。她用自己的行动证明了爱情的伟大和崇高，也展示了自己的坚韧和勇气。

简·爱的决定并非易如反掌，但她始终坚守着自己的信仰和原则。她没有因为生活的困苦而放弃自己的爱情，也没有因为别人的反对而改变自己的选择。她忠于自己的内心，一往无前，不改初衷，坚定地走上了自己选择的道路。她的坚韧和勇气成为她生命中最闪耀的光芒，也让她成为一个不朽的传奇。简·爱的故事，不仅仅是一个爱情故事，更是一个关于坚韧、勇气和独立的故事。她的经历告诉我们，无论生活中遇到多少困难和挑战，都应该坚守自己的信仰和原则，勇敢追求自己的幸福和爱情。

简·爱的故事是一个永恒的传奇，她的坚韧、勇气、独立和爱情成为人类精神世界的一部分。她的故事将继续激励着一代又一代的人们，让我们不断追求自己的幸福和爱情，成为更好的自己。于世间万万千千的女性而言，不忘初心是何其重要。从一个女孩过渡成一个女人、一个女性，就是完成了由单身向双人的过渡，不仅要经历身体的变化，更要经历心理、认知、精神层面的一系列变化，简言之，不再是让人照顾、怜惜的小女孩，而是成为爱人、呵护他人的女人，身担家庭责任，担负社会职责，在任何一方面，无论自己境遇为何，都不能失守。一个人的爱是何其有限，多爱人就少爱己，所以，经历种种之后，寻寻觅觅在灯火阑珊处，是否海棠依旧，绿肥红瘦。无论是坚守初心，还是丧失自我，都是爱的一种表征，都是爱人的一种体现，也许会迷失自我，但不会丧失本性。

当今社会飞速发展，日新月异。不同地区的发展也各有千秋，一方水土养育一方人，人有多种多面，要充分了解。读万卷书，行万里路，取人之长，补己之短，充盈思想，丰富精神，完善自己，内外兼修，在人格上独立完整，在性格上自立淡然，在追求上保持本心，方得始终。在人生的不断行进之路中，葆有修行在个人的自觉和自律。简·爱的自卑自负就源于比较，比较的根源在于虚荣心，每个人的人生亦是如此，比较让我们失去了本心，忘记了自我追求，而开始盲目追寻他人的脚步，乱了方寸，即使有所得，有所收获，也不过是浮华，与己而言可谓丢盔弃甲，失了根本。所以虚荣心和攀比心最要不得。

爱情中的盲目，偏听偏信可谓大多女性的痼疾，依靠女性自己很难规避，一如简·爱。热恋的女孩洋溢着幸福的甜美，对未来满怀憧憬，在她的心中恋人亦是完美无缺，整个头脑都被这幸福的爱情填满，失去了辨别和辨识的能力，即使亲朋好友提出有益的反对意见，女子也会拒绝，固执己见，甚至会走向极端，完全靠爱情的冲动，失去了理性的指引和把控，最终的痛苦和悲伤也是必然的了。如何避免此等结局？识人是最基础的。遇人不淑的局面在一开始的时候就要消灭在萌芽中，理性就起到非常重要的作用。人都是理性和感性的结合体，作为高级动物，主要的表现就是用理性控制人的主体行为，情感态度表现等，无论如何难以取舍，作为一个有理性的人，谈有理性的恋爱，理性地掌控婚姻非常有必要，沉浸于爱恋的美好，理性的把持。不忽略细节透露出的矛盾端倪，探究到底，看本质而非外表，探本源而非道听途说，相信真相而非解释虚言，有辨别真伪的能力，也有辨识真假的判断力，既不拘泥于小节，也不忽视细微差异，可以不求甚解，但必须做到心中有数。

婚姻的选择更是慎而又慎，注重内外兼修、品行合一，注重长久的契合，而非一时的感情泛滥。简·爱拒绝圣约翰的求婚就是颇具理性的，不畏强势，遵照本心，懂得拒绝。而与罗切斯特的婚姻缔结就是感性冲动了。如果是爱情的结合也就算了，罗切斯特却是一个精明算计，欺骗女人，玩弄感情、故弄玄虚的伪君子，简·爱和这样的人共度余生就颇不明智。所以在现实层面，无论何种原因，即使再爱，也要把这样的人排除在自己的生命之外，珍爱自己，珍爱生活！女性应该坚定地追求自己的梦想和幸福，不受任何人的束缚和限制。同时也应该尊重爱情的本质和尊严，不妥协自己的原则和信念，选择真正地活出自我，成为一个独立自主、有尊严、有价值的人。

在她的故事中，我们看到了生活的苦难，也看到了生活的美好。我们看到了人性的弱点，也看到了人性的光辉。我们看到了生活的无常，也看到了生活的希望。简·爱的人生，是一部充满智慧和力量的教科书，是一部让人感到震撼和敬佩的经典之作。

第二章

追求平等权利的惨重代价

女性主义运动是一个跨越阶级与种族界线的社会运动，它推动社会观念的改变，为平等权利而斗争。这场运动并不局限于任何一个特定的群体或阶层，而是涵盖了广泛的范围。它崇尚平等，致力于追求人与人之间超越阶层、超越种族、超越民族的平等权利，这是一个长期而复杂的过程，女性主义运动强调的是每个人的权利和尊严，无论他们的性别、种族、宗教信仰、性取向等等。人类历史发展至今，一直都存在种族、民族之间的不对等关系，人与人之间因为门第、家族、地位等而形成不对等现象。在莎士比亚的《奥赛罗》中，种族和性别问题被深刻揭示出来。奥赛罗是一个黑人男性，他在与白人女性的婚姻中遭受了不平等的待遇，因为他的肤色和种族背景而遭受歧视。这种歧视不仅来自他的敌人，也来自他的朋友和同事。这种不平等的现象在当时的社会中是普遍存在的，而女性主义运动则致力于改变这种状况。同样地，在《威尼斯商人》中，人与人之间的不平等也被深刻揭示出来。在这部作品中，犹太人被描述为受到歧视和排斥的群体，他们的权利被剥夺，被限制在城市的边缘地区。这种歧视不仅因为他们的宗教信仰，也因为他们的种族和民族背景。而在艾米莉·勃朗特的《呼啸山庄》中到处都是对爱情的平等追求和门第偏见的抗争，反抗斗争尤为强烈。

一、呼啸山庄的爱情悲剧

爱能包容一切，美丑好恶；爱能改变一切，执拗偏见；爱能消融一切，隔阂仇恨。爱像春风，使世间万物摇曳荡漾；爱像涓涓小溪，使酷寒冰融消释；爱像汹涌的大海，能包容一切震荡平静。如果爱能改变一切，爱能造就一切，爱能成全一切，那么恨呢？恨如凛冽寒风，让人战栗不已；恨如阴郁之性，让人躲闪不及；恨如狂风暴雨，让人如落汤之鸡，丧家之犬。如果恨是仇视的种子，终将开出凶残、恶毒之花，终将结出血染大地的果实，终会给肥沃的原野撒满荒凉、贫瘠，那么没有爱的恨，终将像一匹饥肠辘辘的恶狼，疯狂地咬噬一切，毁掉世界。充满爱恨的交织，终将荡尽人间的罪恶，走出世间的困惑。《呼啸山庄》就给我们演绎了一场跨越等级、超越门第的爱恨情仇。

凯瑟琳·恩肖生性顽劣、狂野、不羁且多情自私，因为有父亲这个无人撼动的保护伞，她无是无非。这个另类的山庄公主，让人忧心不已，唯有希刺克列夫——这个吉卜赛人的弃婴，被养父当作掌上明珠，被世人视如草芥，享受高尚爱的同时，必须忍受因此而产生的可鄙的仇视报复，据此生成孤独、阴郁的个性——能姑息纵容凯瑟琳的一切，能鼓励她的出格，能与她共同坚守自己的别样人生。父亲为他们的肆意妄为扫清了一切看得见的障碍，使这对两小无猜的玩伴更加无所顾忌，旷野任他们驰骋，天地任他们闯荡。

可所有的无所顾忌、自由自在的快乐都随着老恩肖先生的去世一去不返。凶残暴虐的辛德雷回来继承呼啸山庄，行使他主宰的权利，他把希刺克列夫贬到仆人的位置，甚至比仆人更低，剥夺了他所有的享乐权利，只能干活、挨打、受骂，生活一片阴霾。而这种任人欺凌、忍辱负重、桎梏冰冷的生活唯有一点能安慰他的内心，能给他阴郁的生活带来光明，那就是能和凯瑟琳保持交往。希刺克列夫和凯瑟琳两个人共同抵抗暴君的统治，一起快乐，一起受罚，一起在幽暗潮湿的林间疯跑，一起打发冰冷、阴暗的惩罚时光，只要两个人能相依相伴，所有的轻言谩骂，所有的凌辱蔑视，所有的恶语相向，所有的拳脚相向，所有的监视禁闭，对希刺克列夫而言都不值一提。只要两个人能在一起，只要两人彼此倾心，只要两人能露出会心的微笑，即使身在地狱，也阻挡不了快乐的浸染。暴君的残酷，在某种程度上已是一种刺激，促使他们更快地追求新的奇妙之旅。两人实际上是在极端煎熬中成为彼此的依靠的，他们苦中作乐。

一个是庄园的公主，一个是庄园的仆人，在世俗的眼中，如果这两个人结合注定是荒唐可笑的。属于他们的幸福在时光的悄无声息中一点点溜走。

林顿家族的出现，使他们如履薄冰。别开生面的画眉山庄震动了凯瑟琳的心，林顿小姐是大家闺秀的典范，让凯瑟琳惊奇羡慕，这也是希刺克列夫报复林顿小姐的主要原因，是她让凯瑟琳觉得和自己在呼啸山庄自由自在的生活是粗俗的，是她让凯瑟琳回归到所谓的小姐状态——穿淑女装，表面上举止典雅等。凯瑟琳被这种自己早就应该适应却从未经历过的淑女生活感染，她迫不及待尝试起来，而且得心应手，乐此不疲。当一种舒适的、干净的、受人尊重的生活开始之后，再回到以前那种不顾一切、肆无忌惮的快乐简直就是一种倒退，这两种日子简直是天壤之别，而凯瑟琳却都放不下。这也就造成了埃德加·林顿、凯瑟琳、希刺克列夫特殊的三角关系。

埃德加是绝对不把希刺克列夫放在眼里的，他只是一个仆人，怎可与自己相提并论。而希刺克列夫却把埃德加当成了情敌，埃德加每一句不经意的话语，每一次对他的笑容，都是莫大的侮辱、莫大的耻辱。而最矛盾的就是凯瑟琳了，她爱希刺克列夫，他就是另一个自己，她也喜欢埃德加，他可以给她一切尊重、荣华，可以使她成为周边最令人羡慕、最高贵的女人。凯瑟琳两个都想要，两个都爱，但失去自己，她就彻底被抛弃，落寞难耐，郁郁寡欢；失去那些鲜亮的附属，她就犹如乞丐，漫长时光，度日如年。她妄想让"自己"迁就一下，先拥有光鲜的附属，再借此帮助"自己"，再重新拥有"自己"。可是她错了，她开始嫌弃"自己"，她说希刺克列夫配不上自己，然后他消失了。

凯瑟琳为此背负了一生的代价，除了痛苦、悔恨，还有刻骨铭心的思念。可一切都于事无补，既然失去了本质的自己，就只能去拥有光鲜的生活了。大错已然铸成，只能将错就错。生活如死水般平静无波，一切都归于沉寂，至少表面是这样。凯瑟琳婚后几个月，希刺克列夫归来了，一颗闷雷扔进了一潭死水，一下子就炸开了。

希刺克列夫出走三年后衣锦还乡，成为绅士，得知凯瑟琳结婚后，本想悄悄看凯瑟琳一眼，再杀死辛德雷，然后自杀，以此完结自己的一生。但希刺克列夫在见到凯瑟琳之后改变了主意，也许是从小一起长大，久而久之形成的心灵感应，希刺克列夫感到凯瑟琳过得并不幸福，他要证明一下自己的看法。

　　阔别三年后两人第一次相见，凯瑟琳的惊喜溢于言表，双眼也因此绽放光芒，但仍然无法掩盖她的落寞。凯瑟琳以前满腔的激情、充足的活力、沸腾的血液在看似脉脉温情、谦逊有礼、肃穆高贵的画眉山庄里被窒息了。如果凯瑟琳依然像以前一样真挚快乐、健康活泼，希刺克列夫是不会改变自杀的主意、不会染指画眉山庄的。凯瑟琳曾经明亮的眼睛暗淡下来，而深爱着凯瑟琳的希刺克列夫真切感知到这一切，他下定决心向夺走凯瑟琳和他自己幸福的人进行报复。

　　虽然深爱着凯瑟琳，但希刺克列夫也会痛恨凯瑟琳对他的背弃，再度重逢，两个人除了愉快之外，还有对彼此的怨恨，一个恨是"抛弃"自己，另一个恨是"嫌弃"自己。虽然生气，却又因拥有彼此而有了生命活力。由于凯瑟琳的自负，希刺克列夫偶然得知伊莎美尔·林顿爱恋自己，自己的复仇计划就得以有效实施了。凯瑟琳的病重成全了希刺克列夫和伊莎美尔的私奔，却也使希刺克列夫后悔不已，不知道有多少个日日夜夜，希刺克列夫想到凯瑟琳因病入膏肓而自己却浑然不知，竟和别的女人在一起就痛恨自己，恨不得杀了自己，也杀了那个女人。

　　可希刺克列夫为什么非要和伊莎美尔私奔，非要向伊莎美尔报复呢？除了伊莎美尔是凯瑟琳丈夫的妹妹，和哥哥的关系要好之外，更重要的是伊莎美尔给凯瑟琳上了生动的一课，无论是穿戴、趣味、言行举止都让凯瑟琳叹为观止，都令她心驰神往，让她开始改变原有的生活，开始嫌弃希刺克列夫，开始用高贵、典雅、盛装来填充自己的虚荣心，因此也和希刺克列夫渐行渐远。在某种程度上，是林顿家族尤其是伊莎美尔使凯瑟琳走到上层贵族家族，让凯瑟琳以一个小姐，而不是一个鲜活的人再现身的。另外一个更重要的原因是希刺克列夫自己和伊莎美尔的私奔，错过了救活凯瑟琳的时间，如果他不走，如果他陪在凯瑟琳的身边，如果他可以不顾一切和凯瑟琳私奔，不顾忌其他外在因素坚决出走，凯瑟琳绝不会那么早离开人世，这是希刺克列夫最致命的伤痛。因为他第一次出走，要了凯瑟琳半条命，而他第二次出走，要了她剩下的半条命。要是没有伊莎美尔，也就不会发生这一切了，所以希刺克列夫对待伊莎美尔更加凶残、恶毒了。

　　希刺克列夫对辛德雷的报复，让人感觉是天道轮回，因果报应。希刺克列夫幼年时所遭受的凌辱，让他变成一个未开化的粗俗之人。辛德雷还禁止希刺克列夫和凯瑟琳说话，从而使凯瑟琳一想到自己的未来，就会觉得希刺克列夫配不上自己。希刺克列夫痛恨辛德雷，但他也意识到与其说是辛德雷毁了自己的幸福，不如说是恩肖这个显赫的家族葬送了自己的幸福，因为财产，因为出身，因为社会地位的差距，这个社会绝不会让一个一贫如洗的有色人种，一个穷小子娶地位高贵的富家小姐。所以他对辛德雷的报复只限于夺取他的财产，使他沦为佣人，而没有更恶毒地对待他。但他却对葬送他幸福生活的世俗观念和家族门第进行了不屈不挠的报复，这也就是他对小哈里顿·恩肖、小凯瑟琳·林顿的一系列报复举动。

很多学者认为希刺克列夫对小哈里顿的行为是对辛德雷报复的延续，而笔者认为，希刺克列夫对小哈里顿所做的一切都是对上层阶级、对门第观念的挑战。与其说是希刺克列夫为自己报复，不如说是为了凯瑟琳，恰恰是家族理念、门第观念，误导了凯瑟琳，使她在婚姻的选择上走向歧途，葬送了自己的生命。

希刺克列夫从来没有虐待、打骂过小哈里顿，哈里顿对希刺克列夫的态度比对自己的父亲还要好很多，他甚至把希刺克列夫当作父亲。希刺克列夫也是爱哈里顿的，只是取消了他作为少爷的权利，诸如，教育、享乐、游山玩水，而是教导他用同样强横、野蛮的方式对待他自己的父亲，叫他不说脏字就一句完整的话也说不出来，让他有干活的能耐而没有享乐的权利，这些都使他保有一颗真挚而敦厚的心。哈里顿什么都没有，但他仍敢爱敢恨，仍活力无限，仍激情四射。辛德雷拥有呼啸山庄时，卑鄙，凶狠，赌博酗酒，懒惰暴躁，怨天尤人，终于失去了呼啸山庄而沦为连他自己都瞧不起的佣人。哈里顿没有任何门第作为靠山，仰仗着希刺克列夫，他心灵手巧，热情开朗，乐于助人，虽敦厚却又敏感羞怯，自然而然成为大自然之子。如果这是报复辛德雷的后代，希刺克列夫无疑是失败的。希刺克列夫教导哈里顿成长的过程，证明了门第一文不值，可贵的是人自身，高贵的是人的心灵。

这也在希刺克列夫之子林顿·希刺克列夫身上有很好的体现。小林顿是希刺克列夫的儿子，自幼和母亲伊莎美尔在一起，到十二岁才回到呼啸山庄，希刺克列夫对他是充满期待的，可第一次见面就发现小林顿一点也不像自己，完全是一种病恹恹的贵族气派，体弱多病，又挑肥拣瘦，个性懦弱又无事生非，胆小怕事又幸灾乐祸，希刺克列夫后来是极其厌恶自己儿子的，在死神眷顾小林顿之前，还利用他的胆小怕事骗来了小凯瑟琳·林顿。

小凯瑟琳，是本书中最美的形象，身体健康，美丽大方，门第高贵，生机勃勃，真诚善良，勇敢坚强，聪明体贴，善解人意，对一切未知事物都充满强烈的好奇心，希刺克列夫对她的摧残和折磨可以说是对门第世俗观念更强有力的挑战。

因为可怜林顿，小凯瑟琳被骗到呼啸山庄遭到监禁，面对从未有过的拳脚相向她绝不屈服，只是念及父亲才万般无奈答应和林顿结婚。在她父亲死后，在她失去画眉山庄和所有财产之后，在她失去了林顿头衔而成为希刺克列夫夫人之后，在她一个人照看垂死的林顿而无人帮忙后，在她认清世间冷暖之后，她应该向命运妥协，应该向"暴君"希刺克列夫屈服。但她没有，身无分文的她更加傲慢，更加无视他人，更加敢于反抗希刺克列夫，而不是畏惧他的拳头。她高贵的心从未屈服，她高贵的心从不需要仇视她的人的怜悯。在呼啸山庄中，她处处树敌却毫不在乎，她高傲孤独却从不自怨自艾，她身陷囹圄却从不怨天尤人，她身在无人帮助的境地却从不自我放弃，她坚强、倔强、高傲地活着，时不时给暴君希刺克列夫一些疯狂的刺激，当然也会招来他的一顿拳脚，但她从不屈服，她也学会了离希刺克列夫远一些之后再刺激他。

财产、门第早已抛弃了她，她孑然一身，只剩下自己，也只能依靠自己，绝不屈服、妥协的性格成就了她自己。哈里顿和凯瑟琳这两个身无分文、失去门第的人靠自己的天性赢得了希刺克列夫的原谅和尊重，他们在艰难时世中备受煎熬，终于赢得了属于他们自己的幸福。希刺克列夫在哈里顿身上看到了幼时的自己，在小凯瑟琳身上看到了他最爱的恋人，他们在艰苦卓绝的环境中所萌发的爱情感染了希刺克列夫，终于唤醒了他心中的爱，终于结束了他所有的狠毒的报复，而换来呼啸山庄的和谐。也终于唤回了徘徊在山庄20年，找不到家的凯瑟琳。

希刺克列夫对凯瑟琳的爱是亘古未有的，因为凯瑟琳一句"他配不上我"不辞而别，离开了他们的乐土——呼啸山庄。三年，仅仅三年的时间，就带着能够娶凯瑟琳的条件——绅士派头和足够的金钱，回来再续被搁置的爱情，可惜时不我待，凯瑟琳出嫁了。如果不是凯瑟琳过得不好，他会自杀的。

希剌克列夫对凯瑟琳的爱，可以付出一切，即使是生命也在所不惜。希剌克列夫和凯瑟琳是那么相爱，他们的死都是那么相像：凯瑟琳感到窒息，不顾一切打开窗子，让寒风吹过脆弱的身体，为了召唤两个人曾经在一起的呼啸，付出了生命。希剌克列夫也不是故意绝食，而是一直感到有人在召唤他，更确切地说是他心爱的、心心念念的凯瑟琳在召唤他，他不顾一切地奔走、追赶，来不及吃饭，来不及停歇，怕再错过凯瑟琳的呼唤，终于打开了窗子，面对风雨呼啸而过，终于大睁着双眼，带着幸福的笑容去世。他们爱得那么深，以至于他们都不让自己死后的灵魂回归上帝，而依旧漫步在呼啸山庄的旷野之上，享受他们的爱情，补偿生前。

爱，能容忍一切；爱，能成全一切；爱，能迁就一切。失去了爱，这种强烈的、真切的、诚挚的爱就转换成满腔的恨，因为有爱，所以有恨，因为失去爱，所以痛恨一切与之相关的东西，誓要毁灭一切。在报复的过程中，又偶然碰到相似的爱情，像曾经的自己——不屈不挠，四面楚歌也绝不放弃。不经意间竟触碰到心中最柔弱的地方，恍然大悟，再也不愿做刽子手。放手，即是解脱。恨消融了，爱来敲门，终于告别了阴阳两隔，而重新步入幸福之旅。

《呼啸山庄》中希剌克列夫和凯瑟琳深深的爱感动了无数读者，让人为之折服。失去爱的希剌克列夫和凯瑟琳都失去了活力，并被抽走了温情脉脉和善良，徒留痛苦的灵魂荡涤时间的破坏和反对。希剌克列夫成为一个心狠手辣的刽子手，成为杀人不见血的魔鬼，彻底颠覆了世间的秩序，只为出尽胸中一口恶气，而自己也只能选择苟延残喘、痛苦地活着。

世界上最远的距离莫过于痴痴相爱，却不能尽舍烦忧，不能舍掉世间的庸俗来周全自己的爱情，为了世间俗物，而割裂内心深处的支撑，多少悲欢离合，多少郎情妾意，多少痴男怨女，多少门户不当尽被碾成尘，只是留下满腹的委屈和不如意。

二、向传统观念妥协的代价

跨越门当户对,是许多人在追求爱情和幸福时所面临的难题。在传统观念中,门当户对一直被视为婚姻的重要条件之一,而跨越这个界限则需要付出巨大的努力和代价。女性主义作为一种社会运动和思想体系,一直致力于反对性别歧视和压迫,追求爱情婚姻的自由和平等。在门当户对的观念中,弱势的一方被要求放弃自己的事业和追求,以适应权贵家庭和社会角色。女性主义反对这种狭隘的门第观念,认为无论男女,无论出身如何,无论何种阶层,都可以自己选择爱情和婚姻,不应该被限制在传统的角色中。

当然,跨越门当户对的道路并不平坦。跨越阶层之路异常坎坷,难于上青天。女性主义者不屈不挠地反抗阶级障碍、特权阶层,反对狭隘的观念。在追求自己的爱情和幸福时,人们需要面对许多困难和挑战。不同的家庭背景、教育经历、生活习惯等都可能成为障碍。此外,社会舆论和家庭压力也可能对个人的选择产生影响。

希刺克列夫和凯瑟琳的爱情悲剧让人唏嘘不已,长在心底的爱情信仰却跨不过世俗的洪流之轮,抵不过现实生活中的穷困潦倒,挨不过苦难的生活,所以内心深处的爱情虽从未想过背叛,却总败给现实。爱亘古不变,跨越恒久,可现实却是近在眼前,触手可及。所以,于凯瑟琳而言,还是败给了现实,她内心深处慌乱、迷惘、矛盾,鱼和熊掌本是取舍关系,她却二者皆想得到,而且是志在必得。聪明反被聪明误,当希刺克列夫偶然得知自己唯一的支柱凯瑟琳的内心深处并不是坚定地选择自己,而是在犹豫徘徊时,他走掉了,何其决绝,又何其绝望!

爱,必是唯一,宁缺毋滥,否则宁愿弃之不顾,宁愿孤身闯天涯,这是希刺克列夫的选择,或是男人自尊在作祟,或是早已受够了欺凌和侮辱,当最后一根稻草压上来后,再无可恋,毅然出走,又或是听到凯瑟琳的挣扎选择后,意识到目前自己的境遇是没有办法给凯瑟琳幸福的,出去闯还有些许可能,所以不告而别……无数种可能,都指向了一种结果,希刺克列夫走了,不知所终,杳无音信。凯瑟琳悔不当初,大病一场,搭上了自己的半条命。

希刺克列夫生性沉默寡言,性格孤僻怪异,不善与人沟通交流,这与其童年的境遇有莫大关系。呼啸山庄的主人恩肖先生育有一儿一女，家庭幸福和睦，生活富裕，在一次去利物浦办事的时候，遇到一个无家可归，奄奄一息又不说话的黑小子，多方打探，却又没有头绪，只能把他带回来。这个孤儿的到来，引起轩然大波，恩肖夫人大吃一惊，看着这个又脏又黑的黑头发男孩，大发雷霆，连声质问，得知他是一个无家可归的孩子后，要把他扔出去。辛德雷和凯瑟琳在秩序恢复后，翻找他们的礼物，发现小提琴被压成碎片，鞭子丢了，十四岁的辛德雷放声大哭，凯瑟琳向那个孩子啐了一口以发泄她的不满，但也遭到父亲响亮的一耳光，他们的梁子就此结下，没有人愿意和这个孩子住在一起。这个吉卜赛弃儿被命名为希刺克列夫，这是恩肖夫妇夭折的二儿子的名字，自此之后，希刺克列夫成为这个家庭中特殊的一员。

恩肖先生非常疼爱希刺克列夫，视如己出，希刺克列夫和凯瑟琳的年龄相仿，时间长了后他们结为玩伴，处得不错，而其他人就异常仇视这个男孩。恩肖夫人漠然视之，对所有发生在希刺克列夫身上的欺凌和屈辱都视而不见，充耳不闻。辛德雷处处挤压、排斥希刺克列夫，对他打骂不止，弄得他浑身上下瘀青斑斑，家中的佣人也对他视而不见，淡漠异常。而希刺克列夫是极有忍耐力的，沉默寡言，不善言辞，顽强不屈，既不告状，也不还手。但对于自己真心喜欢的东西他是绝不会放手的，如心爱的小马。希刺克列夫去和辛德雷换马，并以向父亲恩肖先生告状相威胁，辛德雷恼羞成怒，对希刺克列夫拳脚相加，破口大骂，并用秤砣扔他，正砸中他的胸口，希刺克列夫一下子倒了下去，又踉跄地站起来，却毫无畏惧退缩之念，辛德雷又气又怒又怕，只能把他打倒在地。但希刺克列夫极有忍耐力，坚不可摧，恩肖先生得知后，心疼不已。也恰恰因为这一点，辛德雷更加憎恶希刺克列夫，恩肖先生没有办法，只能把辛德雷送到大学去了。

恩肖先生明明做了一件善事，收养了一个弃儿，而且尽自己所能给予他更多的爱，多么伟大的奉献啊！可这一切却不被人接受，越是爱这个弃儿，家人就越排斥他，除了凯瑟琳。恩肖先生原本身体康健，精神愉悦，可自辛德雷公开仇视、欺凌希刺克列夫后，身体就走下坡路了。他一直在担心自己这个养子，本身就是异族，身无分文，无家可归，年纪又小，不能独闯天涯，并且为他的出路担心。一看到凯瑟琳和希刺克列夫关系那么好，心心相印，彼此支持、扶持，相互支撑，他就更加焦急和无奈。他在内心深处知道，希刺克列夫是配不上凯瑟琳的，可看到他们那么亲密的关系又不忍心将他们拆散，他太爱希刺克列夫了，不忍心伤害他，可恩肖先生也知道，他不应该赞同希刺克列夫和凯瑟琳在一起，所以痛苦不已，却又无可奈何。这两个相差无几的孩子成为彼此最忠诚、最可靠的玩伴，恩肖先生感到欣慰的同时更感到焦虑，寝食难安，他的身体迅速衰竭下去，未来往哪个方向发展，都是他不希望的，扪心自问，他做错了吗？不应该收养希刺克列夫，不应该爱他，不应该对他视若己出？恩肖先生何错之有啊？所有的人都觉得他错了，他的人生因为一件善事而枯萎了。

《呼啸山庄》这部作品打破了以往爱情的纯洁美好。因为爱，引出的结果竟是彼此仇恨，因为爱得太深，所以折磨起对方来也显得特别无情，因为爱而不得，所以像魔鬼一样不择手段地报复。呼啸山庄里的爱情，像书名一样狂风肆虐，处处是严寒，处处是荒凉，情感像呼啸山庄的土地一样贫瘠，只剩下人与人之间的仇视、折磨和报复。本是人世间最美好情感的遗失，更多的人是心中留有长久的遗憾后继续人生，或是忘却、只字不提，或是一蹶不振、孤苦终老……而艾米莉·勃朗特为我们塑造了一段前无古人、后无来者的爱情复仇故事，让人深感凄凉无助，又被深深折服和感动。毫无良知，毫无怜悯，就像地狱之门被打开，跑出来一个穷凶极恶的魔鬼发泄不满，让人求生不得、求死不能，心中明明想要爱，可表现出来的却是如恶魔般的报复。

希刺克列夫，吉卜赛人的弃儿，被恩肖先生视作掌上明珠，而其他人却把他视如草芥，一方面被给予尊荣，享有和辛德雷、凯瑟琳一样的权利，另一方面却在恩肖先生看不见的地方，希刺克列夫处处受人排挤，遭人欺凌，任人宰割。希刺克列夫虽有恩肖先生对他的宠爱，但他从不滥用，从不告状，从不表现出受人欺负的可怜样，所有的侮辱都默默忍受，当然，也长久记在心里，因此也形成了阴郁、孤独的性格。希刺克列夫唯有和凯瑟琳在一起时，才会放下一切沉默、一切冷漠、一切寡言，像个孩子一样，两人肆意玩闹，穿梭于山林石洞中，奔跑于树林草原中，形影不离，超然物外，享受他们的天堂之乐，无所顾忌，近似狂野，这也使他们结下深厚的情谊，两小无猜、青梅竹马的欢愉自然成长为爱情。虽未经过山盟海誓，虽然没有轻言许诺，虽然没有直言告白，但他们彼此都知道，这感情已成为他们生命的支撑，已成为他们生活的主宰，已成为他们活下去的信念，唯有拥有彼此，他们才能真正拥有幸福源泉。当一切障碍都被扫清后，他们的保护人恩肖先生却日渐衰微，两个如此相爱却又如此不相配的人让恩肖先生矛盾不已，虽然他爱着两个孩子，希望他们有灿烂、美好的未来，可是也知道他们彼此是不适合的、不匹配的，他明明知道他们是不能在一起的，他们是不会在一起的，可是他却放任他们的感情恣意生长，放任希刺克列夫喜欢凯瑟琳，放任凯瑟琳和希刺克列夫在一起，毫不阻拦，他明知道他们没有未来，可是由于太爱希刺克列夫，竟说不出口。他明知道，他们中间横亘着身份、地位、阶级、金钱这些不可逾越的鸿沟，可他还是放任他们，未曾阻止。当然，恩肖先生也知道，他的劝诫或许是起不了什么实质作用的，根本没有办法割裂两人深厚的情感纽带，凯瑟琳还好，可希刺克列夫如果没有凯瑟琳这个情感寄托，他会消沉堕落成什么样啊！后果不堪设想，所以，因为爱，所以保持沉默，但知道悲惨的结局，郁郁难安，日渐消瘦。因为无法把控，也无法改变，又不能释然，只能为难自己，忧思成疾，终至命绝。随着恩肖先生的离世，凯瑟琳和希刺克列夫的好日子也到头了。

恩肖先生去世，辛德雷回来了，这个残暴无情的人继承了呼啸山庄，几多风雨不掩情，历经患难终成恨。呼啸山庄的爱恨情仇开始了。辛德雷一掌管呼啸山庄，就把希刺克列夫降到了他应该在的位置——仆人，一降到底，和仆人一起吃喝住行，每天有干不完的活，没有受教育的权利。还好，只要有凯瑟琳，生活无论苦成什么样，他也能苦中作乐，怡然自得。在反抗"暴君"的战斗中，反而加深了希刺克列夫和凯瑟琳两人的同盟情谊，使他们能够在对抗凶恶的环境中荣辱与共，患难相随。在无数次的疾风细雨中，两人在呼啸山庄嬉笑奔跑，在对抗辛德雷的残暴统治中，两人紧紧依偎，相互鼓励，在无数个月明星稀之夜，两人畅谈玩乐，任谁也无法拆散这坚固的联盟。除非他们自己想放弃，他们中的一方想放弃。

两个人突发奇想，想到呼啸山庄外的世界感受一下，在夜黑之时悄悄到了画眉山庄，他们偷偷摸摸的行为举止可以瞒过人的眼睛，可怎能躲得过狗的看守，凯瑟琳被狗咬了脚踝，血流不止，也招来了林顿家的人，希刺克列夫又急又怕，开口大骂，让他们放开凯瑟琳。凯瑟琳是呼啸山庄的小姐，当然会得到很好的照顾，他们撵走了希刺克列夫，以为这个满口脏话的邋遢孩子是凯瑟琳的小跟班。希刺克列夫无奈之下只能悻悻离开，带着满心的关切和失望，只能和凯瑟琳告别，一个人回到了呼啸山庄，而竟忘记了自己的境遇，他会得到多么严酷的惩罚啊！

　　凯瑟琳作为呼啸山庄的小姐，从未见识过高雅、文明的举止，从不知道何为端庄淑女，从不知道女子要有大家闺秀之范，要衣着得体，举止得体，言语得体。凯瑟琳从未做过淑女，这些触手可及却从未尝试过的礼仪对凯瑟琳颇有吸引力，一下子就颠覆了之前的认知和观念，从此刻开始，她才真正意识到门第、金钱、地位的重要，生活中除了胡闹、玩乐之外，还有更多吸引人的东西，更多值得追求的东西，更多她可以唾手可得、足以使她光鲜亮丽的东西。凯瑟琳被这些外在的东西深深吸引、沉醉其中，一度不能自拔。所以，希刺克列夫骨子里的可贵之处就被忽视了。当凯瑟琳手上牢牢握着希刺克列夫时，她就不会把他看得那么重要了，反而会更在意那些让她虚荣心膨胀的东西。被一个身份高贵的人追求总是会比被一个身份地位低下的人追求所带来的感觉更为美好，更为浪漫。

　　没有争吵，没有禁锢，没有闲言碎语，没有担心害怕，有的只是被赞赏、被欣赏，被小心翼翼地呵护和照顾，处处是浪漫，处处是和谐，处处是温馨，这种被人捧在手心的感觉真是美妙，妙不可言。凯瑟琳沉浸其中，欢喜异常，不能自拔，再看到希刺克列夫，自然觉得拿不上台面，这样在凯瑟琳的内心深处就多了几分疑虑、几分顾虑、几分担心、几分挣扎、几分不满。凯瑟琳的虚荣之花蔓延开来，无可阻挡，哪怕是希刺克列夫的热情和忠心也不能抵消她的虚荣，凯瑟琳和希刺克列夫的爱情之路受到重创，在现实面前，爱情是何等脆弱和不堪啊！因为被狗咬伤，凯瑟琳在林顿家养了一个多月，为那里的典雅端庄所吸引，自己也渐渐往淑女小姐的路上走了，干净整洁，穿着得体漂亮，举止稳重高雅，她渐渐成为淑女典范，沾沾自喜。回到呼啸山庄时，完全颠覆了以往小野人的模样，非常端庄高雅从漂亮的小黑马上下来，棕色的发卷从一只插着羽毛的海狸皮帽子里垂下来，穿一件长长的骑马装，双手提着裙子，雍容华贵地走进来。脱下骑马装，里面是一件方格子的丝长袍，白裤，亮光光的皮鞋，狗跳起来欢迎她的时候，她非常高兴，却不像从前那样摸它们，怕狗会扑到她漂亮的衣服上。她异常小心，不敢做大幅度的动作，防止弄坏自己的新衣服。当然她最想见的还是希刺克列夫，可是希刺克列夫在她不在家的这段时间，因没人管，比之前糟糕更多，衣服从未换过，满是灰尘和泥土，从不清洗头发，满脸满手都是一团黑，这如何配得上端庄、典雅、高贵、漂亮的凯瑟琳小姐，就自己藏了起来。辛德雷非常得意，妄想破坏希刺克列夫在凯瑟琳心中的位置，让希刺克列夫出来相见。凯瑟琳一发现希刺克列夫，立马飞奔拥抱亲吻，停住以后纵声大笑，嚷道：

> "怎么啦，你满脸的不高兴，而且多——多可笑又可怕啊！"

> "我并没有意思笑你呀，"她说，"刚才我是忍不住笑出来的。希刺克列夫，至少握握手吧！你干吗不高兴呢？我只不过是看你有点古怪罢了。要是你洗洗脸，刷刷头发，就会好的，可是你是这么脏！"

> 她关心地盯着握在自己手里的黑手指头，又看看她的衣服，怕自己的衣服和他的衣服一碰上会得不到好处。

> "你不用碰我！"他回答，看到她的眼色，就把手抽回了。"我高兴怎么脏，就怎么脏。我喜欢脏，我就是要脏。"①

自此，希刺克列夫和凯瑟琳之间亲密的关系有了隔阂，也有了第三者，这就是埃德加·林顿。埃德加是典型的上流社会的绅士，善良、有修养、举止得体，上下阶层的优越感尤其强烈，换言之，就是把希刺克列夫放在仆人之列，不愿意平等对待他，更难接受凯瑟琳和他打成一片。他是不知道凯瑟琳和希刺克列夫的深厚情谊，否则，依他的性格，是绝不会接受自己喜欢的女孩喜欢一个下等人的。当然，呼啸山庄的兄妹是不会告诉他真相的，埃德加也绝不会听信仆人们的闲言碎语，所以，他对凯瑟琳和希刺克列夫之间的情感一无所知也就不足为奇了。如果埃德加知道凯瑟琳有这样的情感纠葛，定然是不会涉入其中的。

凯瑟琳是喜欢埃德加追求自己的，这样就显得自己的身份地位高贵起来，

---

① 勃朗特.呼啸山庄［M］.张玲，张扬，译.北京：人民文学出版社，1999：49.

这是她的虚荣心作祟,一些女孩子的惯用伎俩,可却刺激了希刺克列夫,两个人之间有了芥蒂、有了争吵,但因此也加固了两人的情谊。埃德加来看望凯瑟琳引起希刺克列夫强烈的不满,埃德加的无心之言,让希刺克列夫怒发冲冠,没有控制好自己的脾气,先对埃德加动了手,这让埃德加惊讶无比,下人怎可对客人如此无礼?还未等埃德加反应过来,辛德雷就把希刺克列夫拽到阁楼里痛打了一顿,并且关他禁闭。这让凯瑟琳深感伤心,又无能为力,不能当众替希刺克列夫开脱,虽然在饭桌上不动声色,可是等大家都热闹起来,她就去找希刺克列夫了,爬到了他被关的阁楼里,两个人和好如初,冰释前嫌。

可惜,身份、地位、财富的差异还是摆在那里,凯瑟琳感到和希刺克列夫在一起无钱、无望,只能过下等人的生活,这是她极不愿意的,何况又在辛德雷的摆布之下,所以凯瑟琳忧心忡忡,烦心不已,一心想解决这个进退两难的问题,她想到的办法就是嫁给埃德加,进而让埃德加出手帮助希刺克列夫,使他摆脱辛德雷的控制、统治,使他摆脱下等人的地位,这当然是凯瑟琳的一厢情愿,两个男人都毫不领情,尤其是希刺克列夫,决绝地离家出走,离开了他生命中最重要的人。

因为生活,因为想要更好的生活,凯瑟琳在徘徊犹豫,她是喜欢埃德加的,谦逊有礼,有绅士风度,敦厚善良,嫁他生活是有保障的,会幸福,会富足。但她知道她的内心深处是爱希刺克列夫的,这种爱是不露痕迹、不动声色的,她知道这种爱已经和她的血液、她的五脏六腑、她的身体融为一体,已经成为她的一部分,她知道她和希刺克列夫无法割裂,否则就会失去灵魂,犹如行尸走肉。可是这深沉的爱却不能给她荣华富贵,不能让她受人尊敬,不能让她坐拥上层阶级的生活,反而会受到之前同阶级的人的贬斥和指责,这是凯瑟琳无法接受的,所以,她动摇了,不能把和希刺克列夫刻骨铭心的爱情坚持到最后。她想仰仗埃德加改变希刺克列夫的低下地位,但如果真是这样,凯瑟琳将不再属于希刺克列夫,二人的关系也不再牢靠,不再亲密无间,即使不是一下子分离,也是渐行渐远。所以,这只是凯瑟琳的设想,她还没有想明白到底该怎么办,只是一种想法,仅此而已。

然而希刺克列夫听到了,内心自然是震惊不已、伤心难过、郁闷无比。

如此的深爱，如此的忠贞竟是让自己最爱的人三心二意、心猿意马、左右为难、心有顾忌。当然，他也是痛恨自己的，因为自己身份低微、无钱无势，没有显赫的家庭背景，这就让自己和挚爱的人无缘，就让自己最爱的人深陷两难境地。他痛恨自己的无用，痛恨自己虽然深爱凯瑟琳，却不能给她内心深处想要的东西，他是无力的，更是无能的。他所能做的就是悄无声息地离开房间，悄无声息地离开呼啸山庄，悄无声息地离开凯瑟琳，他什么都做不了，除了让自己消失得无影无踪，干干净净。既然爱人的心已变，既然最爱的人想嫁他人为妻，既然自己无法达成爱人的愿望，那么，悄无声息地消失便成为最好的选择。希刺克列夫远走他乡，带着决绝和渺茫的希望，如果能闯出名堂，就回来娶爱人，如果不能，也愿她安好。

希刺克列夫的不告而别让凯瑟琳伤心不已，也要了她半条命。在寒风骤雨中找寻不到希刺克列夫的身影，夜不能寐，空等来人的煎熬中，凯瑟琳病倒了。胡言乱语，如梦如狂，她再不能经受任何刺激了。经过了病痛的侵袭，经历了思念的煎熬，经受了时间的洗礼，从满怀希望到日渐失望，从怨恨不已到后悔不已，从心怀侥幸到彻底放弃，从日思夜想到一念成狂，凯瑟琳终于相信了她的希刺克列夫不会再回来。她以为希刺克列夫是不会离开她的，永远不会，可惜，大错特错了。三年后，她嫁给了埃德加，虽然凯瑟琳对埃德加没有爱情，但埃德加是深爱凯瑟琳的，一切都依着她，照顾她的情绪，照顾她的病情，所以，生活是温馨的、是温暖的，如果希刺克列夫不回来的话，生活会一直这么和顺下去。

在希刺克列夫离家出走三年后，在凯瑟琳结婚几个月后，希刺克列夫归来了，带回足够迎娶凯瑟琳的一切，可惜，爱人出嫁了，这是何等打击，落寞、伤心、难过，可又无可奈何。

希刺克列夫和凯瑟琳的见面不言而喻，即使不能冰释前嫌、放下过去，也是由衷地兴奋。他们都太想念彼此了，也都改变了往日记忆中的模样，一个成为强壮勇武的真男人，一个成为端庄典雅的贵妇人，可是根是连在一起的，三年的时间怎么会荡涤掉这些深厚的情感纠葛呢？怎么会冲刷掉两小无猜、青梅竹马的儿时记忆呢？怎么能当作什么事也没有发生呢？时光流逝，虽已嫁为人妇，但心依旧未变，物换星移，初心不逝，感情依旧。凯瑟琳太得意忘形了，她以为全世界都是她的了，她幸福得不可言表，和丈夫分享着她的喜悦，可埃德加则慌乱不已，以前对待希刺克列夫的态度是不屑一顾的，他只是妻子童年的一个跟班，可事后才知道原来是不可撼动的青梅竹马，他又气又恼，却也无计可施，无可奈何，由于软弱的天性和一味纵容妻子的习惯，埃德加只能听之任之。表面粉饰太平怎么能遮挡暗流涌动，希刺克列夫绝非善茬，怎么可能忍受这令他气恼的三角关系，既然已得不到我的所爱，那就报复我的所失吧！寒风骤雨已至，报复如凶残的恶狼一样吞咬着过往的一切，呼啸山庄已是风云再起，斗转星移，物是人非。

三、对抗世俗权威

凯瑟琳和埃德加的婚姻可谓门当户对，即使凯瑟琳不爱埃德加，也挡不住世俗眼中的好姻缘。传统的婚姻观讲究男女双方在地位、财产等方面势均力敌、相得益彰，而男女之间的情感却可以忽略不计，不同阶级的男女因为爱情在一起的少之又少，即使在一起，也是人间悲剧。尤其是贵族小姐下嫁给一个穷小子，可悲的境遇就会接踵而至，这也是凯瑟琳选择埃德加的主要原因。门第一直是跨越阶层的自由爱情的障碍。希刺克列夫历经艰难世事，已然洞悉他和凯瑟琳爱情挫败的根源是门第，是世俗偏见和不可逾越的权威。

凯瑟琳已嫁为人妇，希刺克列夫所做的唯有报复。他像横在埃德加、凯瑟琳夫妇之间的一根刺，经常性的拜访打破了呼啸山庄一贯的平静和谐，弄得每个人心里都七上八下。如今的希刺克列夫不可同日而语，高大、健壮、勇武、有钱，一副绅士派头，在外闯荡三年，锻炼了一身的本领和超凡的能力，赌博也是信手拈来，只赢不输，也许他的财富就是通过赌博的方式得来的，他有什么不敢做的？希刺克列夫一定是在和辛德雷的赌博中耍了花招，否则辛德雷怎么能拿呼啸山庄当作赌注，最后输得一无所有、一穷二白，从根基上动摇了辛德雷的生活。辛德雷本就是个暴虐、嗜酒如狂的人，没有慈悲心，毫无廉耻感，所以，对于他变得一无所有我们还是拍手称快的，完全可以说，希刺克列夫没有和凯瑟琳在一起，他是始作俑者。如果他能把爱给希刺克列夫一些，让凯瑟琳和希刺克列夫在呼啸山庄正常生活，他们的路也不见得会如此坎坷，即使凯瑟琳最终还是会放弃希刺克列夫，也不至于让希刺克列夫走上如此决绝的复仇之路，可惜没有如果。

得到了呼啸山庄，希刺克列夫并没有就此收手。他的报复对象不仅仅是凭着庄园主的身份地位曾对他拳打脚踢、颐指气使、把他降为仆人的辛德雷，还有画眉山庄的淑女小姐伊莎美尔。何出此言呢？凯瑟琳和希刺克列夫本来自由自在游荡于山林之间，不在乎行为举止，不在乎衣着打扮，不在乎门第权贵这些世俗的东西，随意惬意，两个人心心相印，于大自然中追寻梦幻的天涯，那是他们最快活的时光。可林顿家族的出现，打破了这一切，他们是传统的世家，举止端庄，行为绅士。伊莎美尔小姐，衣着得体，行为举止大方，这为凯瑟琳开启了另一扇门，之前她像个野孩子一样奔跑嬉戏于山林之间，从不知道自己也可像伊莎美尔一样，打扮得精致美丽，收拾得干干净净，成为方圆百里最漂亮的公主。所以在林顿家养了一个多月伤后，凯瑟琳的身上发生了翻天覆地的变化，至少表面上是这样，得体的衣着束缚了凯瑟琳从前假小子的行为举止，淑女的规矩让凯瑟琳自我感觉高高在上，这都刺激了希刺克列夫，让希刺克列夫感到自惭形秽，感到愤怒无比，感到自卑，感觉越来越配不上凯瑟琳，他们之间的路渐行渐远。

同是贵族出身，又是同龄女孩，伊莎美尔对凯瑟琳的影响可见一斑，她的出现使凯瑟琳重新审视自己、定位自己、怀疑自己、否定自己、改变自己。她先是从外表上有了根本改观，进而到思想观念，之前凯瑟琳是不在乎金钱、门第之类的，只要能和希刺克列夫在一起就好，只要能尽情玩乐，让自己开心就好，只要不拆散她和希刺克列夫就好，可是短短几个月的时间，凯瑟琳就改头换面，彻底颠覆了自己过往的生活、过往的习惯、过往的一切，她对希刺克列夫也不一样了，他们再也回不到从前心中只有彼此的美好了。是伊莎美尔的出现让凯瑟琳开始改变，让凯瑟琳对希刺克列夫坚定的感情开始动摇。作为凯瑟琳改变的引领人，希刺克列夫把伊莎美尔作为报复对象似乎也是合乎情理的。

在与凯瑟琳的交谈中，希刺克列夫偶然得知伊莎美尔钟情于自己，窃喜不已，正愁没有机会，谁承想得来全不费工夫。然而，他并不知晓凯瑟琳曾因为他的离家出走丢了半条命，更不能预料凯瑟琳会因为他的再次出走丢了自己的性命，这也是后来希刺克列夫最无法原谅自己的事情。伊莎美尔暗恋自己，希刺克列夫利用这点和她私奔，伊莎美尔真是太过天真，她听不进凯瑟琳的劝阻，不相信希刺克列夫爱的是凯瑟琳，即使亲眼看到了希刺克列夫的残忍，把她心爱的小狗活活吊起来，也不相信希刺克列夫的暴虐无情。他们绝尘而去，正逢凯瑟琳大病之时。

　　希刺克列夫骗娶伊莎美尔，不过是为了打击林顿家族所谓世家门第的虚伪，作为一个不受上层社会尊重的吉卜赛弃婴，他用金钱敲开了对他关闭的大门，因为自己的勇武可嘉，用别样的风采吸引了自幼受淑女典范教育的伊莎美尔的青睐，真是极大的讽刺。原来所谓的门当户对在金钱面前不值一提，而且在金钱面前会舍弃所谓的高贵尊严，当初不就是因为自己无钱无势凯瑟琳才把自己抛弃的吗？所谓的门第、地位不也被他踩在脚下了吗？曾经不可一世、目中无人、清高自傲的贵族小姐不也任他蹂躏吗？曾经自己够不到，因此而自卑的这些外在因素不也臣服于自己了吗？真是世事无常啊！只是今天得到的这一切只能给他快感，而不能带给他任何的幸福。一开始，希刺克列夫也只是把伊莎美尔当作玩弄的对象。娶到她，让她和自己私奔，足以败坏林顿世家的名誉，所以希刺克列夫并未走求婚这些正常的程序就把伊莎美尔收入掌中，就是想给自诩清高的林顿家族一个侮辱，在这里，我们也能感受到伊莎美尔的天真幼稚、单纯可欺。

　　如果凯瑟琳不出意外，没有死去，希刺克列夫也不会如此心狠手辣、凶残暴虐地对待伊莎美尔吧！毕竟他和凯瑟琳的争执是因伊莎美尔而起，这也导致了凯瑟琳的死亡！

　　伊莎美尔爱上希刺克列夫，原因无非神秘感的诱惑，且希刺克列夫英俊、潇洒、冷酷、有钱。因为有钱，以前的缺陷都成了优势，种族的差异也成了异国情调。这对常年生活平静的伊莎美尔具有前所未有的吸引力。凯瑟琳深知希刺克列夫的为人，知道他不会爱伊莎美尔的。为了让伊莎美尔死心，她透露给希刺克列夫，三人一室，何等尴尬。凯瑟琳太自以为是、太自作聪明了，她以为希刺克列夫还像儿时一样，召之即来，挥之即去，不会违逆她的意思。可事实是希刺克列夫早已变得心机深沉，他现在最需要的是报复，正愁没有机会呢，完全没有想到如此轻易就能把伊莎美尔诱骗到手了，当然，那时的他是不知道凯瑟琳再也经受不起如此大的刺激和打击的。

当时的场面非常混乱，埃德加和希刺克列夫剑拔弩张，一触即发，凯瑟琳夹在中间左右为难，一向文弱的埃德加顶住身体颤抖、心里害怕等重重阻力，面对希刺克列夫的出言讽刺、凯瑟琳眼中流露出的无情嘲弄，埃德加绝地反击，趁着希刺克列夫得意扬扬、大声叫嚣时，猛然出拳，打得希刺克列夫措手不及，埃德加趁乱迅速出去寻找仆人帮忙，希刺克列夫寡不敌众、落荒而逃。

埃德加和凯瑟琳大吵一架，一反往日常态，他没有再纵容凯瑟琳的任性、胡作非为，而是和她冷战，谁也不理谁。凯瑟琳大受刺激，绝食抗议，感受不到丈夫对自己的怜爱，希刺克列夫也不知所终，于是旧病复发。埃德加后悔不已，悉心照料，形影不离，却已是回天无力。此时私奔的希刺克列夫也回来了，如此短的时间，可见是放不下凯瑟琳，怕凯瑟琳伤心难过，赶紧回来解释，设想两人继续争吵、继续这种关系不清的爱恨交织，甚至因为有了伊莎美尔这层关系，进出画眉山庄更方便，更得心应手。可是，凯瑟琳已然危在旦夕，大错已铸成，悔不当初，后悔莫及！

希刺克列夫一回来，就来找凯瑟琳，获悉凯瑟琳病重的消息，内心可想而知，懊悔不已，却又无能为力，六个小时焦急而又无奈的徘徊等待，痛恨自己时就狠命用手砸树。如果代价是凯瑟琳，那他什么都不会做，他宁愿死的是自己，宁愿自己从未回来过，宁愿不打扰凯瑟琳的平静生活，宁愿什么仇也不报。可是这个世界上没有如果，后悔无用，于事无补，深深的无力感，只能自残，用身体的痛苦来减轻内心深处的创痛。希刺克列夫一定乞求过上帝无数次，一定衷心祷告过愿付出一切代价只要凯瑟琳能活，可是当什么也改变不了时，当凯瑟琳还是死去时，希刺克列夫就失掉了一切信仰，世上再无让他珍惜的人或事，他在世间唯一的任务就是报复，为了自己，也为了凯瑟琳，向毁掉他们爱情的世俗和门第发起进攻。

门当户对是自古就通行的婚姻观。男女结合讲究门当户对。家庭地位、阶级归属、财富等都是考虑因素。因希刺克列夫无权、无势、无钱，必然被上层阶级排除在外，而希刺克列夫与凯瑟琳之间的爱情玷污了呼啸山庄的门庭，这也是辛德雷想方设法侮辱希刺克列夫的原因，把他降到最低的位置，令希刺克列夫自惭形秽，知难而退，让凯瑟琳看到希刺克列夫的卑微无力，让她主动放弃。他们能经受住外来的一切阻力、一切侮辱、一切欺凌，可却从内部瓦解了，本质原因就是身份地位的不对等。如果不是这些外在因素，他们的爱情也能一直延续下去。所以，希刺克列夫认清了破坏、毁掉自己和凯瑟琳美好关系的罪魁祸首。他向门第开启挑战，把之前踩他入泥的一切都摧毁。

　　伊莎美尔的遭遇堪称实例。与伊莎美尔私奔之后，希刺克列夫对她弃之如敝屣，往呼啸山庄一扔，自己便消失无踪了。伊莎美尔对自己的婚姻，对自己的爱人，是满怀憧憬的，以为和希刺克列夫未来可期，事实上却是"未来可欺"，未曾料到现实如此残酷。她从未想过日子可以这般，和她往日的生活截然相反，粗俗无力，本末倒置，没有规律，没有规矩，没有章法可循，没有秩序可言，伊莎美尔告别了往日温馨舒服整洁的环境后，也迅速堕落下去，容貌不整，衣衫不洁，凌乱不堪，和希刺克列夫的关系也急速下滑，她完全蒙了，感觉自己所有的憧憬，之前所有的梦幻，都葬身于此。伊莎美尔的日子真是苦不堪言，从白雪公主一下子变成了灰姑娘，而这一切的罪魁祸首就是希刺克列夫。

　　希刺克列夫对伊莎美尔的报复之心由来已久，因为是她影响了凯瑟琳的价值观，引领凯瑟琳向往上层阶级的贵族生活，开始嫌弃希刺克列夫。所以，以希刺克列夫睚眦必报的性格，决然不会放过伊莎美尔。他不像报复辛德雷那样简单，只单纯掠夺他的财富，让他变得一无所有，而是从根源上去撼动伊莎美尔的优越感。不是淑女小姐吗？不是最注重门当户对吗？不是最有修养举止吗？不是自诩高贵吗？不是以自己的家族为傲吗？不是以自己的世家身份为傲吗？不是瞧不起下等社会生活吗？希刺克列夫就要打破这一切。偶然得知伊莎美尔倾心于自己，不费吹灰之力，就把她诱骗到手，让她和自己私奔。私奔意味着什么，意味着女人不顾"廉耻"，不顾家人，不顾家族荣誉，没有结婚就和男人同居，这在当时的社会是大忌，没有几个私奔的女人下场是好的。本可以明媒正娶，希刺克列夫偏偏和伊莎美尔私奔，就是为了让她颜面尽失，有家回不得，令其承受众叛亲离的下场，这在埃德加对私奔的妹妹置之不理，甚至连一个字都不愿意写给她的境遇中可见。没有家族作为依靠，自诩高贵的伊莎美尔一文不值。在呼啸山庄，伊莎美尔的高贵、自尊无处彰显，当一切美好不在时，剩下的就是怨天尤人、自暴自弃，原来上层社会的高贵和尊严是如此不堪一击，所谓规矩也只是绣花枕头罢了。伊莎美尔的失足给传统世家画眉山庄一记响亮的耳光，只能断绝和伊莎美尔的关系，方能保全家族的荣誉，其软弱和无力不觉让人感叹，如此不堪一击，真是让人意外。

　　既然已使伊莎美尔脱离了上层社会，成为一个自甘堕落的女人，怎么对待她就显得不重要了，让其自生自灭，忍受拳打脚踢，冷落谩骂已然是家常便饭，仅有的尊严荡然无存了，伊莎美尔只能以泪洗面，感叹自己遇人不淑。希刺克列夫没有想到，看起来如此高不可攀的贵族淑女小姐如此不堪一击，真是令人贻笑大方，希刺克列夫对她也就不屑一顾了，打一只完全丧失战斗力的老虎有什么意思，对她更加憎恶，眼见心烦，毫不在乎她的后路，甚至内心深处期望她赶紧离开自己的家。伊莎美尔也没有在地狱般的呼啸山庄待太长的时间，了解事态发展之后，对希刺克列夫不再抱任何希冀，但也没有办法和"大魔王"希刺克列夫抗衡，就直接选择逃跑了。因为名誉地位遭受重创，也为了避免希刺克列夫再找自己的麻烦，只能远走他乡，只身前往伦敦生活，再也没有回过自己的故乡，真是苦不堪言啊！

　　希刺克列夫差不多毁掉了伊莎美尔的生活，为何对凯瑟琳的丈夫、画眉山庄的当家人——埃德加显得格外开恩呢？埃德加对希刺克列夫有夺妻之恨，何况埃德加还打过希刺克列夫呢。纵览全书，除了凯瑟琳，希刺克列夫对埃德加是最仁慈的，如果不是因为小林顿命不久矣，他一定会让埃德加善终的。何以如此呢？不是应该报复得最强烈吗？这和凯瑟琳有莫大的关系，希刺克列夫深爱凯瑟琳，对她的伤害也是最深的，两次出走要了凯瑟琳的命，而在凯瑟琳身心受伤期间，都是埃德加悉心照顾，用心呵护，细心应对，绝口不提令凯瑟琳伤心难过、难堪的事情，对凯瑟琳全心全意地呵护、照顾。埃德加对凯瑟琳也是真爱，可以舍弃自己的喜好，迎合凯瑟琳的喜怒无常，把她宠得像个公主一样，也从不打搅凯瑟琳的心境，虽然意识到凯瑟琳真心爱的不是自己，也愿意日夜不分地陪伴她，形影不离地呵护她，事无巨细地照顾她，全力以赴、竭尽所能让凯瑟琳幸福快乐。这些都是希刺克列夫做不到的，希刺克列夫像一个刺猬一样，虽然爱得极深，却也把爱人伤得体无完肤，凯瑟琳的死希刺克列夫是要负全责的，所有事情的根源都是希刺克列夫，一而再、再而三地伤害、刺激凯瑟琳，终使她走向不归路。而且多年后希刺克列夫挖出她的尸体，让凯瑟琳死都不得安息。当然，凯瑟琳不安分的鬼魂也搅得希刺克列夫寝食难安，惶惶不可终日。在希刺克列夫的心里，虽然痛恨埃德加，但对他的所作所为又自叹不如，虽是情敌，但埃德加给予凯瑟琳的爱是自己无法比的，是自己无法做到的，自己又怎能去找埃德加复仇呢？

就此而言，什么是爱？爱是自私的吗？爱是利己的吗？相互抱怨，相互指责，相互折磨，相互摧残，负气冷落，决然出走都是爱吗？如果是，这种爱存在的价值和意义何在？如果不是，又怎会让人如此刻骨铭心，久久难以忘怀？

如果爱是温馨、关心、呵护，润物细无声，为何会趋向平淡，终至无味？让人感受不再强烈，让人不再有丝毫涟漪。为何在平淡如水的生活中磨掉所有的激情，终至落寞难安？

四、追求对等的力量

希刺克列夫爱憎分明。内心深处虽深爱着凯瑟琳，但想到凯瑟琳对自己的背叛，内心极不平衡，所以将爱的表现形式转化为争吵、伤害对方，对方越痛，自己就越爽、越有快感，爱在某种程度上变成了相互折磨。这种折磨让人伤心难过，却又无力隔绝，以这种方式建立的联结，看似没有什么亲密的关系，实际上又是密不可分的。希刺克列夫和凯瑟琳相互抱怨，觉得两个人没有在一起，都是对方的原因，一方不告而别，杳无音信，让人伤心难过，苦等不归，终至绝望；一方贪慕虚荣，嫌贫爱富，左右摇摆，无从选择。虽然时过境迁，凯瑟琳已嫁为人妇，有了自己新的生活，但二者都对此耿耿于怀，不能释然，这也是爱之深、责之切吧！可能希刺克列夫和伊莎美尔私奔也有气凯瑟琳的原因吧！让凯瑟琳感受一下背叛的滋味，感受一下爱人另娶其他女人刻骨铭心的伤痛和绝望！可惜，事与愿违，他怎么能够想到凯瑟琳是经受不起这样的打击的，他以为凯瑟琳和他一样坚不可摧呢！天意如此，人何以堪？希刺克列夫无论如何后悔也无法挽回了！

一月是一个特殊的时间点。所有的转折都从此开始。凯瑟琳发现伊莎美尔对希刺克列夫的暗恋，她们因此发生争吵，凯瑟琳无论出于对心上人希刺克列夫的不舍，还是明知道希刺克列夫绝不会爱上伊莎美尔，为自己的小姑着想，她都要劝阻伊莎美尔，希刺克列夫是一个不可能被驯服的人，不懂文雅，毫无教养，看似颇有魅力的外表下绝不可能深藏着善良和爱恋。他不是淳朴之人，而是一个凶残无情的像狼一样暴虐的小人，他绝不会爱上林顿家的人，当然为了财产也许会结合，因为希刺克列夫也是贪婪无耻的。凯瑟琳对希刺克列夫真是了解到骨子里了，明知道他是一个如此凶狠之人，可却无法割舍和他的联系，不舍得放下和他的关系。虽然凯瑟琳知道他是一个凶狠之人，心怀叵测，可依然相信他，依然相信他们之间的爱情，即使时过境迁也不变，毕竟这段感情都是彼此生命的支撑，见证了彼此生活的美好。凯瑟琳曾向奈莉坦言：

> 我不能说清楚，可是你和别人当然都了解，除了你之外，还有，或许应该有，另一个你的存在，如果我是完完全全都在这儿，那么创造我又有什么用处呢？这个世界上，我最大的悲痛就是希刺克列夫的悲痛，而且我从一开始就注意并且相互感受到了。在我的生活中，他曾是我最强的思念。如果别的一切都毁灭了，而他还留下来，我就能继续活下去；如果别的都留下来，他却消灭了，这个世界对于我将成为一个陌生的地方。我不会像是它的一部分。我对林顿的爱像树林中的叶子：我完全晓得，在冬天变化树木的时候，时光会变化叶子。我对希刺克列夫的爱恰似下面的恒久不变的岩石，虽然看起来他给你的愉快并不多，可是这点愉快都是必需的。我就是希刺克列夫！他永远永远地在我心里，他并不

是作为一种乐趣，并不见得比我对我自己还更有趣些，却是作为我自己本身而存在。①

希刺克列夫也是如此，他们两个恩爱的方式如此特殊，相互依赖，刻到骨子里，你就是我，我就是你。即使有不可调和的矛盾，即使争论不休，即使感到不为人知的隐痛，即使遭到全世界的唾骂，即使被全世界遗弃，只要拥有彼此，生命依然健壮顽强。他们之间是不能背叛的，否则会形同行尸走肉，生无可恋，生命中再无光。可现实生活的处境还是使他们分离了。两个人都痛苦不堪，凯瑟琳一下子病倒了，任病情蔓延而不加抵抗，任回忆游荡徘徊而不想未来在何方，任消极无望侵蚀自己灿烂无比的魅力，任由自己的心随希刺克列夫漂泊流浪，当然，所有都是她的妄想，因为她不知道希刺克列夫身在何处，她的心无处安放，慢慢消沉，像花儿一样枯萎凋零。

希刺克列夫孤身一人，独闯天涯，尝尽一切苦痛，忍受了无数白眼谩骂，铸就了坚强的体魄和心性，但内心深处依然是漂泊无依的。心中只有一种信念在支撑着他，挣到足够的钱，回到凯瑟琳身边，迎娶凯瑟琳。无数的苦难挣扎，也浇不灭远在故乡背叛自己的凯瑟琳在他心中点燃的烈火，每每想到背叛自己的凯瑟琳，无望的生活更徒添绝望的种子，唯有崛起，才有再见她的可能，才有娶她的希望，才有未来的幸福期盼。互无音信的两人都默默地苦撑，一个是满载希望的无望，一个是心怀绝望的希望，但还是败给了时间，再见时，已不再是心中承诺的模样。当然，内心深处还是初心不变，只是不动声色，深埋心底。

历经愤怒，历经悲哀，历经绝望，最终又达成和解，感受到了自己的欣喜，原来这就是刻骨铭心的爱，即使相互痛恨、相互埋怨、相互仇视，给对方增添无数的伤害，但只要能在一起，无论是否有婚姻的保护，都能和世界和解，都能重拾信仰，都能忍受全世界的不公，都能回到最初的模样，虽然凯瑟琳知道希刺克列夫是一头凶残的狼，是一个无情的暴君，是一个残忍的魔鬼，因为深爱，情感无法压抑，虽然极力克制，却无济于事，那是另一个

---

① 勃朗特. 呼啸山庄 [M]. 张玲，张扬，译. 北京：人民文学出版社，1999：77.

"我"啊！凯瑟琳也知道希刺克列夫深爱着自己，不会对自己报复，但并不代表不报复其他人。

> 我并不要对你报复，那不在计划之内，暴君压迫奴隶，他们不反抗他；他们欺压他们下面的人。你为了使自己开心，而把我折磨到死，我甘心情愿；只是允许我以同样的方式让我自己也开开心，而且也跟你同样的尽力避开侮辱。你既铲平了我的宫殿，就不要竖立一个茅草屋，而且满意地欣赏你的善举，认为你把这草屋作为一个家给了我。要是我以为你真的愿意我娶伊莎美尔的话，我都可以割断我的喉咙！①

两个人因此大吵一架，凯瑟琳一直以为希刺克列夫除了自己不会娶任何人，因为他爱的是自己，他的心里装不下任何人。可是希刺克列夫内心深处无处安放的疼痛需要用更残忍的报复来缓解，这也许就是嗜血的快感吧！既然痛在我心，毁掉痛恨的人是不是能好受一些呢？既然爱在我的生活中已无可改变，那么让我的恨来改变秩序，是否会让凯瑟琳也能感同身受呢？是否能让凯瑟琳感受到我心倍受摧残之痛的十分之一呢？是否能让她那残忍的心也品尝一下心碎的缺失呢？希刺克列夫不会对凯瑟琳报复，但并不代表希刺克列夫会放弃报复。

希刺克列夫的报复开始了，只是城门失火、殃及池鱼！虽然深爱凯瑟琳，虽然未曾想对她进行报复，但他却不知道凯瑟琳是再也不能承受任何刺激的，又怎么可能受得了希刺克列夫再次离开她的打击呢！希刺克列夫的报复计划刚刚开始，和伊莎美尔还在私奔的路上，凯瑟琳就精神错乱，重病难愈了。凯瑟琳带着满腔的郁闷奔赴黄泉了，这对希刺克列夫是多么惨痛的打击啊！

希刺克列夫心有千千结，都是关于凯瑟琳的，有一种痛叫后悔莫及；有一种失去是叫天天不应，叫地地不灵；有一种遗憾叫以为你没事，再见已是生死两茫茫。无论从前多么艰难苦恨，无论前方多么阴暗寒冷，无论从前多么失望沮丧，至少还有你，至少你还活着，至少我还有前行的动力。你在，

---

① 勃朗特. 呼啸山庄［M］张玲，张扬，译. 北京：人民文学出版社，1999：106.

仍能看到生命的来处，可是如今阴阳两隔，生命已无归途。所有的努力已再没有意义，追悔莫及，懊悔不已，为何天意如此弄人？

　　心中纵有万千不舍，都无法改变凯瑟琳逝去的事实。可以想见，如果伊莎美尔不在凯瑟琳去世的那几日逃离，那么她这辈子也休想逃出希刺克列夫的魔爪，那将苦不堪言，生不如死。希刺克列夫失去了世间唯一可以顾虑的爱人，再无障碍，他的复仇之路开始了。

　　希刺克列夫报复的是什么呢？是人吗？是毁掉他和凯瑟琳幸福的辛德雷吗？是让凯瑟琳对自己与希刺克列夫在一起的未来产生怀疑的伊莎美尔吗？是夺走他爱人的埃德加吗？是，也不是。希刺克列夫已不是当年那个不顾一切、毫无心机、没有见过世面的穷小子，确实，辛德雷对他拳打脚踢、百般凌辱，但更重要的是主人地位的丧失，从凯瑟琳形影不离的玩伴到被凯瑟琳嫌弃的仆人，辛德雷禁止他和凯瑟琳说话，使凯瑟琳细致入微地观察到希刺克列夫的卑下地位和可悲处境，深切感受到和身无分文、地位低下的希刺克列夫在一起是没有未来的。所以当见过世面、颇有钱财、有一副绅士派头的希刺克列夫再来看待自己年轻时的感情时就很轻易得出是门第毁了他们的爱情这个本质原因。是恩肖家庭的显赫地位不允许他这个有色人种、这个穷小子觊觎他们的小姐，辛德雷所做的只是维护家族荣誉，所以，希刺克列夫对辛德雷个人的报复只是侵占他的财产，而并未太动摇他的生活、权利等。

　　希刺克列夫矢志不移地对葬送自己和凯瑟琳幸福的世俗观和所谓的门当户对的门第观念进行了长达20年不屈不挠的报复，不仅仅是为自己，更是为凯瑟琳。何出此言呢？希刺克列夫衣锦还乡，得知凯瑟琳结婚后，本想悄悄看她一眼后就离开，而见到凯瑟琳后，希刺克列夫就改变了主意：凭着两小无猜形成的心灵感应，希刺克列夫确定凯瑟琳过得并不幸福，虽然见到自己两眼放光，却无法掩饰她的落寞，她没有一点活力，在这举止文雅、温情脉脉的画眉山庄，凯瑟琳的热情、野性、激情被禁锢了。凯瑟琳沸腾的血液、生命的活力被压抑了，内在缺少真挚、快乐，曾经明亮的眼睛也暗淡下来，是这看起来无可挑剔又死气沉沉的肃穆压抑了凯瑟琳。凯瑟琳，放弃与希刺克列夫的爱情，放弃了儿时相互支撑的玩伴，不是为了让自己过得更好吗？

怎么连自己都迷失了呢？所以，不仅仅是为自己，更为了凯瑟琳。

五、人格尊严的彰显

　　无论多么强烈的爱憎，都无法阻挡时间的脚步。所有的得失都湮没在时间的流逝中，凯瑟琳离开人间，无论是否接受，活下来的人都要坚持活下去。无论是悲伤，还是痛苦，都要继续自己的人生。埃德加如此，希刺克列夫也是一样。比希刺克列夫幸运的是，埃德加还有小凯瑟琳做自己的支柱，而希刺克列夫一无所有。或许是出于对凯瑟琳的愧疚，或许是太爱自己的女儿，埃德加把小凯瑟琳抚养得特别好，教育、教养都是亲手抓，而且小凯瑟琳天性自由、勇敢坚强、真诚善良、热情活泼又善解人意，几乎所有的美德都在她身上，永远有对生活的追求和热爱，永远葆有一颗赤子之心，这也足以告慰凯瑟琳的在天之灵了。如果凯瑟琳还在，看到自己的女儿出落得如此美丽大方、惹人怜爱，他们一家三口，该是多么幸福啊！可惜，可惜啊！

　　相较于埃德加，希刺克列夫的日子就更加难挨了，唯有复仇方解自己心中的荒凉。一般认为希刺克列夫对辛德雷儿子哈里顿的行为是对辛德雷报复的延续，这种认识有待商榷，希刺克列夫从未打骂过哈里顿，对待他亦是平等的态度，只是在对待辛德雷时，让他和他的父亲直接对抗冲突，让他不带脏字就不能说出完整的一句话，剥夺了其受教育的权利和享受的特权，除此以外，并未苛待过哈里顿。哈里顿虽没有经过正规教育，却保有真诚、勇敢、坚毅、美好的性格特征，虽然没有任何财产、门第作为支撑、作为依靠，但他敢爱敢恨、活力无限、激情四射。希刺克列夫阻断了呼啸山庄的继承和延续。辛德雷掌控呼啸山庄后，本性暴露无遗，他暴虐狂躁，嗜赌成性，贪婪无耻，懒散堕落，沉迷于酒醉和消极中不能自拔，心中毫无美德和信仰，毫无同情心和爱。因此，他轻而易举就失去了呼啸山庄，沦为自己都瞧不起的奴隶，一蹶不振，醉生梦死，终至自我放弃，留下孤苦伶仃的哈里顿任人欺凌。

　　希刺克列夫取消了哈里顿作为呼啸山庄继承人的权利，和从前的自己一样，让哈里顿光有干活的能耐而没有享乐的权利，被剥夺了上学、受教育的权利，终日劳作，但在人格的完整等方面未多加干涉，任其自然发展。在某种程度上，希剌克列夫成为引领哈里顿的人生导师，让他自尊心强，敢于对生活的不公反抗，敢于追求自己喜欢的一切，敢爱敢恨，在没有门第特权的加持下，哈里顿反而成为一个真诚、善良、热情、开朗、乐于助人的大自然之子。在所有负面的强压下，成长为一个具有正常健康人格的人，积极乐观，敢于追求美好，这是难能可贵的。从这一方面讲，希剌克列夫以此报复辛德雷的后代是失败的，所以希剌克列夫报复的并不是人本身，而是门第。

所谓的高贵出身，在希剌克列夫的报复中脆弱无比、不堪一击，辛德雷以呼啸山庄继承人自居，但自私自利、嗜赌酗酒、暴戾无常、凶狠毒辣、卑鄙无耻、消极堕落、不思进取，终因自己的贪婪而失去了一切。而哈里顿没有任何财产作为靠山，没有任何门第可以仰仗，没有任何达官显贵作为保护人，未受过特权阶层的教育和培养，却成长为活泼开朗、真诚热情、心灵手巧，富有同情心、乐于助人、积极努力的年轻人，难能可贵。因小凯瑟琳无意中的冷落和鄙薄而敏感羞怯，生气郁闷，也体现其真性情，在小凯瑟琳身陷囹圄时，没有表现出希剌克列夫的报复心，而表现出真诚的同情，向小凯瑟琳主动示好，虽遭到小凯瑟琳的冷言嘲讽，也只是短暂的郁闷，并未自我放弃，内心始终有一种积极向上的劲头。当凯瑟琳反应过来，主动抛出橄榄枝，他也并没有大加利用，而是更加虚心好学，彰显其大方的性格。两人因此也结成同盟，开启了他们的爱恋之旅。哈里顿完全凭自身的优点赢得小凯瑟琳的尊重，赢得她珍贵的爱。在这萧瑟的呼啸山庄中，在恶意重重的呼啸山庄中，终于迎来了这一场真诚无比的爱恋，像旭日一样冉冉升起，驱散了雾霾，迎来了新生。

如果说哈里顿最后的胜利是因为希剌克列夫未用极端的仇视态度对待他，在某种程度上还给予了他很多好的影响，所以他才能在呼啸山庄的浑浊中保全自己，那么小凯瑟琳基本是靠着自己赢得最后的荣光。小凯瑟琳是本书中最健全、最动人的形象，虽然自幼丧母，但得到父亲全部的爱和悉心的照顾，再加上恩肖家族固有的坚强、倔强、勇敢的性格遗传，小凯瑟琳成为上帝的宠儿，出落得端庄美丽、自信高贵、知书达理、活泼开朗、勇敢坚毅、善良真诚、乐于助人，对未知事物充满着强烈的好奇心，且动手能力强，有极强的同情心，又疾恶如仇、不畏强权，能够不屈不挠地对抗生活给她的非难和欺压。在父亲的庇护下，小凯瑟琳生活无忧、充实快乐，但骨子里也有较强的门第观念，当她得知身为仆人的小哈里顿是自己的表兄时，瞧不起哈里顿，更愿意和病恹恹的小林顿在一起，认为有哈里顿这样的哥哥是自己的耻辱，因为哈里顿明显是仆人。这样的情境，竟然与凯瑟琳和希刺克列夫的处境差不多，只是他们一开始情感关系淡漠，甚至相互讨厌，缺少凯瑟琳和希刺克列夫之间坚定、强烈的爱憎。

　　小凯瑟琳是小说中最美的形象，极富同情心。小林顿是伊莎美尔和希刺克列夫之子，由伊莎美尔独自抚养至 12 岁，在母亲病逝后被迫回到呼啸山庄生活，身体羸弱，一副病恹恹的贵族派头，天性挑剔，又自以为是，软弱，胆小怕事，没有责任担当，又无事生非，自私自利，爱搬弄是非，爱卖弄自己，连希刺克列夫都讨厌自己的儿子。虽然在物质生活层面有较好的待遇，接受过教育，但仍是一个扶不起的阿斗，利用小凯瑟琳的同情心欺骗她，和她鸿雁传书，维持字面上的爱情。文字里的爱情美好灿烂，可现实中他却经不起任何坎坷和磨砺，典型的纸上谈兵。小凯瑟琳对此也有察觉，本意断交，可念及他的可怜境遇，便瞒着父亲，和他偷偷保持联系，甚至还偷偷去看他。小凯瑟琳哪里知道希刺克列夫的魔爪正伸向她，她马上就掉入希刺克列夫的圈套中，走进希刺克列夫的阴谋报复里了。

　　虽然是自己的儿子，但希刺克列夫已对他厌恶至极，在死神光顾小林顿之前，希刺克列夫依然胁迫小林顿骗来小凯瑟琳。小凯瑟琳被扣留在呼啸山庄，失去了自由，一开始激烈反抗，遭到了前所未有的拳打脚踢之后，小凯瑟琳并未屈服，她虽然吃惊，但并不放弃，而是改变策略，和希刺克列夫谈条件。她知道她是逃脱不了希刺克列夫的魔爪了，现在她最想做的事情是回去见父亲，因为她知道父亲是经受不起这样的打击的，她只想让自己病入膏肓的父亲能安然走完最后一程，她只想让自己的父亲没有任何遗憾和挂牵，哪怕自己要背上沉重的代价，她也在所不惜。希刺克列夫铁石心肠，软硬不吃，只能做小林顿的工作，小凯瑟琳是何等聪明，竟然劝服胆小怕事的小林顿违背自己的父亲，私放她出去，要知道小林顿见了他的父亲都是哆哆嗦嗦、大气不敢出的，这也说明了小凯瑟琳的聪明智慧，即使身陷囹圄，也能急中生智，彰显其个人魅力。

终于逃回了画眉山庄，见了父亲最后一面，告诉父亲她很好，没有遭受任何不幸，父亲终于安然辞世。埃德加刚刚死去，尸骨未寒，希刺克列夫就把小凯瑟琳带回了呼啸山庄，无尽的痛苦开始了，希刺克列夫把照顾小林顿的任务交给了小凯瑟琳，而且不允许任何人帮忙，小林顿已是病入膏肓，每天面对一个垂死挣扎、消极报怨的人，内心深处的惶恐、郁闷可想而知，无人可诉，又无人可求，看着床上自己的丈夫一日不如一日，内心深处的悲哀无处排遣，除了独自忍受，别无他法，所有的痛苦煎熬都在摧残她，让她身心疲惫，无可奈何。她终于开始面对世间的残忍，还好，没有被打垮，反而一往无前地反击和对抗。她迅速适应呼啸山庄冷酷无情的氛围，也变得异常冷漠无情，她绝不屈服于希刺克列夫的恐吓，也非常明智地躲开他的拳头，在长期的周旋中，小凯瑟琳已经学会如何更好地保护自己。而且，她也认清了形势，知道只需要小心翼翼、少招惹希刺克列夫就好，至于其他人，都是无关紧要的，可以置之不理，她很好地学会了明哲保身。但因为怨恨还在，自以为看清了人性的险恶，认为呼啸山庄的人都是恶的化身，所以孤傲地对所有人都置之不理，都不屑一顾。当小哈里顿主动向她示好，小凯瑟琳故作高傲，出言讽刺，一口拒绝，并且以伤害他的自尊为乐，完全不顾及小哈里顿可怜的自尊心。

当不幸的生活笼罩我们，当我们周围都是冷漠和无情时，我们自己也会变得异常冷酷。慢慢丧失了人性的光辉，变成了行尸走肉，心有恶念，只为打击报复。恶之花在呼啸山庄肆意泛滥，一发不可收，人把自己的善出卖给魔鬼，上帝绝尘而去，人性之恶没有限制，只剩下孤零零的自己，再无希望和美好。小凯瑟琳在这险恶的环境下遭受了最恶毒的对待，不可能再有更糟糕的境遇了，人生已处在谷底，就剩下反弹了。

再绝望的处境也会浸入点滴的期望，人总要活下去，因为死不是我们的目的，只是终点，每一个人都是向死而生的。小凯瑟琳在这压抑的环境中也要坚强地活下去，她慢慢知道了抱团取暖的重要性，她可以在这险恶无情的环境中寻找一个同盟共进退，改善她的孤苦无依，可以和她一起对抗这冷酷的环境。无论从何层面讲，哈里顿都是最佳人选。虽然有过过节，哈里顿的自尊心也受到伤害，但他天性善良、真诚，面对小凯瑟琳的真诚示好，很快就冰释前嫌了。小凯瑟琳和哈里顿坚定的同盟形成了，他们不仅仅是同盟，在同样最美的年龄，长年枯寂、压抑的生活，同样的真诚勇敢，怀有同样美好的感情，朝夕相伴，彼此学习，融合和改变，慢慢产生了爱情。

美好的情感喷薄而出，任何世俗和言语都不能摧毁好不容易形成的默契。与凯瑟琳和希刺克列夫的爱情不同，他们彼此依靠，谁也不嫌弃谁，在艰难困苦落魄的生活中，二人撤除了一切外在阻挡，拥有彼此成为生命中最重要的事情。就连希刺克列夫也大受感动，本要报复他们，本要彻底摧毁门第所谓的高贵，本以为再也不会和这个社会和解，可看到小凯瑟琳和哈里顿克服重重障碍，身处最惨的境遇却开出最美的爱情之花，大受感染，终放下所有的仇恨，和他们和解了。

当希刺克列夫的仇恨被小凯瑟琳和小哈里顿的爱情消融，他内心深处的爱也复苏了。游荡在荒原上的凯瑟琳也终于找到回家的路，恨终于被爱消融了。爱如春风，冰冷的漫漫冬日终于结束，所有的萧瑟、冰冻都慢慢消失，春回大地，万物复苏，生机盎然，终于每个人都找到了自己的归宿，各得其所。

希刺克列夫对门第进行了长久的不屈不挠的斗争。因为门第，毁了他和凯瑟琳的爱情，毁了他和凯瑟琳两个人的人生。而门第，即所谓的门当户对，对于爱情、婚姻有多大的作用是有待商榷的。希刺克列夫不受管束，没有门第的束缚和管教，行事野蛮凶狠，而辛德雷即使出身世家，也是暴虐残忍。如此看来，个人的成长和性格的养成和门第没有太大的关系。更重要的是教育和教养，一种是细心教导，一种是在现实的磨砺中收获，无论如何取得，最重要的是关注本心。女性主义是跨越阶级与种族界线的社会运动，自产生以来，致力于纠正世间一切不平等的关系，不仅推动了社会观念的深刻变革，更是为平等权利的实现而持续斗争。它并非局限于某一特定群体或阶层，而是汇聚了来自不同背景、不同身份的参与者，共同为着一个崇高的目标努力。女性主义运动的核心理念在于崇尚平等，它致力于打破阶层、种族和民族的界线，追求人与人之间真正的平等权利。这一过程漫长而复杂，充满了挑战和困难，这一运动不仅关注女性权益的保障，更强调每个人尤其是出身于底层的有色人种的权利和尊严。它认为，无论是爱情、教育、生活等，无论是何种出身，无论是何种种族，每个人都应该享有平等的权利和机会，为此构建一个更加公正、包容、和谐的社会。

第三章

婚姻自主权利的彰显

婚姻自主作为女性主义的核心议题之一，始终贯穿于女性主义的发展历程。它不仅仅关乎个体的自由选择，更是女性追求平等、尊严和幸福的重要体现。长久以来，女性在婚姻方面常常面临着来自社会、文化和家庭的束缚。传统观念认为，女性的婚姻大事应当由家庭或社会来安排，而非女性自身。这种观念不仅限制了女性的自主选择权，也剥夺了她们追求个人幸福的机会。然而，随着时代的进步和女性主义的发展，女性对于婚姻的自主权逐渐得到了重视和争取。

女性主义强调，女性应当有权自主决定自己的婚姻大事，而不是被外界因素所左右。这种自主权不仅体现了女性的个人尊严和价值，也是实现女性自由和幸福的重要手段。只有当女性能够自主选择婚姻伴侣和婚姻形式时，她们才能真正实现个人的价值和追求幸福。

为了实现婚姻自主，女性主义者积极倡导教育普及、法律改革和社会观念的转变。教育普及是提高女性自主意识的重要途径，通过教育培养女性的独立思考能力和自主选择能力。法律改革则是保障女性婚姻自主权的重要手段，通过制定相关法律法规，明确女性的婚姻自主权利，并对其进行保护。同时，社会观念的转变也是关键所在。我们需要推动社会大众对女性婚姻自主权的认可和支持，打破传统观念的束缚，让女性能够自由选择自己的婚姻道路。

婚姻自主不仅是女性个体的权利，也是社会进步的标志。随着越来越多的女性勇敢追求婚姻自主权，社会的观念和价值观也在逐渐发生变化。这种变化不仅有利于女性的个人发展，也促进了社会的整体进步。

在 19 世纪之前，由于社会普遍信仰基督教，西方国家实行一夫一妻制，国王也不例外，不得在原配之外另娶侧室。然而，实际情况与这一制度并不完全相符，隐婚和重婚现象屡见不鲜，主要是针对男性而言。在婚姻中，男性享有诸多特权，可以在婚前与女性发生关系后抛弃对方，或婚后秘密引诱其他未婚女子，甚至大张旗鼓地追求后无故离弃，极度不负责任，给女性带来深深的伤害。这种婚姻制度实质上剥夺了女性对爱情和婚姻的选择权。

此外，女性在财产继承方面也受到限制。以 18 世纪的英国为例，存在两种财产继承制：长子继承制和限定继承制。在长子继承制下，家中的田产由年长的儿子独享继承权；若无儿子，田产则由女儿均分。然而，这并不意味着没有兄弟的女性能够顺利继承财产，因为还存在限定继承制。这一制度旨在强化父系血缘关系的传承，规定限定继承的田产不得变卖或抵押，只能传给与现任继承人血缘关系最近的男性亲戚。对中上阶层的女性来说，父亲去世后若无兄弟，她们既无财产又缺乏独立生活的能力，生活境况堪忧。因此，许多女性选择尽早结婚，将经济条件作为择偶的重要标准，即便婚姻未必美满，但至少能确保生活温饱。

在这样的背景下，仍有一些女性勇敢地追求真爱，不畏世俗的眼光和压力。她们坚信，真正的幸福并非建立在物质条件上，而是来自心灵的契合和互相扶持。这些女性往往更注重对方的品格、才华和内在美，而非仅仅看重对方的财富和社会地位。她们为自己的权益发声，努力争取平等和自由，勇敢地去追求自己的梦想和幸福，不受任何束缚，即使在婚姻中的地位和选择权受到很大的限制，也坚持追求真爱和自我价值。她们作为女性主义的先行者，为后来的女性争取爱情婚姻正当权益奠定了基础。《傲慢与偏见》中的伊丽莎白如偶像一般的存在慰藉了无数挣扎于爱情婚姻选择的女性的心灵。

《傲慢与偏见》这部成书于 200 多年前的作品，通俗易懂，喜闻乐见，自面世以来，经久不衰，受到全世界无数读者的喜爱与追捧。对奥斯汀的《傲慢与偏见》，学界历来褒贬不一。很多学者认为奥斯汀的作品主题单一，无非是婚恋，缺乏新意，毫无天分，见识浅薄，等等。这些批判基本上都是基于男性的立场和角度阐明的。作为男性，他们早已习惯婚姻自主，习惯于在广阔的天地中大有作为，虽结交了无数的妙龄女子，却完全不懂得女子赖以生存的环境和心境，无法知晓这些代价，无法懂得闺中待嫁女孩儿的无奈、焦急和心机，无法感受女孩儿突破自我、超越环境的异常艰难和决绝，更不能理解嫁不出去的女子寄人篱下的小心翼翼，缺衣少食的落魄不安，落寞难耐的无助凄凉。无从知晓这个世界上还有和他们不同的另一半人，她们竭尽全力争取好好活下去的出路，积极寻找人生的目标，为此不懈努力，即使屡战屡败，也会屡败屡战。他们看到的只是表面的一片祥和表象，女性温和贤良，端庄恭顺，上得厅堂，下得厨房。

《傲慢与偏见》成书于 18 世纪末的英国，当时的英国实行的就是长子继承制和限定继承制两种财产继承制度，这两种继承制度都是为了强化父系血缘的发展。如果家中只有女儿没有儿子，财产就会由和现任继承人血缘最近的男性亲戚继承。这种财产继承制，对大多数未婚女性而言非常不公，她们不但没有财产，自谋生路也难以实现，其仅有的选择之一就是当家庭教师。家庭教师是帮助上层阶级教育女儿的一种吃住在雇主家的专门针对女性的职业，收入微薄，地位低下，和女佣差不多。对出身中上层阶级的女性而言，万不得已绝不走此路，所以她们的理想、她们最好的出路就是找一个有丰厚稳定收入的未婚夫，保证最基本的衣食无忧。这也是书中夏洛蒂作为 27 岁的老姑娘，极力迎合、百般容忍伊丽莎白正眼都不瞧的柯林斯的原因。本尼特先生一去世，家中所有的一切都将归柯林斯所有，本尼特太太和五个女儿就会无依无靠，这也是本尼特太太极力主张伊丽莎白答应柯林斯求婚的原因。对当时大多数女性而言，自己的喜恶可以忽略不计，自己对于爱情的憧憬和向往全都是空想，男方务必有财产保障，经济安全才是首要条件。

综合比较，伊丽莎白的所作所为，就颇有勇气和个性，在某种程度上也是呼吁爱情为婚姻首要条件的先锋。本尼特家因财产限定继承制，家里的财产应由儿子继承，但本尼特夫妇没有儿子，所以财产由本尼特先生的侄子柯林斯继承，五个女儿不能继承家产，陪嫁不多，若本尼特先生不幸早逝，母女六人就没有生活来源，就无依无靠、无家可归，所以本尼特太太生活的全部目标就是给五个女儿觅得佳婿，给自己五个女儿找好婆家就成了她生活中的重中之重。因此她极力鼓励伊丽莎白答应柯林斯的求婚就不难理解，这样至少可以保证伊丽莎白今后衣食无忧，也能保障自己和其余的孩子们可以有所依靠。这也是伊丽莎白拒绝柯林斯求婚，本尼特太太大为光火的主要原因。

《傲慢与偏见》揭示了人类社会最为常见，也最为重要的关系——婚姻关系，这是继原生家庭之后最为重要的联盟，是相对稳固的关系，婚姻关系的缔结无论是对原生家庭还是个人而言都是至关重要的，大到国与国之间的联合对抗，战争与和平，小到家族利益关系，个人幸福与否。《傲慢与偏见》中所展露的男女之间的爱情、婚姻关系在日常生活中也较为普遍。与缠绵悱恻的爱情不同，婚姻本是巩固和获取金钱权利最为直接的保障手段，在传统的婚姻中，两情相悦，是可以被忽略不计的，尤其是对女性而言，最为重要的是经济上的安全。在工业革命后，人口流动变得频繁，越来越多的年轻人离开父母，同时也摆脱了父母的管控和束缚，在思想上也开始松动，在婚姻的道路上也开始摆脱传统的束缚，理想的婚姻，以爱情为基础的观念开始冒头，《傲慢与偏见》传递了这样的观念。小说描绘了三种婚姻状态，即以经济为基础、感官享受为基础、爱情为基础的婚姻观念，让无数读者如获至宝，引为圣典。

在传统的世俗观念中，谈婚论嫁更多涉及的是金钱利益，更多的是门当户对，更多的是父母之命，爱情可以忽略不计，所以见惯了家道中落之后另一方避而不见、果断断姻的现象，把人性中的自私、虚伪、现实表现得淋漓尽致，让人不寒而栗。《傲慢与偏见》如一缕春风，吹开了人们心中固有的束缚和偏见，把女性的情感需求表达得淋漓尽致。生活富裕固然是好，但更重要的是爱情。没有相互之间的爱慕，宁愿拒绝跨越阶层的富裕特权生活，拥有爱情，即使没有经济支撑，也能与对方患难与共。书中的婚恋观让人醍醐灌顶，令人耳目一新，相互爱慕才是婚姻的基础，这凸显了女性主义的爱情观，关注女性的情感需求，关注自己内心的感受和真挚的感情，给予女性更多的人文关怀，鼓励女性追求自己的幸福，不受世俗束缚，勇敢表达自己的情感需求。

《傲慢与偏见》以女性为视角，以婚恋故事为基础，把侧重点放在女性的心理需求和情感需要上，滋润女性的心田，温暖女性的情感，关注女性的爱情取向，颠覆了以男人为中心的婚恋观，财产退居次要地位，更主要的是男女之间的倾心爱慕和彼此付出。本书塑造了很多个性鲜明的女性形象，如伊丽莎白、简、夏洛蒂、莉迪亚、本尼特夫人、达西夫人、宾利小姐等，个个妙趣横生，看各位女子彰显自己的个性风采，争奇斗艳，各显风情，读之心旷神怡。同时，也为书中所宣扬的爱情、婚姻观点折服，历经两个世纪之久，《傲慢与偏见》中关于女性成长、爱情、婚姻、家庭的理念仍然有很多值得借鉴的地方。

幸福的家庭都是相似的，不幸的家庭各有各的不幸。①

列夫·托尔斯泰一句简单明了的箴言家喻户晓、竞相传诵，道出了无数家庭的婚姻现状，幸或不幸都是常态，这就要看夫与妻之间的相处模式了。

一、传统观念婚姻的悲剧

在《傲慢与偏见》中，不幸的婚姻比比皆是，作者简·奥斯汀更突出以下三对不幸的婚姻，除了夏洛特、柯林斯夫妇和莉迪亚、魏肯夫妇外，还有一对极容易被读者忽略的夫妻——本尼特夫妇。

夏洛蒂和柯林斯的结合，是时代悲剧，更多的是出于现实层面的考量，当时女子无以为生，如果不能嫁人，只能做家庭教师或依靠父兄而活，很难改变贫穷、低劣的社会地位，因此觅得佳婿就成为摆脱现实命运的最好办法。

夏洛蒂已经 27 岁了，没有倾国倾城的容貌，也没有丰厚的嫁妆。在这个世俗的世界里，她的处境颇为尴尬。她深知自己并没有太多的选择。作为一个受过教育的女性、一个平凡而智慧的女性，她明白，柯林斯可以带给她经济上的保障。尽管与柯林斯的相处让人感到厌烦，对自己的感情也不能抱有过多的期待，自己的感情也并无太多值得夸耀之处，与柯林斯的婚姻就是自己最好的出路，以此可以获得经济上的保障和生活的安稳，错过了柯林斯，也许就会孤独终老，依靠亲戚，毫无尊严地活着。虽然夏洛蒂对柯林斯的性格并无太多好感，但现实却让她不得不选择与他共度余生。

夏洛蒂自身没有太多的财产和嫁妆，也没有年轻貌美的优越条件，嫁人对于她是非常困难的，这在简·奥斯汀生活的时代是一种常见的现象。奥斯汀就终身未嫁，依靠父兄生活，勃朗特三姐妹中的艾米莉和安妮也终身未嫁。

---

① 托尔斯泰. 安娜·卡列尼娜 [M]. 草婴，译. 南京：译林出版社，2014：1.

在 19 世纪的英国，女性在婚姻市场上的地位普遍较低，财产和嫁妆往往成为婚姻的重要因素。在那个时代，女性要想在婚姻市场上获得成功，除了年轻貌美，还必须拥有丰厚的财产和嫁妆。对当时 27 岁的夏洛蒂而言，要找到一个情投意合又家财殷实的对象非常困难，难于上青天。她的命运似乎只有嫁不出去——做一个"老"姑娘了，不过幸运的是碰到了向自己闺密求婚的柯林斯，年龄适合，家产颇丰，他只是想要一个帮他料理家事的贤内助，至于爱情之类的，他是毫不在意的，他也没有谈情说爱的本领。两个人在这方面是比较契合的，一个着急嫁人，一个只为满足自己的虚荣心，一拍即合。而他们结合的过程也是令人啼笑皆非的。

闺密伊丽莎白拒绝了柯林斯的求婚，正好自己可以乘虚而入，作为一个忠实的保密者，夏洛蒂排解柯林斯的不满、恼怒、尴尬，表现得温柔可人、善解人意。夏洛蒂是何其聪明，在关系到自己的人生大事时，夏洛蒂展现出了极其出色的理智与明智。她并未让任何负面情绪干扰到自己的决策，而是巧妙扮演了柯林斯的倾听者、崇拜者以及潜在的爱慕者。这样的策略既简单又有效，足以使自视甚高、傲慢、愚蠢而又盲目的柯林斯陷入错觉，误以为自己遇到了一位温婉贤良的女子，进而向她求婚。柯林斯在三天内向两个女子求婚可见其没心没肺，没有情感，只求达到目的。柯林斯三天内求婚两次已被人诟病不已，而夏洛蒂竟然同意嫁给这个愚蠢、盲目又自大之人，可见其恨嫁程度，为达目的不择手段，可以授人以柄，也可以受尽各种冷眼嘲笑，但嫁人是其终极目标，任何人的言论、阻挡都无济于事。她已经 27 岁了，再也不可能碰到比柯林斯条件优越且肯向自己求婚的未婚男人了，要么成为愚蠢、自大的柯林斯先生的妻子，自己的社会地位越来越高，经济生活越来越好；要么成为一个无人问津、任人践踏的老姑娘，虽保有自己的精神独立性，却寄人篱下、孤苦无依。夏洛蒂是聪明的，毋庸置疑，她当然知道自己该选择什么，只是未来的婚姻生活必然是貌合神离的。

夏洛蒂为了衣食无忧，解决自己未来的生计问题，把自己成功嫁给了自高自大的柯林斯，这在当时那个时代是最正常不过的事情，父母亲朋之间甚至会津津乐道，引以为荣，觉得夏洛蒂能嫁得如此如意郎君真是吉星高照，全家人都喜不自胜，感觉受到了好运的眷顾。而本尼特太太却郁闷无比，甚至对伊丽莎白破口大骂，很长时间没有理她，和她生了好长时间的气，因为"不懂事"的伊丽莎白拒绝了这么一门好的亲事，邻居又趁机捞走了柯林斯——本尼特家的乘龙快婿，柯林斯明明说好在本尼特太太自己的女儿中选择一个做自己妻子的。几家欢喜几家愁，何以如此呢？还是因为当时女性没有更好的出路，没有财产，出身不高，嫁人成为她们最好的选择，这也是夏洛蒂明知道柯林斯是一个轻浮自大、自以为是的虚伪无趣的人，内心深处瞧不起他，表面上却装得满是崇拜，迫不及待嫁给他的根本原因。

因为金钱而组合到一起的家庭通常都不会太幸福，夫妻之间的地位不平等，权利也就不对等，这在夏洛蒂和柯林斯组建的家庭中表现得尤为明显。夏洛蒂嫁给柯林斯后，一切以柯林斯为主，也跟着柯林斯在各种场合夫唱妇随，极力逢迎，阿谀奉承，夸大其词。而在自己的家务生活中，在柯林斯干涉不到的地方自娱自乐，表面上夫妻琴瑟和鸣、举案齐眉，事实上却是貌合神离、同床异梦。夏洛蒂极端厌恶自己的丈夫，和她过了大半辈子的人让她如此厌恶，她也只能极力忍耐，她的智慧也只能体现在如何和柯林斯——自己的丈夫少打交道，只能在她做妻子的权限范围内尽量少和自己的丈夫碰面。夏洛蒂巧妙利用了妻子的地位，把家里的一些布局进行了微妙的调整。她把一个又小又昏暗的房间设定为茶余饭后的休憩活动室，这个房间远离客厅，这样就尽可能减少了与丈夫的碰面机会。而明亮的宽敞的房间则被安排给柯林斯作为他的书房和会客室，这无疑是聪明之举。夏洛蒂深知柯林斯的虚荣心强，乐于享受，他绝不会愿意屈尊和她一起挤在那个狭小暗淡的房间里。这样，夏洛蒂也有了自己的自由之地，可以和闺密们畅所欲言，不用担心柯林斯干涉。当然，在她们的体己话中也不会有柯林斯随便发表议论，要知道，柯林斯一发表议论，可是喋喋不休、停不下来的！

在日常生活中，柯林斯的表现更是让人难以忍受。他从不顾及妻子的感受、口无遮拦、无所顾忌，甚至为了彰显自己的家庭地位，会故意说出一些令妻子下不来台的话语。然而，夏洛蒂却习以为常，对这些在别人妻子听来会羞愧脸红甚至掩面而泣的话语，夏洛蒂只是微微一怔，她表现得如此淡定和从容，像是什么都没有发生过一样。柯林斯这些口无遮拦、无所顾忌的话语，对夏洛蒂已是家常便饭，何必挂怀？这也是夏洛蒂聪慧的体现之一吧！

因为寻求经济上的安全保障，夏洛蒂选择只会阿谀奉承、溜须拍马的柯林斯为自己的丈夫，保障自己余生的丰衣足食。在世俗的眼中甚至认为这样的婚姻是幸福的，是值得推崇的。可在夏洛蒂与柯林斯的婚姻生活中，缺少夫妻间应有的卿卿我我和情投意合，相反，夏洛蒂在这段关系中常常忍气吞声，甚至委曲求全。但夏洛蒂答应柯林斯求婚时就已考虑清楚，知道和柯林斯在一起不会有什么郎情妾意、爱情甜美之类的，早就预见婚后的生活将会多么乏味和呆板，就已经对未来的生活有了清醒的认识。

夏洛蒂作为一个清醒的现实女性，她深知自己的社会地位和经济状况，深知现在的自己不可能拥有浪漫的爱情、爱人，深知婚姻与爱情是两回事。对自己而言，能够摆脱贫困和艰辛，过上更好的生活才是根本。她更注重婚姻的稳定性和可靠性，而不是浪漫和激情。柯林斯虽然缺乏浪漫情调，但他却能够为夏洛蒂提供较为优越的生活条件，给予夏洛蒂一个安稳的家和舒适的生活。这是夏洛蒂经过深思熟虑后的选择，这是她自己努力经营的，这是她用尽手段赢来的，她的婚姻并不完美，她只能苦心经营，让自己经常忘记柯林斯的存在。至少，她拥有自己的家，不再战战兢兢地担心如果成为老姑娘该怎么熬过未来每一个身不由己又看人脸色的年头。虽然自己的丈夫颇不如意，但至少她是一个女主人了。

虽然和柯林斯在一起令人厌烦，对于自己的感情也没有什么可以夸赞的，对男人和婚姻都不抱什么过高的期望，不过她的目标一直只是结婚。夏洛蒂的聪慧与柯林斯的愚蠢在婚姻中形成了鲜明的对比。柯林斯自以为是、盲目自大，他眼中的夏洛蒂是个傻里傻气的女人。而夏洛蒂对柯林斯的盲目服从，更是让人感到无奈。这种可笑的组合，注定会给夏洛蒂带来无尽的痛苦。尽管她再怎么聪明睿智，也无法改变柯林斯的自作聪明和狂妄自大。这种组合无疑是一种讽刺，让人不禁为夏洛蒂的未来感到担忧。经济上的保障是她的底线，她依靠自己的聪明才智去调剂自己的生活、调整自己的心情。然而，无论她再怎么聪明睿智，也无法改变婚姻的不幸。

教育在社会进步中发挥着举足轻重的作用，它是推动社会快速发展的关键因素之一。然而，尽管教育对社会发展至关重要，但其在公平性方面却存在明显的问题。历史上，男子通常可以享受更好的教育资源，接受更为系统的教育，并有更多的机会外出求学。他们有机会接受国家最好的教育，真正实现"读万卷书，行万里路"，从而拓宽视野，增长见识。而对女子来说，教育的公平性却是一个严重的问题，女性往往被剥夺了接受良好教育的机会。她们更多是在家庭环境中接受教育，而家庭教育往往存在着质量参差不齐、内容杂乱无章的问题。家庭教育的内容也相对狭隘，往往局限于男性需要的领域，如女德、女才等，而忽略了女性作为独立个体的发展需求。这种教育方式和内容的偏向性，导致了女性在受教育方面遭受了极大的不公平对待。女性被剥夺了平等的教育机会，无法获得与男性相同的教育资源和机会。

女性在教育领域遭受的不平等待遇，不仅剥夺了她们追求知识和个人发展的机会，还对整个社会的发展造成了深远的影响。长期以来，女性被视为二等公民，她们的教育机会受到了限制，无法获得与男性相同的教育资源和机会。这种不平等待遇对女性的个人发展造成了极大的限制。教育是个人成长和发展的重要基础，缺乏平等的教育机会意味着女性在职业和社会地位等方面都处于劣势，她们只能寄居在家中，见识相对浅薄，无法发挥自己的能力和潜力，这对整个社会的发展和进步产生了负面影响。而且女性的教育水平低下，会导致下一代的素质受到影响。没有受过教育或教育方向存在问题的女性成为母亲之后，可能会对下一代的成长和教育产生消极的影响。她们可能会传递给子女错误的价值观和教育方式，导致子女的成长和发展受到限制，影响到个体家庭的幸福和未来。

在《傲慢与偏见》中，莉迪亚的教育体系存在明显的缺陷，其根本原因在于家庭教育环节的薄弱。优秀的家庭教育应具备包容、理解与同情心，而非采取居高临下的态度或过度强调学习。教育孩子时，应注重其心灵与精神的成长，而非不闻不问，纵容其天性随意发展。教育方法应张弛有度，奖惩分明，耐心对待孩子的各种情绪与行为。同时，父母应避免过度表扬或严厉批评，而应全面看待孩子的优点与不足。对于孩子的成长环境，应注重培养其淡泊名利、注重品质的价值观，避免功利主义与攀比心理的产生。莉迪亚的家庭教育明显未能达到这些标准。母亲浅薄，爱卖弄，行为举止轻浮，是非观念混乱；父亲凉薄自私，懒惰散漫，贪图享乐，不负责任；家中有五个女儿，却没有雇用家庭教师，全凭五个女儿自由选择，即使游手好闲，及时行乐，也无人监管干涉，学习知识也无规律性和持续性，社交行为也没有遵循传统规范。五个女儿都出来交际了，大女儿不到23岁，小女儿不足16岁，还未成年，也开始跟着社交生活，没有正确的引导和教导，自然容易让感官牵着鼻子走。这种情况使得莉迪亚容易受到感官的诱惑，追求享乐，爱慕虚荣，加上颇有点儿姿色，又不懂得矜持拒绝，自然备受好色之徒的青睐。

莉迪亚的教育是缺失的。母亲的骄纵，父亲的置若罔闻，使其没有正确的爱恋观和价值观，只知道和穿红衣服的军人谈情说爱，跳舞打牌，挥霍自己的青春，声色犬马，放纵享乐，甚至不以为耻，反以为荣，长此以往，必将走上歧路，断送自己本应该充满希望的美好人生。家庭的教育是非常重要的，父母要以身作则引导好，不能顺着孩子的天性让其随波逐流，置之不理，放养不放任，不管不顾会导致教育的不当或缺失。对女孩子而言，会导致其人生观和价值观走偏，在其人生道路中做出错误抉择。顺应本性的发展，在成长的过程中不加干涉，缺乏引导和教导，极有可能像莉迪亚一样成为情欲的奴隶，追求感官享受，缺失人的理性和美好，生活自然而然也就变得低俗了。

伊丽莎白在莉迪亚随民兵团一起去布莱顿这个事情上，希望父亲可以出面阻止，防止后患。

> 莉迪亚喜怒无常，骄傲自大，放荡不羁，她的行为一定会影响到我们的地位和名誉。请原谅我说得这么直接。亲爱的父亲，麻烦你务必约束一下她的轻浮作风，让她明白招蜂引蝶不是人生头等大事，否则我看她很快便无可救药了。等到她的性格定型就糟了，不要让她16岁就变成一个让她自己和家人蒙羞的淫贱荡妇，那将是最糟糕最差劲的荡妇，毫无吸引力而言，无非是仗着年轻和长相还算过得去，而且，就凭她那无知空虚的脑袋到处卖弄风情，只会叫人更加瞧不起。虚荣无知，好吃懒做，而且毫无规矩。唉，亲爱的父亲，难道你不认为她们到处遭人唾弃，甚至害得她们的姐姐连带着被瞧不起吗?①

---

① 奥斯汀. 傲慢与偏见［M］. 李继宏，译. 天津：天津人民出版社，2016：201.

伊丽莎白的远见卓识，预见了莉迪亚的结局，可惜未引起父亲的重视，所以造成了不可逆转的可悲结局，这场悲剧给家庭带来了毁灭性的打击，让整个家族陷入了悲痛和绝望之中。如果班纳特先生能够认真听取二女儿的警告，尽到父亲的责任，采取积极的措施来防止莉迪亚的悲剧发生，那么整个家庭或许能够避免遭受如此巨大的打击。若不是达西先生的仗义行为，必将导致无法挽回的悲剧。

莉迪亚毫无羞耻之心，在社交场合的行为举止，实在是有违淑女风范。在种种社交场合卖弄风情，毫无顾忌地公开追求军官，丢人现眼，毫不避讳，让人咋舌。父亲对她的胡作非为不以为意，置之一笑，母亲更是引以为傲，与他人谈论时口无遮拦，家庭教育的失败可见一斑。尽管简和伊丽莎白两位姐姐一再劝诫，莉迪亚却充耳不闻，依旧我行我素，照旧招蜂引蝶，肆意卖弄。她完全不顾及自己的形象和家人的尊严，甚至没有意识到这种行为有何不妥，反而觉得自己有魅力，招人喜爱。莉迪亚目中无物，毫无是非观念，对任何事物都缺乏清晰的判断力，泾渭不分。她的生活态度只有享乐和挥霍青春，肆意卖弄风情，让人望而生畏。她的行为和言辞，都与母亲如出一辙，可谓"青出于蓝而胜于蓝"，莉迪亚的教育显然是失败的。

莉迪亚之所以这样厚颜无耻，本质原因就是父母管教不当，相关教育缺失。言传不如身教，本尼特夫妇的身教成为反面引领，父母各自的缺陷和对子女教育的不重视显现出来，尤其是对莉迪亚，15 岁就出来社交，完全有悖家风。当时正常的状况是家里有姊妹，姐姐出嫁了，或者到了不大可能出嫁的年龄，妹妹才可以出来社交，可本尼特家里五个女儿都出来参加社交活动了。在本尼特先生的淡漠无情、本尼特太太没有原则的娇惯下，莉迪亚贪图享乐，不服管教，做事情完全由着自己的性子，在她的心目中，唯有自己。至于鲁莽不检的行为举止会给家人带来多么巨大、不好的影响和弊端，她是从不考虑的，也丝毫不在意。对于自己的未来她也是不加思考的，自私自利，及时行乐，尽情放纵自己，享受自己在众多男子间众星捧月的感觉，当然，这是她自己自欺欺人的表现，只靠着年轻和貌美获取他人对自己的青睐，怎能长远？搔首弄姿，卖弄风情，丝毫不顾念家人会因此蒙羞，不以为耻，反以为荣。

　　一方面是父母管教不力，缺乏好的引导，另一方面是社会对于女性教育的缺失。女性在教育层面本身就遭受着不公平的待遇，备受歧视。除了家庭教育，女性很难获得其他层面的教育机会，这大大限制了女性的发展，使得她们在道德品质层面存在缺陷。这种缺陷对于下一代的消极影响是不言而喻的。社会对于女性教育的忽视不仅影响了女性的个人发展，更是对整个社会的未来造成了潜在的威胁。缺乏教育的女性更有可能陷入贫困和社会边缘化，这不仅加剧了社会的不平等，也增加了社会的不稳定性。女性的道德品质层面的缺陷如果没有教育的后天弥补，只能任其发展，肆意蔓延，这对于后代的成长非常不利，母亲在孩子成长过程中的重要作用，母亲的教育水平和道德品质直接影响着孩子的价值观和行为习惯。

　　魏肯表面上风度翩翩，举止表现也是颇有绅士风范，能说会道，侃侃而谈，片刻间就能与人打成一片，让人心驰荡漾，欢喜异常，可背地里却是一个凉薄自私之人，奢侈浪荡，阴险狡诈，忘恩负义，不择手段，毫无廉耻，更何况还是一个赌徒，吃喝嫖赌样样精通，好吃懒做，虚伪做作，口蜜腹剑，两面三刀，又妄图一飞冲天，骗得良人，只是空有一副好看的皮囊。因为倾心于魏肯，莉迪亚不顾道德礼仪，不顾家族荣辱，不顾脸面尊严，和不名一文的浪荡子私奔，不顾女孩家的廉耻，更对被抛弃的结局不加考虑，无所顾忌，完全由着自己的性子来，喜怒无常，只接受情欲的支配，毫不顾忌家人，毫不在乎姐姐们的婚姻也会大受影响。对任何劝告都无动于衷，没有正确的是非价值观，她的生命中只有享乐和爱情，被自己的情欲牵着鼻子走，明天和未来毫不在意，也漠不关心，贪图享乐，任由自己的性子做事，不负责任，不管代价。在莉迪亚和魏肯结婚后返回隆伯恩一事中，其人品就显现出来。这样的婚姻，任谁都感到惭愧，而莉迪亚却喜形于色，本尼特太太笑逐颜开，母女的见面也是欣喜若狂，乐不可支，做错事的人未觉得丝毫尴尬，恬不知耻的态度让其他的家人尴尬不已，他们深感不安，万分难过，而对他们的厌恶，又难以启齿。

　　本书中最不幸的就是这对夫妇了。两人皆属无德无品之流，全无感恩之心，甚至背信弃义，毫无道德修养与情感可言。他们生活奢侈，挥霍无度，经常造成经济拮据。同时，两人均极度自私薄情，对婚姻的困境漠不关心。

强强联合方能共创美好生活，而他们这般劣质的结合，仅能以遮羞布形容，难以掩盖其婚姻生活的悲惨本质。

小说开篇，就是结为夫妻 20 年的本尼特夫妇的对话，除诙谐、幽默外，我们能从中感觉到他们夫妻之间沟通的障碍和无效，他们之间的关系也非常不和谐，妻子极其认真、积极地和丈夫谈话，而丈夫极其冷漠，直到妻子不耐烦了，才表明自己的态度：你这么想说，我只好勉为其难听听。夫妻之间对话简短，没有温情，最多的就是丈夫略带挖苦、讽刺的回应，对妻子的请求莫衷一是，模棱两可，令妻子摸不着头脑，生活在一起 20 多年，依然摸不清丈夫的脾气，把握不准丈夫的回答，同在屋檐下却是话不投机。二人更没有琴瑟和鸣、举案齐眉的和谐尊重，丈夫总是讽刺、嘲笑妻子，不分场合，不分地点，不顾及妻子和女儿是否感到尴尬。

本尼特先生年轻时，垂涎美色，迎娶了貌美愚笨的本尼特太太，而激情一过，就后悔莫及，当时离婚又特别困难，只能勉强度日。本尼特先生倒没有因为婚姻的不幸像轻薄浪子一样寻找情妇，聊以度日，但他也不是一个有高尚品德的人，他缺乏承担作为丈夫和父亲的责任的意愿和勇气。他只是选择深居简出，寄情于书房、打猎、享乐中，对待家庭，除了房事比较积极外，一概全凭自己的喜恶。不论任何事情，只要干扰自己的清静生活，都一律束之高阁，置之不理，只图享乐。对于妻子，也没有温情脉脉的关心，而是极尽讽刺、挖苦之能事。惰于对子女的培养、教导，让她们毫无章法完全按照自己的性情发展，由着自己的天性成长，待子女成年后，对她们也是极尽讽刺之能事，而无管教和有益的干涉，在子女露出可笑地方的时候尽情奚落、嘲笑，劝诫子女的时候也多是辛辣嘲讽。婚姻的不幸使他成为一个愤世嫉俗的人，虽博学多才却是无品无德，放纵孩子劣根性的滋长，只怕耽误自己的享乐和静憩，自私自利可见一斑，让人叹为观止。

本尼特先生年收入 2000 多镑，可以说是收入不菲，可留给五个女儿的遗产只有 5000 镑，少得可怜。而本尼特太太的父亲本是师爷①，年收入在 500 到 1000 镑之间，远远不及本尼特先生，但仍给本尼特太太留下多达 4000 镑

---

① 师爷：类似于管家，帮助有田产的大户料理家庭、庄园等总体事宜的男人。

的财产，由此可见本尼特先生自己多么奢侈，对待子女多不负责啊！在对待妻子方面，更是不尽如人意，他们的结合是因情欲而非美德，虽然时间够久，感情却禁不起推敲。本尼特先生年轻时垂涎美貌，误以为这样的女子必定温柔贤良，结果没承想娶了一个空有美貌，却愚笨狭隘的女人，结婚没多久便耗尽了所有的好感和柔情，夫妻间的琴瑟和鸣、相敬如宾、尊重扶持更是从未有过。本身自己又是一个没有责任感的男人，在家庭层面，未做过任何改变的尝试，就对爱情婚姻彻底失望，所有的美好期待也都烟消云散了。还好，他不像一些男人，在对妻子、婚姻失望后，就纵情声色，流连于外边的花花草草，而是转移至书籍、打猎、郊游等陶冶情操的活动，只是单单无益于家庭幸福。对待妻子虽不是厌恶，却也多是取笑和奚落，从中取乐，本尼特先生毫不顾忌夫妇间应有的情分和礼节，经常当着女儿的面让妻子出丑，而妻子的愚笨和迟钝并未对此有所察觉，更不要说做什么反应了，这种有悖人伦的相处模式真是贻笑大方，令人叹为观止。

本尼特太太空有美貌，生性粗鄙、浅陋，毫无廉耻之心，口无遮拦，心无城府，想入非非，喋喋不休，在待人接物方面，不懂取舍，分不清进退，不避人耳目，直言不讳，令人忍俊不禁，哭笑不得，还满不在乎，甚至沾沾自喜，自以为是，不以为耻，反以为荣。简的幸福就差点毁在她的手上，莉迪亚完全得到她的真传，甚至更胜一筹，遗传了她爱慕虚荣又肤浅粗俗的性格特点。莉迪亚私奔，本尼特太太把所有人都埋怨到了，唯独不提自己的过失，当丈夫拒绝为莉迪亚操办婚礼，觉得丢人，脸上挂不住时，却对女儿婚前与人同居的行为轻描淡写，不屑一顾。对于莉迪亚和魏肯的省亲，家里人都战战兢兢、尴尬不已，唯有她欢喜异常，对他们的幸福确定无疑，真是让人笑掉大牙。

本尼特夫妇貌合神离，有名无实，同一屋檐下做妻子的始终摸不透丈夫的脾气秉性。长期以来不着边际的生活让她患上了神经性头痛，一不顺心就头疼，但也束手无策，只能坐以待毙，大发牢骚，见人就说，让人厌烦不已。本尼特夫妇间的隔阂也直接影响了孩子的教育。作为较为富庶的乡绅，本尼特先生在婚姻中无法感受到幸福和愉悦，就用自己的爱好充盈自己的生活，除了和家人一起吃饭，大多数时间都是自己享受自己的闲憩时光，不仅与妻子的关系淡漠，与孩子的关系也不亲密，亲子关系很差，父女之间缺少温情，孩子对父亲更多是刻板的尊重，本尼特先生也不关心女儿的成长、性格养成等事情。

本尼特先生本身的广博才学未使妻子增加任何的学识、见识。有事需要周旋，本尼特先生只是出面、出言讽刺，逗自己一乐，而丝毫不在乎负面影响。明知道自己的妻子见识浅薄，粗俗无知，也不加以规劝。

对待柯林斯向伊丽莎白求婚被拒绝事件，母亲愤怒无比，又郁闷无奈，而莉迪亚和吉蒂是开怀大笑，忘乎所以。同一时间对夏洛蒂的态度也不一样，母亲是诉苦、是恳求，姐妹两个是当作笑话一样肆意传播，都是情绪外化的表现，同一个家庭，同一件事情，两种截然相反的情绪表现，可见其家庭内部的不协调，母女之间心思各异，而夫妻间就更是迥然不同了。当本尼特太太知道自己没有办法改变女儿伊丽莎白的心意时，只好求助于自己的丈夫，满心以为丈夫会和自己一个立场，因为单纯从外在条件讲，柯林斯是一个不错的结婚对象，也能保住丈夫的财产，肥水不流外人田。丈夫却不置可否，只是叫伊丽莎白来见他，妻子以为丈夫和自己是一边的，结果等到伊丽莎白一来：

"过来，孩子，"看到她出现，她父亲说，"我叫你来，是有重要的事情。我听说柯林斯先生向你求婚了。真的吗？"伊丽莎白说是的。"你拒绝了他的请求了吗？"

"是的，阁下。"

"很好。现在我们谈到点子上了。你母亲要你接受这次求婚。对吧，本尼特太太？"

"对的，否则我永远不要见到她。"

"现在你面临两个不幸的选项，伊丽莎白。从今天起，你注定要和父母中的一方成为陌路人。如果你不嫁给柯林斯先生，你母亲永远不要见到你；但你如果嫁给他，我以后也永远不要再见到你。"

听到这么严肃的开头竟然有这么一个滑稽的结论，伊丽莎白不禁笑了起来；本尼特满以为丈夫会按照自己的意思来处理这件事情，这时不由大失所望。①

多么具有讽刺性，作为丈夫的本尼特先生表现得如此自高自大，对于妻子更是极尽讽刺之能事，不仅没有给予她应有的尊重，甚至在孩子面前也不维护她的尊严，暴露自己妻子的浅薄，并以此为乐。在一个正常的家庭环境中，父母应该在孩子的婚姻问题上达成共识。如果本尼特先生在一开始就明确表示不赞同女儿伊丽莎白与柯林斯的婚事，那么这场闹剧或许是可以避免的。更进一步说，即使存在分歧，夫妻之间也应该通过充分的沟通和协商来寻找最合适的女婿。考虑到玛丽和柯林斯在性格上的相似性，他们或许是更合适的选择。他们同样自大、尊重权威，且自卑。这样的配对或许能提高他们婚姻的成功概率。总的来说，家庭关系的和谐需要每个家庭成员的共同努力，而本尼特先生的行为显然与这一目标背道而驰。

这个家庭所有的成员都是各行其是，没有章法。父亲作为一家之主，高高在上，冷漠无情，对家中事情多用戏谑态度，极尽讽刺之能事；母亲操心费力，却南辕北辙，不得要领，经常沦为笑柄；女儿们各自独立，互不干涉，也很难做到相互关心，完全由着自己的喜好决定自己的为人处世，不听劝导，固执自我。这样的家庭组合也如笑话一般存在，家庭的混乱究其本质源于家庭的不和谐、不幸福。夫妻之间貌合神离，一个喋喋不休，埋怨抱怨，一个事不关己，置若罔闻，夫妻间没有有效沟通，即使交流，也是一个极尽讽刺挖苦，一个任性自以为是，毫无共同语言，屡屡沟通，屡屡失败，鸡同鸭讲，不知所云。夫妻之间的感情淡漠，导致教育子女的不协调、不一致，母亲重视金钱地位，注重目的和结果，虚荣浅薄，不注重内在的教育和修养，只要女儿长得漂亮就好。父亲虽然懂得教育的重要性，但生性懒散，不愿管任何让自己费心费力的事情，索性一切都放任不管，让其自生自灭。而且看到母女的愚蠢可笑之处也不指正，反而笑话讽刺，真是愧为人夫，愧为人父。

不幸的婚姻各有各的不幸，他们本以为婚姻是避难所，未曾预料到竟是一个宛如地狱的巨大深坑，一旦跳下，惶惶不可终日。

---

① 奥斯汀. 傲慢与偏见［M］. 李继宏，译. 天津：天津人民出版社，2016：101.

二、自主婚姻的选择

最值得称颂的就是宾利和简、达西和伊丽莎白的爱情。男人有钱有品，婚姻观端正，只为寻觅自己的爱情，不在乎女方给自己带来多少嫁妆和利益，以爱情为基础结合在一起，所以被众多姑娘津津乐道。何出此言？每个出身不高，又没有多少陪嫁的女孩是多么希望能找到多金、帅气又对自己专情的意中人啊！这种择偶标准比比皆是，可真正能实现的却是凤毛麟角啊！每个适婚的男子多么希望迎娶一个美丽大方、典雅端庄、性格温柔又内外兼修、活泼开朗的女子啊！《傲慢与偏见》满足了多少人内心深处的憧憬和向往，然而在现实社会中，更多却是婚姻的不幸啊！所以，对女性而言，选择是何其重要，又是何其艰难啊！本身可选择的就不多，几经徘徊、辗转，奈何岁月无情，选择的天平就会倾斜，失了本心，忽略最初的标准也就变得稀松平常。试问几人又能将初心保留至最后呢？坚守本心难上加难，简与伊丽莎白是何其幸运，既能坚守本心，又能在此基础上觅得佳婿，真是天公作美，皆大欢喜啊！当然，这也与简和伊丽莎白的个人魅力有关。虽然艰难，幸得天时、地利等因素相助，终于两姊妹和自己心爱的人喜结连理，百年好合，终成佳话。

在简成婚的过程中，可谓艰难重重，而最大的阻力竟源于自己的家庭。简长相甜美，万里挑一，性格内敛，端庄大方，人见人爱，几乎没有缺点，又是家里的老大，到了适嫁年龄，家人对她有很大的期许，虽没有什么拿得出手的嫁妆，但依然想凭借简自身的优势寻得佳婿，并在此基础上帮助妹妹们介绍如意郎君，可谓打尽如意算盘。简也不负众望，深深吸引年收入约5000英镑的单身贵族宾利，在两人参加的几次舞会中，宾利都是倾心相与，几乎把所有的时间、心思、话语等全部放在简的身上，而忽略周边其他的存在。宾利对简的喜欢、爱慕、追求让所有人以为两人之间的婚姻之事指日可待，即将喜结连理。如果单凭两个人的意愿，可能在第一次舞会见面就可结下良缘，毕竟宾利请简跳了两次舞，按照当时社会的习俗，只有订了婚的男女双方才可以跳两次舞，这也是达西为何在舞会上和宾利小姐那么熟悉，却只和她跳一次舞的原因。

好事在即，既然简和宾利两情相悦，又早有预定终身的心愿为何还会险遭分离呢？这得益于家人的"帮忙"。简的家人在简缔结婚姻的过程中，充分起到了绊脚石的作用，使整个事态的发展大起大落，像笑话一样。本尼特太太在舞会中大肆宣扬简和宾利好事将近，言之凿凿，口无遮拦，逢人便肆意炫耀，信口开河，毫不顾忌这些难登大雅之堂的话会被冷眼旁观的宾利姐妹和达西听见，当伊丽莎白提出劝阻时，本尼特太太更是肆无忌惮地大声嚷嚷，目中无人，甚至瞧不起达西，像一个市井泼妇一般，让人望而却步。而本尼特夫人并未觉得有丝毫不妥，甚至不以为耻，反以为荣。宾利视而不见，充耳不闻，可这些都逃不过宾利亲戚好友的犀利目光，所以，他们一有机会，就肆意嘲笑简的家人：明知道自己想要攀高枝，也不知道伪装一下自己的浅薄和粗俗，不知道隐藏一下自己的急功近利。因此简和宾利的结合有反对者和破坏者就再正常不过了。本尼特夫人信誓旦旦地要为简找一个乘龙快婿，得是当地的翘楚，得是人中龙凤，但她在此过程中却起到了充分的破坏作用，这与她本人的教育、素养、见识等有莫大的关系。本身就浅薄、粗陋无知，却仗着自己老公、女儿的过人之处优越感爆棚，成为社交生活的积极活跃分子，絮絮叨叨，喋喋不休，意在显摆卖弄，结局自然是不堪入目的。

如果仅仅是本尼特夫人粗俗、浅薄、爱卖弄也就罢了，尚有可挽救的余地，可简的姐妹们也在舞会上尽显"本事"，意在表现自己，实则丢人现眼，害人不浅。五姐妹中长相最一般的玛丽，为了弥补相貌的不足，也为了表现内在美大于外在，遍览群书，刻意训练自己的才艺，可惜这些都是自欺欺人，功利心越重，就越会追求表面，既不会潜心修志，也不会放过任何卖弄自己的机会。既然是为了显摆，那就只是徒有其表罢了，以古人圣训为依托，以书中经典故事为说辞，一副卫道士的腔调，看起来头头是道，实则空洞无物，让听的人厌恶不已。所说的话语完全没有自己的观点，妄想语出惊人，却完全是一副老学究的派头，毫无新意，令人生厌。附庸风雅，学习歌剧，标榜自己有高雅的兴趣爱好，在舞会中一展歌喉，却忽略了自己的嗓音纤细孱弱，让人听之不觉面露鄙夷之色，一心想显摆卖弄自己的学问和本事，毫不顾忌因此产生的负面影响，丢的不仅仅是自己的脸，更是家人的脸。而最关键的是家人们身处其中，竟不觉得有什么不好。难怪伊丽莎白认为家人是来舞会

丢人现眼的。伊丽莎白觉知而自危，让父亲阻止一下玛丽，没想到一向喜爱
讽刺的父亲在今天这个特殊的日子也卖弄了一把，语出惊人，极尽讽刺之能
事，生怕别人不知道本尼特家族的人丢脸丢得还不够，要竞相出来参加丢人
比赛呢！莉迪亚和吉蒂更是勾三搭四，卖弄风情，随意和军官跳舞，肆意玩
笑，让人大跌眼镜，叹为观止。

　　在宾利先生举办的这场舞会中，本尼特家人竞相卖弄，在丢人方面，本
尼特家族的成员真是各领风骚，独树一帜！还好，这一切没有被宾利发现，
即使看到了，也因沉浸在和简甜美的爱情中，觉得那些事情不值一提，索性
忽略不计了。而这些哪能逃过达西和宾利姐妹的法眼呢，本来他们对简家人
就瞧不上，现在更是肆意嘲弄，冷眼旁观，极尽讽刺、笑话之能事。

　　如果简和宾利一直在一起，或许宾利姐妹这些对简不利的言论不及简的
个人魅力、不及宾利对简炽热的爱情，可是当两人分开后，虽然宾利还在苦
苦坚持，但达西一句"简并不喜欢你"给宾利最后一击，救命稻草也被连根
拔起，简和宾利的爱情岌岌可危，宾利对简强烈、炽热、赤诚的爱情也敌不
过家人的消耗和内卷，简在某种程度上与宾利彻底诀别了，如果没有伊丽莎
白和达西的爱情，他们永远没有未来，一切都将化为流水，何其遗憾，何其
无奈，何其不幸！

　　在婚姻的缔结过程中，尤其是作者所处的时代，门当户对显得格外重要，
而类似于爱情、两情相悦等主观因素也会退到次要位置，人们多从现实功用、
金钱、地位等层面去衡量男女婚姻，不是因为爱情，而是因为现实因素的比
对，这或多或少是一种悲哀。宾利姐妹即是如此，因瞧不起简的家人，毫不
顾忌宾利对简的满腔爱慕，从中作梗，横加阻拦，极力挖苦、讽刺哥哥爱的
人的亲人地位低下，举止粗俗。和简一方面保持着友谊，一方面又旁敲侧击，
阳奉阴违，明里暗里透露给简，宾利要娶的是达西小姐，门第显赫，出身高
贵，举止优雅，多才多艺，侧面告诉简不要心存妄想，她的哥哥是不会娶她
的。宾利一家和达西的离去使宾利小姐的阴谋诡计得逞，再加上宾利本身对
简的爱情不够自信，当达西告诉他简并不爱他，简对他的热情、爱情没有什
么回应，也就放弃了对简的热烈爱情，选择不再回到自己所租的桑德菲尔庄
园，不再见简了。除了宾利深受失恋之苦，宾利周边的人对此结果都甚为满

意，为宾利摆脱一个这么不体面的婚姻庆幸不已。

　　家人的反对和阻止在婚姻的缔结过程中起到至关重要的作用，这对经济独立、无父母约束牵绊、能完全顺应自己所需的宾利而言，都能做出这样的决定，其他人更是可见一斑了。这在《理智与情感》一书中有更明显的表现。父母之命不可违背，家人之愿不得不照顾，因为财产、嫁妆、社会地位等原因，不得不舍弃自己的选择、自己的爱人，婚姻的本质有利于男人的选择，尤其是对钱财不多的男性而言，女性的经济因素成为首选，因为婚后女性的嫁妆就成为丈夫的囊中之物，任由丈夫支配。无论是婚姻的选择，还是婚后的权利都是对男性有利的，这对女性而言是多么不公平，这也是女性主义反对这种婚姻制度的重要原因。

　　婚姻一直被看作人生中的一件大事，它承载了家庭、社会和文化的多重意义。传统的婚姻制度对女性而言是极为不公平的，它剥夺了女性在婚姻中的选择和权利，使得她们在家庭中处于弱势地位。女性的角色和地位常常被忽视或贬低，她们在婚姻中的选择和权利往往受到限制和剥夺。这种现象不仅仅是一种社会不公，更是对女性人格和尊严的严重侵犯。在传统的婚姻制度中，男性往往拥有更多的权利和利益。他们可以通过婚姻获得女性的嫁妆和财产，从而增加自己的财富和社会地位。而女性则往往被视为男性的附属品，她们的嫁妆和财产也被视为男性的私有财产。这种制度不仅剥夺了女性在婚姻中的权利，也使得她们在家庭中处于弱势地位。这种婚姻制度对女性的不公和歧视，自然会引发女性主义的反抗和呼吁。女性主义认为，女性应该拥有与男性平等的权利和地位，她们应该有权利自主选择自己的婚姻对象和生活方式。同时，女性主义也强调女性应该拥有自己的财产和权利，不应该被视为男性的附属品或私有财产。这种呼吁和反抗，不仅是对传统婚姻制度的挑战，也是对女性尊严和权利的捍卫。

　　《傲慢与偏见》中，达西的表弟因为是小儿子，不能继承父母的财产，家人为他在军队谋个官职以供自给自足，结婚这类事情自己是不能按照自己喜好的，得倾向于选择一个嫁妆丰厚的女子，所以，即使对伊丽莎白青睐有加，也不得不割舍内心深处的悸动，保持一种好友的关系。婚姻对男女自身而言不是以爱情为基础，不是取决于他们彼此之间的感情程度，而是由很多外在的因素决定，尤其是对缺乏经济支撑的男性而言，是不能自由选择爱人的，再加上男性本身注重自身的享乐，自然会利用一切手段去逢迎嫁妆颇丰的未婚女子，让女子错配婚姻，受尽婚姻的折磨。《简·爱》中的梅森小姐即是如此，即使钱财丰厚，也免不了被逼疯的结局。而类似于魏肯这样阳奉阴违的花花公子比比皆是，让万千少女步入婚姻的地狱，苦不堪言。所以，女性想要嫁给如意郎君，真得步步为营。

本尼特家里是如何看待简的这次爱情变故的呢。简的性格沉稳娴静，即使自己如临深渊，遭遇重大变故，也很难在外表上看出心绪的变化，依然沉静如水，只是少了一些笑容，把苦楚全部深埋于心。可母亲喋喋不休地老提宾利，怨天尤人，丝毫不体谅在此次悲剧中简所承受的痛苦，抱怨宾利推迟归期，担心宾利不再回来，抱怨宾利不信守承诺，埋怨宾利对简的始乱终弃，担心宾利和简不能走到一起，让如此有内涵、容忍度非常高的简也心生埋怨，让满腹心事的简听后更加心乱如麻。最关键的是，本尼特夫人把这个事情的悲剧根源归结于宾利的未归，而不深究不归的本质原因，从未反思自己身上的问题，从未认真看待家人存在的问题，所以整个家庭除了简郁郁寡欢，伊丽莎白悉心安慰，剩下的妹妹们都没有意识到姐姐会失去什么，没有觉察到姐姐内心深处的痛苦，依然各行其是，寻欢作乐。父亲也是三言两语带过，没有丝毫温情，没有任何关心，只是和伊丽莎白聊天的时候顺便说了句简失恋是好事情。整个家庭的淡漠关系让人心寒，每个人的自私自利、庸俗不堪让人震惊，姐妹之间事不关己、高高挂起的态度让人难过。妹妹们朝三暮四，只要军官们还在，能让她们尽情挥霍她们的青春和滥情，能让她们继续找乐子，就没有什么能影响她们兴高采烈的情绪，如把柯林斯向伊丽莎白的求婚像笑话一样四处散播，毫不顾及母亲的恼怒和愤懑，家庭至亲成员之间感情淡薄如此，令人唏嘘。本尼特家怎么会养出如此性格迥异的女儿呢？

父母的不作为和滥作为让这几个孩子在自我成长的过程中个性差异很大。简和伊丽莎白立足自己，顺应自己的本心本性，自然学习自己喜欢的、需要的知识修养，颇符合女子的成长所需，内心深处没有功利的想法，只是水到渠成，两姐妹又相互激励，相互安慰，相互影响，两人都往好的方向发展，又各有侧重。简在性格方面更胜一筹，不仅外表漂亮异常，性格更是好得出奇，善良大方，善解人意，耐心细心，不以物喜，不以己悲，不喜形于色，亦不迁怒于人，总是用最大的善意去对待别人，承受能力强，有耐力，有恒心，专情又不多愁善感，简直是完美的淑女典范。简自身不存有一点污言秽思，在和宾利的恋情失败后，母亲的絮絮叨叨、怨天尤人虽然增加了她的痛苦，但丝毫没有表现出过分的举止和言语，只是默默承受。在舅舅、舅妈和伊丽莎白旅行时，也愿意承担起照顾弟弟妹妹之责，悉心教导，全力陪伴，爱心呵护，竭力让他们快乐健康，少沾染家庭不好的风气。莉迪亚私奔后，给整个家庭带来巨大创伤，简表现出卓越的担当，照顾一家老小，还要顾及母亲的间歇式神经发作，为妹妹们置身事外的自私态度开脱，把家里家外全部事情都揽下来，成了家里的顶梁柱，让整个家庭正常运转，而且尽量把这个事情的消极影响缩到最小，如让女管家专职看护母亲，以免母亲歇斯底里、张牙舞爪、哭天抢地，这大大彰显了简的勇气、担当和协调能力，当然，也使简更好地自我成长。

经历了爱情悲剧和家庭突变的创伤后，简也随之更具魅力，性格更加沉稳，更加有担当。见识过了宾利姐妹的薄情，见识了魏肯和莉迪亚突破底线的程度，在看待人情世故时也不再像之前一味善意对待人事了。简变得更成熟、更理性、更智慧，成为真正的淑女典范，能坚强忍受生活带给她的痛苦和磨难，亦能完美处理令人焦头烂额的复杂关系，识大体，顾大局。她身上的美德早就胜过了外在的门第、嫁妆等，宾利娶到她是何其幸运。两情相悦，性格相似，礼貌周全，和气迎人，积极乐观，两个人在一起真是相得益彰，今后的婚姻生活一定是琴瑟和鸣，相敬如宾，心心相印，举案齐眉，花前月下，幸福绵延。尤其是离开距离自己娘家较近的庄园，在达西和伊丽莎白的家附近置办了住宅后，更是锦上添花。

伊丽莎白是父亲最宠爱的女儿，父亲觉得她最有头脑，而她却是母亲最不喜欢的女儿，甚至觉得她是最差的，任何一个女儿都比她强，没有简漂亮，没有玛丽多才，没有莉迪亚和吉蒂活泼。夫妻对待同一个女儿的态度竟然如此迥然不同，可见本尼特夫妇之间的淡漠关系。通过父母双方对待伊丽莎白的态度，我们也能感知有头脑的人才会真正喜欢、倾慕伊丽莎白，而伊丽莎白必是挑剔的。

　　伊丽莎白聪明睿智，幽默风趣，开朗活泼，谈笑风生，乐观机智，不拘小节。当然，她也有缺点，以自我为中心，判断多倚重自己的审美和想法，对达西的偏见就是这么产生的。这自然也展现了伊丽莎白独有的性格特点，既不畏惧权贵，也不瞧不起下等人，注重平等对人，注重精神层面的愉悦，更加自我，更加重视自我的感受，对待人事有自己的分析和判断，不迷信权威，也不盲从世俗，可谓真性情、真自我，更具有人格魅力，更贴近读者，增强了作品的吸引力。

　　伊丽莎白是一个特立独行的女性，在自己的婚姻大事上有自己的想法，而且坚持到底、绝不妥协，所以在对待柯林斯的求婚时，毅然决然地拒绝，不顾及母亲从整个家庭大局出发对她未来的考虑，也不顾及全家人的出路和以后，她内心深处是要一个心仪、倾慕的对象的。

　　伊丽莎白也是非常理性的，遇到风流倜傥、侃侃而谈的魏肯，尤其是魏肯对她大献殷勤时，她的小心脏欢喜不已，内心深处也给出至少对等的爱慕和喜欢，内心深处也是骄傲无比的。因为大家都喜欢魏肯，而魏肯对自己情有独钟，甚至私下里幻想过和魏肯的婚姻，但经过一番冷静的分析之后，得出魏肯虽然讨人喜欢，但经济窘迫，不适合做丈夫的结论，并理智分析自己对待魏肯的感情，感觉自己并未对他动过什么真感情，只是比较谈得来而已，最多也就算得上知己，所以对于魏肯之后所做出的不齿的事情，除了唏嘘之外，伊丽莎白更庆幸自己英明的处世之道。

　　伊丽莎白并不知道未来会遇到什么样的男人，她的条件并不好，只有1000镑的财产可以继承，微乎其微，少得可怜，几乎可以忽略不计，但伊丽莎白很清楚，一定是心仪的、让自己钦佩的对象才行，这是基础。

　　柯林斯求婚时，在母亲的强迫下，伊丽莎白留了下来。其他人刚一出去，柯林斯就迫不及待地说：

　　　　请允许我告诉你，这次求婚事先已征得令堂的同意。虽然你天生敏感多疑，但请别怀疑我的良苦用心，我对你的好感已经表现得一清二楚。几乎从我踏进这座房子的瞬间开始，我就认为你是我未来的人生伴侣，但是趁现在我还能控制住自己的感情，我先谈谈我想结婚的理由，第一，我作为处境优越的牧师，要为堂区树立婚姻的榜样。第二，婚姻会给我增添幸福。第三，也许应该放在第一点。这正是那位有幸称之为恩主的尊贵夫人提出的忠告和建议，我为什么要来隆伯恩求婚，因为令尊死后将由我继承这些产业。所以，我决定在他的女儿中选择一个结婚，尽量减少他们的损失。至于嫁妆，我完全无所谓，不会对你的父亲提出任何要求。等结婚以后，我也绝对不会因为嫁妆少而指责你。①

柯林斯对伊丽莎白的求婚，更多是在算一笔账，这笔账是得到女主的母亲同意的，所以这场婚姻，对一穷二白的伊丽莎白而言，是有利的，而伊丽莎白却觉得可笑，觉得柯林斯不可理喻，直接拒绝。虽然结局令人尴尬，却也在意料之中。

在夏洛蒂和柯林斯的家中，达西星夜前来探望因生病而未去赴宴的伊丽莎白，并趁机向她求婚。

我一直挣扎，但没有用，我控制不住自己的感情，请允许我告诉你，我真的很仰慕你，我真的很爱你。②

达西这种大人物的求婚满足了伊丽莎白的虚荣心，她沾沾自喜，但一说到她的家人，社会地位的差异，两人的门户不相当，宁可身份地位受损也要娶她为妻时，伊丽莎白就满腔愤怒了。位高权重的达西，屈尊俯就向伊丽莎白求婚，自以为稳操胜券，一副志得意满的表情刺激了伊丽莎白，伊丽莎白本为自己拒绝这等达官贵人的求婚深感抱歉，可看到对方高高在上，眼含傲慢得意的神情后严词拒绝，而且道明了对方的傲慢自大，不可一世，言明即使这个世界上没有其他的男人，自己也不会嫁给他。二者不欢而散，本是温暖的告白却变成了惨不忍睹地相互责备，欢喜变怨恨。双方都有了老死不相往来的想法，伊丽莎白绝不会为了世俗的利益，牺牲高贵情感，达西小看了伊丽莎白，也让自己颜面扫地，尴尬不已。

达西是一个一般女人都无法拒绝的结婚对象。出身显赫世家，资财雄厚，

---

①　奥斯汀. 傲慢与偏见［M］. 李继宏，译. 天津：天津人民出版社，2016：96.
②　奥斯汀. 傲慢与偏见［M］. 李继宏，译. 天津：天津人民出版社，2016：167.

在教会方面有很好的影响力，又是青年才俊，风流倜傥，一表人才。受过良好的教育，知识广博，年轻有为，追求对象众多。达西本身洁身自好，纯洁专情，各路追求者似神仙打架，各显神通。伊丽莎白从未对达西有过任何非分之想，甚至因为魏肯的原因，还很讨厌他，只是冷眼旁观，时不时还嘲笑一下这个优质男。通过自己的观察，伊丽莎白对待达西有自己的看法，觉得他是一个妄自尊大、目中无人又虚伪的上层阶级中的一员。所以，对待达西的求婚，伊丽莎白先是震惊，怎么也想不到这个高高在上的贵族子弟会爱慕自己，甚至到了舍弃自己门当户对，从小指腹为婚，有大量财产的表妹，选择自己这个既不门当户对，家风又不好的普通家庭的女子，等到被人倾慕的热情慢慢回落，理性慢慢回来之后，伊丽莎白又能看清达西的求婚了。她绝不接受达西屈尊俯就的爱慕，绝不接受亲手毁掉自己挚爱的姐姐理想婚姻的人，绝不接受损害发小利益生计的渣男。伊丽莎白需要何等勇气才能拒绝如此优越的求婚者？换作其他女性，无论如何都会点头如捣蒜，沉浸在美好婚姻的憧憬中了。

这也是伊丽莎白颇具女性主义特色的地方，坚守自己，绝不被外在条件诱惑，遵从自己内心深处的选择，不媚俗，不盲目，不从众，以自己喜欢为本，注重个人情感归属，而不是以物质、金钱这些外在条件为基础，也许伊丽莎白今生不会再碰到这样的优质男，但没有爱情的婚姻，无法倾慕自己的丈夫，才是令伊丽莎白最无法接受的。所以，伊丽莎白拒绝达西的求婚更显得理直气壮。

之后发生了一系列事情，他们两个人中间的误会得以消除，两个人之间的关系也飞速发展，经过亲密的接触和了解，伊丽莎白摒除了最初相识形成的偏见，对达西越来越有好感，在不知不觉间，伊丽莎白竟然爱上了达西。当他们两个互生情愫，要进入下一步发展时，飞来横祸，影响了两个人的交往，也阻断了他们的接触交流。

莉迪亚和魏肯私奔了。达西和魏肯有着特别深的嫌隙，在世俗人的眼中，伊丽莎白和达西的关系还没有开始就结束了。伊丽莎白感到深深的不舍，多么适合的两个人竟然阴差阳错。当私奔的事情相对圆满解决，伊丽莎白又见到了达西，感觉又有希望时，达西的姨妈凯瑟琳夫人横加干涉，傲慢无礼、专横粗暴地质问伊丽莎白，语出讽刺，言语之间都是贬低和瞧不起，若是一般的淑女小姐，定然决定放弃了，而伊丽莎白偏不，她捍卫自己的权利和尊严，义正词严、有理有据地回复不可一世的凯瑟琳夫人，并与之针锋相对，一一驳回她所列举的自己的缺点和不足，她靠着机智和勇敢没有让这位老妇人得逞。这番言行让一向目中无人的老夫人大大受挫，认为伊丽莎白毫无教养、目无尊长、放肆无礼，并告诉了外甥达西，满以为达西会和自己一样讨厌伊丽莎白，没有想到反而帮了他们大忙，使达西确定伊丽莎白对自己的爱情。不再傲慢的达西向伊丽莎白再度表白，伊丽莎白欣然接受。经过几个月的时间，两人解除误会，一个放下了傲慢，一个摒除了偏见，喜结连理。

这些误会表面上看是达西的傲慢、不愿解释、不愿与陌生人交流等性格缺陷引起的，而本质上是性格的差异，性格的迥然不同正是存在于二人之间最大的隔阂，当然也是伊丽莎白最吸引达西的所在。伊丽莎白生性乐观随和，幽默风趣，达西相对内敛保守，虽然也善良大方，但因贵族身份，不愿与寻常人打交道，才造成误会。爱让达西放下自我的骄傲，放下高贵的派头，放下自以为是的优越，这也是真正打动伊丽莎白的地方，而非门第、金钱、谈情说爱等。伊丽莎白本出自小家小户，没有什么财产可以继承，之后还有亲妹不顾廉耻地和魏肯私奔，而魏肯正是达西最讨厌的人，这对达西来说是一个艰难的选择，可达西毅然摒除门第偏见，强掩个人的喜好，为伊丽莎白尽最大的努力，把莉迪亚和魏肯私奔事情的负面影响降到最低，而且不计前嫌放下自己的自尊再度求婚，始终爱伊丽莎白，倾慕伊丽莎白。了解到这一切的伊丽莎白也是无比勇敢的，摒除待嫁闺阁小姐的小心翼翼和矜持，把握属于自己的幸福，才最终演绎完美的爱恋。

伊丽莎白在自己的婚姻角色中完美展现了自我选择的主动性和积极性，以自己的情感需求为立足点，不为名利所诱，不畏强权所屈，颇为理智的选择反转了自己的人生，开启了新的生活，过上了自己想要的婚姻生活，彰显了女性主义自我追求的可贵，诠释了女性要求爱情、婚姻等权利对等的女性主义形象，熠熠生辉，让人神往。

伊丽莎白聪明、智慧、理性，深谙处世之道，在今天都可以奉为楷模。当知道夏洛蒂答应柯林斯的求婚后，虽然对夏洛蒂的处境能感同身受，能理解她的曲线救国，但伊丽莎白在内心深处，还是和她拉开了距离。知己之间的悄悄话不再，更多是场面上的祝福话语，虽不无遗憾，却毫不吝惜，干净利落，活出真我。志不同，道不合，不相为谋，和宾利小姐不冷不热的交情更能说明伊丽莎白的明智。虽然宾利小姐出身较为高贵，但伊丽莎白一眼就能看清其虚伪的本质，既不迎合也不议论，只是礼貌周全的寡淡之交，何等的聪慧和明智！伊丽莎白对待姐姐是真情实意，无论是姐姐的爱情还是友情都设身处地地关心，批评也是点到为止，既能让姐姐无所顾虑，畅所欲言，又不对她产生怨怼，两个人的感情一直延续，不因为各自成婚而搁浅淡化。对待已拒绝的结婚对象，在大多数人看来，只能是后悔不已和暗自神伤，而伊丽莎白在洞悉一切前因后果后，在意识到对达西心有所属后，积极争取，勇敢面对，和达西姨妈针锋相对，不屈服于权贵的威严，勇敢坦然地面对自己的内心，这反而成全了伊丽莎白和达西的爱恋。正是伊丽莎白无所畏惧，对位高权重又出言不逊的达西姨妈出言反驳，才给予了达西再次求婚的勇气和信心，二人最终才守得云开见月明。笔者认为，如果达西不再求婚，伊丽莎白也明知和达西再无希望，她亦不会随便答应其他男人的求婚，除非是她倾心爱慕之人，所以她宁愿孑然一身，孤独终老，也不会像夏洛蒂一样，找一个带给自己物质保障的丈夫。伊丽莎白是何其清醒！

三、现代婚姻启示意义

在当今社会，女性可以依靠自己独立生存，不需要依附于男人就可以仗剑天涯，独步天下，所以我们要坚信爱情，更要寻得佳人，而绝不能像夏洛蒂一样，仅为一个安身立命之所，就嫁给自己厌恶的人。现代社会女性有越来越多的空间，很多女性成功长出强壮的羽翼，翱翔在天空中，不再像之前需要男人的庇佑，不再需要找个男人当避风港，而开始依靠自己闪亮的人生。

在现代社会，男女能结为夫妻、组建家庭就显得弥足珍贵！在家庭婚姻的缔结中也出现女强男弱的现象，之前传统的男女关系——夫唱妇随也发生质的改变，真正原因是女子不用再依靠自己的丈夫，丈夫在家中的主体地位消失，妻子成为家庭的主导，成为名副其实的"女汉子"。家庭本是最牢靠、最紧密、最坚实的组织，因为个人力量弱小，所以男女同盟共同对抗社会的压力和危机，本是最好的结合，可在生活琐屑微小的对抗中也分崩离析，对女性而言，是惨不忍睹的。

随着时代的更替和发展，当下《傲慢与偏见》也被赋予新的意义和启示。婚姻并非人们的必须选择，以爱情为基础的婚姻固然美好，但为结婚而结婚，莫不如独自过活。随着大龄青年人数的增多，尤其是大龄女青年人数的居高不下，被催婚成为他们生活中的一部分，很多家庭把结婚作为人生的头等大事。很多大龄未婚女性由于受周边舆论环境、家庭的影响，因为没有找到合适的伴侣，没有结婚，便在心理上背上沉重的包袱，自惭形秽，于是忽略婚姻的基础是爱情，而去找一个差不多的配对。因此，在当下，婚姻也失去了最美的意义。不能坚守自我，不能固守本心，向现实妥协，何等悲哀。

在物质生活大大提高的当今社会，人们的教育水平大幅提高，精神层面也有了质的发展，但在某种程度上，狭隘的婚恋观和实用功利主义仍普遍存在。彩礼、陪嫁、房、车都成了不成文的规定，至上的爱情成为物质利益的附属品。男大当婚，女大当嫁，结婚生子仍是不变的旋律。心怀叵测的结婚动机，改变命运的联姻大量存在，他们争取自己的利益最大化，而忽略爱情的崇高和唯美。因此，在婚姻自由的今天，离婚率高居不下，人们的幸福值大大降低。所以，《傲慢与偏见》中所提出的以爱情为基础的婚姻观念，在今天仍被当成圣典也就不足为奇，以充分了解和理解的爱情为基础的婚姻仍是一种理想状态。

经济高速发展的今天，金钱有着至关重要的作用，也滋生了很多物欲横流的现象，物化的倾向日趋严重化，但婚姻不能被物化，人的发展更不能被物化。正所谓君子爱财、取之有道，把控好经济层面的欲，才会有精神层面的积极向上。在注重全面发展的今天，女性在面对自我选择时，要迎合自己而非他人。如伊丽莎白对待自己，对待自己的婚姻，对待周边人的态度，既要有自知之明，又能洞悉他人，既不委屈自己，也不受制于人。不为任何人改变自己，没有爱情就拥抱自己，遇见爱情就紧紧相拥。

时代发展至今天，衣食住行都已不是问题，女性活出自己就变得相对容易，不媚俗，不随众，不盲目，分清楚自己的需求，直奔而去，不喜欢就拒绝，遇到喜欢的奋力追求，纵是错过，也不枉此生，不辜负自己。所以，即使熬成了"剩女",即使把结婚当作人生大事,也依然要顾全自己的内心,依然要找寻自己真正的归属,只追寻那冥冥之中属于自己的缘分,即使暂时没有,也能固守寂寞,而非失去本性。

人是社会的产物,尤其是女人,孤苦一人是难在整个社会立足的,所以,父母、亲人、朋友会表现得比本人还要焦虑。我国又是非常注重孝道的,不孝有三,无后为大,所以,单身不结婚是很难被亲朋好友接受的,到了一定年龄后,就会被催婚。一个人还好,但周边都是被催婚的絮絮叨叨时,内心深处自然无法保持平和,烦躁不安的情绪自然而然就滋生出来,也破坏原有较为舒适的心境,自己也就变得焦虑。即使如此,也不能乱了阵脚,失了方寸,不能因为被催婚而成婚,不能因为他人的劝导之语违背本心,哪怕是自己的父母、至亲。一定遵从内心深处的选择,不忘初心,永葆初心,在生活中觅得自己真心所需,寻找到自己真心所向,才可谓方得始终。幸福是把握在自己手中的,不畏人言,不惧孤苦,不避流言,耐心等待,全力争取,追求属于自己的生活真谛。

第四章

在男权社会中的对抗

自古以来，女性在男权社会中一直处于弱势地位，她们的权利和自由往往受到限制和剥夺。随着社会的进步和女性主义思想的兴起，越来越多的女性开始勇敢站出来，为争取与男性平等的权利而斗争。女性主义不仅仅关注女性在爱情和婚姻中的权益，更着眼于女性在婚姻之后的选择自由、离婚权利以及抚养孩子的权利等方面。

在男权社会中，女性往往被视为男性的附属品，她们的选择权和决策权受到极大限制。例如，在婚姻方面，女性往往没有自主选择伴侣的权利，而是被迫接受家族或社会的安排。即使婚后，她们也往往被迫放弃自己的职业和兴趣，全身心投入家庭和孩子的抚养中。然而，随着女性主义的发展，越来越多的女性开始追求婚姻之外的自我实现和发展，她们不再愿意被束缚在家庭和孩子的责任中。

女性主义强调女性的独立和平等，认为女性应该享有与男性同等的权利和机会。在婚姻之后，女性应该有自由选择自己想要的生活方式和职业的权利，而不是被迫放弃自己的梦想和追求。同时，女性也应该享有离婚的权利，不应该因为离婚而受到歧视和排斥。在抚养孩子方面，女性也应该享有平等的权利和义务。女性主义一直致力于在男权社会中为女性争得和男性一样的权利，这不仅仅是一个简单的口号或理念，而是需要付诸实践的长期斗争。

列夫·托尔斯泰是世界文学巨匠，塑造了无数经典的人物形象，他作品中的女性形象也备受读者追捧。其笔下的安娜，让无数读者为之动容，本是一个抛夫弃子的背叛者，却凭着"一股子热情"获得无数的同情和盛赞，本是一个无法独立生存的依附于男人的附属品，却凭着自身的韧劲儿和对爱情的向往，傲视一切，孑然一身，踽踽独行，让人由衷佩服她的决绝自杀，目空一切，毫无留恋，让人扼腕叹息。安娜处于任人肆意凌辱的境地，被上层社会所嫌弃，而她的反抗和决绝是勇者的行为，受人鄙夷的情妇颠覆了人们对偷情的认知，让人震撼不已。如此敢破敢立的安娜是一种突破，也是一种自绝。

一、安娜——涅槃中的倔强

就某种程度而言安娜是幸运的，无父无母又没有多少财产的她嫁给高官卡列宁，赢得了上层阶级稳固的体面生活，安娜与卡列宁的结合也可谓郎才女貌，卡列宁风华绝代，前途无量，在某种程度上，安娜嫁给卡列宁是非常好的选择，社会地位高，备受上层妇女尊敬，丈夫敬重，儿子爱戴，生活富足，但没有爱情。安娜也极尽努力操持家庭，恪守妇道，与卡列宁也是相濡以沫，这种岁月静好可以说是彼得堡上层社会的典范。安娜成为当时上层社会圈子试图竞相征服却只能远观、不可亵玩的高不可攀的典范。端庄娴静，大家闺秀，淑女典范，出淤泥而不染，身居仕宦圈而洁身自好，虽然没有浪漫的爱情，细语呢喃，却也岁月静好，沉稳贤良，上层社会的富男阔少誓要把她拉下水，却也只是空口吹牛而已。安娜在无形中成为一面旗帜，美丽端庄，纯洁忠诚，让人垂涎三尺，如果她的情感生活、婚姻生活有个风吹草动，大家就会津津乐道，乐此不疲。

人生有憾，纵使再完美，也弥补不了心中的酸楚和落寞。安娜生活和顺，没有经过什么困难，若不是爱情，若不是沃伦斯基的出现，安娜的一生也就此画上波澜不惊的句号。两人一见钟情，共浴爱河，安娜深埋心底的激情被点燃、释放，而她要的不是掩人耳目、偷偷摸摸不能公开的滥情，而是轰轰烈烈、不惧人言的爱情，她要为爱而活。本是情夫与丈夫和谐共存的局面，安娜偏要众叛亲离，选择一条不归路，抛夫弃子，与情夫私奔，公然挑战社会秩序，招摇过市，让那些虚伪的卫道士唾弃不已，令安娜陷入无底深渊。到最后安娜只有和沃伦斯基的爱情了，她只能紧紧抓住这颗最后的救命稻草，如履薄冰，在战战兢兢的煎熬中耗尽了所有的幸福期待，只剩下焦灼不安。在经过一切徒劳的努力后突然明白，决然自杀，用最为惨烈的方式表达自己的屈辱和不甘。

女性在追求自己幸福的道路中，可谓历经千难万阻，跨越层层障碍，克服重重困难，甚至葬送了自己的生命，才见一点微光。在安娜所处的时代，女性衣食无忧，家庭表面和顺就是幸福。夫妻和睦，没有什么需要劳心劳力，又有很多闲余的时间，那总要找一些慰藉填补内心深处的空虚和寂寞。所以，寻找情夫成了不成文的规定，而男人需要借助贵妇人的身份炫耀自己，帮助自己，各取所需。情妇和情夫成了公开的秘密，只要能保留丈夫的尊严，又可以适度放飞自我，还能保全自己的名誉和地位，甚至还会锦上添花，何乐而不为？大家都趋之若鹜，享受不伦之恋的放荡不羁，并津津乐道，沾沾自喜，上下一片祥和，男女共享和谐。在这种污浊的空气中，已完全混淆了真情假意，大家都曲意逢迎周旋于丈夫和情人之间，夜夜笙歌，乐此不疲。看起来是女性找到幸福的出口，可以尽情释放自己的激情，可以玩弄爱情、男人于股掌之中。而事实上这正是男性社会特权的衍生物，以猎奇和利益为立足点，对于不好管控的女人，给她一点儿甜头，牢牢把握住她的短处，尽力控制，为所欲为，稍有差池就让她身败名裂，撵出上层社会的交际圈，在闲言碎语中被唾弃一生。女人如在刀尖儿上跳舞，必须小心翼翼，不能忤逆丈夫的意图。表面上，这些女人瞧不起自己的丈夫，事实上，只要丈夫稍显威严，女人就乖乖就范，不敢有任何微词。而丈夫之所以睁一只眼闭一只眼，默认妻子的行为，是因为妻子能给自己捞到实惠，捞到好处，要么升官，要么发财。极致的功利主义，完美的实用主义。

唯有安娜，是不接受男人的游戏规则的，所以一直洁身自好，过着孤寂、郁闷、无聊的生活，一点一点压抑内心深处的热情，直到邂逅爱情。爱情，毫不经意闯进安娜的心房，让她惶恐万分，百般抗拒，百般挣扎，终是无用。她彻底沦陷了，不顾社会秩序和游戏规则，不顾人伦和人言可畏，向丈夫公开了自己的爱情。卡列宁为了自己的光环，为了自己的政治生涯，保持缄默，只要求妻子做好表面文章。如果换作别的女人，如临大赦，定会狂喜不已，生活秩序不变，待遇不变，还能和心爱的人继续卿卿我我，何乐而不为？可这不是安娜想要的，安娜需要的是不掺杂任何杂质的纯洁爱情。这爱情是两情相悦，是跨越世俗偏见的以身相许，是中间毫无障碍的彼此拥有，所以经过一系列内心深处的挣扎、后悔、分手、病痛甚至自杀，在得到丈夫的宽恕之后，本是和沃伦斯基道别，安娜却临时改意，抛弃一切，和沃伦斯基私奔，绝尘而去了。为了爱情，安娜真的是不顾惜自己，抛弃所有的美好，何出此言呢？

安娜原本宁静的生活因沃伦斯基的出现而发生改变。沃伦斯基热衷于追求安娜，激发了安娜内心深藏的爱情之火。突如其来的爱情使安娜心中犹如小鹿乱撞，紧张不安。然而，面对家庭伦理的生活和十年如水的婚姻，安娜感受到夫妻间的相互尊重，使她认为背离这种生活是不妥的。她预见危险和不幸即将降临，但热情似火的爱情却战胜了理智。身为一个视爱情如生命的人，安娜义无反顾投身于爱情之中，无法自拔。

未曾经历过爱情的安娜，一触碰就深陷其中不能自拔，之前生活中所看重的东西都变得不值一提，哪怕是曾经从没有离开过一天的儿子，也渐渐不放在心上了，在她的心中，唯有爱情，唯有沃伦斯基给予她浪漫热烈的感觉。起初，安娜对卡列宁心存愧疚。然而，偷情的欢愉、快乐，以及内心深处引发的厌恶和愧疚，颠覆了她的价值观。所以卡列宁就变成了安娜追求爱情的绊脚石，这也是卡列宁每每出现安娜就深感厌烦、毫不退缩的原因了，安娜为爱情可以赴汤蹈火，所以直接对抗丈夫也就不足为奇了。这也让旁观者和好事者引为笑谈，而安娜也于无形中置自己的丈夫于被嘲笑的尴尬处境，卡列宁对此苦恼不已，以为可以为自己争回一点面子，以为自己出现在妻子和其情人面前，就可以让他们顾及廉耻，就能知难而退，但安娜却恰似把最后的遮羞布也去掉了，她更加肆无忌惮了，置丈夫的威严和威信于不顾，依然和情人谈笑风生，不顾丈夫的请求和命令，毅然和情人在大庭广众下幽会。安娜的这些行为，为她悲剧性的结局埋下了隐患。

安娜是决然的，也是坚强的，为了心中所愿宁死不屈，但恰恰是这宁折不弯的性格也是其悲剧之源。安娜是纯洁的、纯粹的，邂逅爱情，执念于此，倾其所有为整个社会所不容，毅然反抗，毫不妥协气馁，这是非常难得的，同时也是愚不可及的。安娜的爱情无论多么真诚，身上无论有多少优点，都不能抹去其为人妻出轨的事实。还好，当时安娜生活在追求淫乐、情妇情夫遍地的社会旋涡中，人们对待婚内的忠诚没有那么执着，丈夫对妻子的忠贞要求也仅仅是表面的周到客气，所以安娜在婚内谈情说爱只会被人津津乐道。但安娜并不满足于此，她要爱，享受爱，她要她的爱在天地间、在人世间都是自由自在的，无人干涉的，她要她自己毫无愧疚、毫无保留、毫无忌惮地全身心去爱，所以她的丈夫就成为她的绊脚石，成为她的阻碍者。安娜错了吗？她渴望爱情没有错，但是在婚内大张旗鼓去享受爱情有悖人伦道德，在此基础上，无论安娜追求什么都是错的，诸如，女性主义、个性自由、思想解放等，虽然在她身上都是存在的，但她也因此付出了沉重的代价。

　　私奔有男有女，但罪过却都是安娜。女性在男性社会的婚姻中地位较低，尤其是因为私情抛弃原有家庭或私奔的，她们就再无未来，再无美好人生。女子没有权利选择自己的爱情，没有权利自作主张和自己心爱的人共度余生，一旦女人走上这条路，就相当于自掘坟墓。男权社会对女性的压迫在此可见一斑。这也是女性主义所反对的男性特权。安娜明知如此，还偏向虎山行，可见其坚定和决然，这彰显了安娜卓然的女性主义特点，不甘于在男权的游戏规则中葬送自己的满腔热情，安娜的倾心相与、决绝出走反而为整个社会不容，上层社会再无安娜的容身之地了。

　　本是沃伦斯基勾引诱惑安娜，沃伦斯基却没有背负拐骗良家妇女的罪名，甚至证明了能力，因为征服了那么超凡脱俗的卡列宁夫人。卡列宁，本该遭到嘲讽，身居高位，却连妻子都留不住，可现实却恰恰相反，卡列宁得到的是怜惜，是众人对他遭遇的无限同情，甚至还有人借机投怀送抱。只有安娜被孤立，被唾弃，背负沉重的代价，上层社会的大门对她关闭，贵妇人因为坐到她的旁边而感到羞耻，社交生活处处受阻，举步维艰，甚至连见儿子一面都难。但安娜并未退缩，依然倔强争取自己该有的权利，出入歌剧院，和卡列宁交涉，要儿子的抚养权、探视权，办理离婚事宜等。当然，安娜个人是斗不过整个社会秩序的，只能是自取其辱，无功而返。安娜是何等失望和悲伤，但她并未放弃自我，傲然自立，孑然一身，开启新的生活。

　　既然打不开彼得堡上层社会的大门，就回到庄园开始新的人生，安娜优雅从容，落落大方，生活精致有序，侃侃而谈，至少表面上是这样，不能让过去的伤痛影响现今的生活，至少不能哀怨地过活，授人以柄，贻笑大方。她是坚强的，生活的苦难，他人的闲言碎语，上层社会的不接纳，并未打败她，因为她还拥有爱情，还被沃伦斯基滋润心田，所以她还能笑着活下去，可是这如履薄冰的幸福也不过昙花一现，转瞬即逝。

在爱情中，安娜毫无安全感，草木皆兵，有点风吹草动就坐立不安。尴尬的处境接踵而至，害怕被抛弃，所以每时每刻都如临大敌，自然而然就更需要沃伦斯基时刻陪在她身边，需要沃伦斯基不停地对她表忠心，需要精确掌握沃伦斯基的出行和动态，所以对沃伦斯基的把控显得越来越强，而男人需要的是被尊重和虚荣心的满足。安娜在某种程度上已成为一种阻碍，他感到厌烦，感到窒息。

安娜是聪明的，也是卑微的，小心翼翼维护和沃伦斯基的爱情，知道自己不能光靠美貌和身体吸引沃伦斯基，所以用知识充盈自己。医学、建筑、农学等这些女子从不涉猎的领域，因为沃伦斯基，安娜全部研习，还颇有自己的见解，辛苦努力可见一斑。在安娜的生活中，只剩沃伦斯基，只是这根救命稻草太不靠谱了，所以就有了安娜的自杀。

本是纯洁无瑕、洁身自好的安娜，却难以抵挡情欲的诱惑，走上背离家庭、抛夫弃子的迷途，追求昙花一现、如履薄冰的幸福，这种短暂的欢愉犹如毒瘾般令人战栗，令安娜战战兢兢，忧心忡忡，患得患失，爱情的甜蜜转瞬即逝，随之而来的却是无尽的烦恼和担忧。一时的贪婪，终致声名狼藉，身败名裂，原本卿卿我我、嘤嘤私语的花前月下，化作彻夜无眠、胡思乱想、殚精竭虑的陌路天涯。本是同床共枕、恩爱无比、甘愿付出生命的爱人，最后却沦落成相爱相杀的仇人。人间有情若如此，何苦枉命负韶华。

安娜自杀无疑是她在生活困境中所做出的无奈抉择，是生活窘迫的无奈结局，但与过往作品中人物的自杀不同，安娜的自杀更是一种反抗，一种决绝，一种报复。在《安娜·卡列尼娜》的结局中，沃伦斯基彻底失去了生活的重心，失去了生活的意义，犹如行尸走肉，慨然赴死，终究走向毁灭。正值壮年的卡列宁，政治生涯正值巅峰，却突然中断，只能在宗教中寻求心灵的宽恕与宁静。

安娜，一个勇敢的女性，用自己的生命为社会不公、男女不对等做出了强烈的抗议。尽管她的反抗力量微乎其微，就像以卵击石，但她激发了女性对追求爱情自由的觉醒，也在一定程度上推动了婚姻中女性权利意识的崛起。

在安娜的时代，社会对女性的束缚和期待让她们难以喘息。然而，安娜选择了勇敢面对婚姻中的不公，她的行为虽被视为出轨，但在某种程度上，她是追求自由和平等的先驱。她的故事让人们开始反思婚姻制度中的性别歧视和不平等现象。

如今，虽然社会观念已经有所改变，但在婚姻中，男女之间的不对等现象依然存在。例如，当丈夫出轨时，许多女性会选择容忍和原谅，而当女性出轨时，男性往往难以接受，甚至出现家暴等极端行为。这种双重标准反映出社会对男女婚姻行为的不同态度，也暴露出性别歧视的深层问题。

安娜的勇敢之处在于，她敢于挑战当时的传统观念，追求自我价值和爱情自由。相较当今社会中许多在婚姻中忍气吞声的女性，安娜展现出了女性坚韧和勇敢的一面。她的故事不仅激发了女性对自由和平等的追求，也在一定程度上推动了社会对性别平等的认识和关注。

总之，安娜用自己的生命为社会不公和男女不对等等问题敲响了警钟。

二、男权社会下的爱情悲剧

为何在当今社会，婚内出轨现象中男女的处理方式存在巨大差异？根源在于女性的依赖性较强，这种依赖既包括经济层面，也涉及心理及精神层面。在经济层面，女性应拥有至少能维持自身生活的职业，这一方面相对容易实现，而更重要的是女性在心理和精神层面的突破。当今社会，女性的地位在教育、政治、经济等领域发生了翻天覆地的变化，然而，传统文化深远的影响使许多女性仍将婚姻视为终身大事，视为生活中最重要的部分。在婚姻中，她们愿意无私奉献，忽视自身需求，进而淡化了个人的进步。把相夫教子视为使命，虽然看似伟大，却丧失了独立性。因此，当家庭遭遇变故时，她们只能选择忍让、委曲求全，维持表面的家庭完整，甚或暗自庆幸，但实际上，破镜难重圆。

摒除《安娜·卡列尼娜》的历史背景与文学价值，我们从安娜身上汲取的现代启示之一在于，女性依赖的对象本质上仍是自身独立。女性要有独立性，在任何时候都不能轻易放弃自我，向现实妥协，苟且一生。这就需要基础，一方面是经济保障，另一方面就是精神的独立，不依附于人。而这个层面看起来容易，实则却有重重障碍；忍受得了孤独寂寞，能对周边人的议论置若罔闻，淡然一笑；能在亲人的唾沫横飞中坚守自我，不忘初心；在家人的羁绊中抽出对自我的怜悯，保持清醒的头脑；等等。无论遭遇什么，无论有什么议论，都要坚持超然物外，坚守自我，不忘本心。

安娜的自杀，令无数读者扼腕叹息。她的死，是对生活无情的决绝反抗，是对凄美爱情的伤心欲绝，是对爱恨交加的恋人的蓄意报复……可无论怎么样，都玉石俱焚，烟消云散，一切成空。命运之神是多么眷顾安娜，她系出名门，美丽善良，温婉大方，贤淑安静，知书达理，经济充裕；可命运对她又是那么不公，什么都有了，唯独缺少爱情——世间最美丽的情感。安娜豁出了一切，圆满的家庭，心爱的儿子，名誉地位，舆论导向，只为和心爱的人长相厮守。而现实是如此冷漠，朋友是如此无情，男人又是如此自私。再长再美的相遇、相恋也会结束，如果我的道别，如果我的不辞而别，如果我的与世长辞能让你心震颤，我亦无恨。可我究竟在做什么啊？毁掉了自己就能换回我要的一切吗？可自己都没了，那些又有什么用呢？安娜卧轨自杀，冲动的惩罚挽回不了一切。

三、向男权妥协的选择

在当时的社会环境中，安娜应该还有多种选择，何必执着于死。

沃伦斯基还是爱她的，只是做不到如安娜期望的那样，如胶似漆，时时刻刻不分离。尽管沃伦斯基并未如安娜所期望的那样，时刻陪伴在她身边，但这并不意味着他不爱她。他们的感情基础依然深厚，只要双方能够适当调整自己的心态和期望，他们的关系仍有很大的改善空间。安娜悉心接受就好。凭安娜的本性和智慧，他们的关系就有可能变得更加美满，最终走出一条属于他们自己的路，走完余生，甚至极有可能是幸福的。

即使沃伦斯基背离了安娜，安娜也可以再回到卡列宁的身边。怀揣基督之爱的卡列宁正好显示自己的仁慈之心，定会好好接纳安娜。当然，这次回归并不会恢复安娜作为卡列宁夫人的地位，也不会实质性恢复两人之间的夫妻关系——这是安娜所期望的。可能一开始两人会很客气，会很尴尬，甚至会无话可说，然而，随着时间的推移，这种表面的礼貌和友善逐渐演变成了亲情。在安娜陷入困境、遭受冷遇的时候，是卡列宁给了她庇护，她亦会心怀感激，也定然心如止水，也许两人会再度走到一起，相敬如宾，过上和谐的生活，共同面对生活的起起落落。即使走不到一起，也如亲如友，如同亲人般相互关爱，维持友好关系。

即使这两个男人都抛弃安娜，或安娜再不愿意与他们中的任何一个再续前缘，她依然有着其他的选择。安娜的容貌和品行使她无须担忧找不到新的伴侣。然而，她需要明白的是，选择做他人的情妇并非她心中的理想之路，这只是她在困境中的下策。虽然这条路可能会让她过上富足的生活，但她清楚，这并不是她真正想要的，是下策。又或者安娜可以选择远离故土，旅居国外，远离国内的流言蜚语。如果安娜依然相信爱情，那么她有很大可能邂逅一段美丽的爱情。

可安娜依然决绝选择死亡。活着有多种结局，无论哪一种，都不是安娜真心想要的。安娜毅然决然背弃了卡列宁，舍弃了八年来从未离开过一天的儿子阿辽沙，放弃了彼得堡优越的生活和受人尊敬的社会地位，选择了激起她生命欲望的爱情伴侣沃伦斯基。而她要的爱情一定是公开的，是正大光明的，绝不随波逐流，同流合污，这就和当时的大环境所悖逆，世人容不下这么惊世骇俗的爱情，自然遭到非议和排斥，安娜因此也沦落到为人所不齿的境遇。安娜想要的无非是一份正大光明、无人干预的爱情，却难于上青天，安娜想和沃伦斯基终日相伴，永不嫌弃、厌烦。最终，安娜所期冀的爱情变成了如履薄冰的幸福。安娜的选择从心而发，她所需要的、所期望的都倚靠自己的内心，所以当生活改变了最初的模样，安娜就显得手忙脚乱，不知所措了。当她控制不了生活的方向时，当她被吞没在风口浪尖时，当她最倚重最信赖的人对她也有厌恶时，放弃自己成了最好的选择。

安娜是忠于自己的理想的，无论外部际遇、外面的人事怎样为难自己，也绝不放弃自己的理想，也绝不给自己的理想打折，宁为玉碎，不为瓦全，绝不勉强自己，苟且生活。安娜的自杀，是理想生活的破灭，更是不屈不挠的反抗。因为安娜一意孤行的坚持，因为安娜不甘屈辱的反抗，因为安娜心高气傲的冰冷，因为安娜对待爱情的冰清玉洁，她最终只能湮没自己。

四、对抗的代价

美丽的毁灭所付出的代价亦是惨重的，不仅自己的死沦为上层社会的谈资、笑柄，就连安娜全心全意坚持的爱情在人们眼中竟不名一文，何其可悲，何其可怜。她用生命呵护的爱情只被人们定义为一股子热情，仅此而已。生时受人排挤，无立锥之地，死后遭人冷嘲热讽，唾骂不已。除了安娜自己，与她关系亲近的人也受到了很大影响，影响最明显的就是沃伦斯基了。

（一）以死谢罪的沃伦斯基

沃伦斯基，风流倜傥，有钱有闲的单身贵族军官，生活是何等潇洒惬意，没事寻花问柳，赛马赌钱，三五好友，把酒言欢。有事也不过是接待外宾，带着他们寻欢作乐，自己军旅生涯也会官运亨通。若不是遇见安娜，也许会一直玩弄爱情于股掌之中，逍遥快活到古稀之年是轻而易举之事。偶遇安娜，怦然心动，痴心一片，疯狂追求，坠入爱河，原本以为享受无与伦比的爱情欢愉就是生命中的一个小插曲，却没有想到会遇到安娜这样视爱情如生命的痴情女子，专一热烈，自己也陷入了如此深沉、专注且热烈的情感之中，无法自拔。然而，男性天生便不会将爱情视为生命的主导，只是生命中不可多得的新奇和刺激。可沃伦斯基偏偏遇到的是安娜，满腔热情，容不下一粒微尘，甚至不惜牺牲自己前程的女子。

爱情有时会使人陷入迷茫，让人在纷繁复杂中难以自拔。当感情逐渐消退，心生厌倦，本欲舍弃，却又难以割舍；尽管相伴左右，内心却充满压抑与苦闷。看到放弃一切投身爱情的安娜，自己亦感到无路可退。庆幸的是，社会仍然接纳沃伦斯基，他在社交界和政界仍可施展才华，获得尊重与宽容。然而，这越发凸显了安娜的困境，她的无奈与委屈，以及她在痛苦中默默忍受的坚韧。沃伦斯基成了安娜最后的依靠。

然而，在争吵与不理智的时刻，沃伦斯基也渴望摆脱这段痛苦的关系。矛盾日益加剧，最终导致安娜以生命为代价，用自杀来惩罚和报复沃伦斯基。在这场较量中，安娜取得了胜利。沃伦斯基再也无法回到过去那意气风发的生活，面对逝去的安娜，他充满爱意、思念、愧疚，并决心以生命偿还。这是安娜所期望的结果吗？痛失安娜的沃伦斯基犹如行尸走肉，经过深思熟虑，他决定远赴战场，拼死杀敌。安娜的离世，尤其是她毅然决然地卧轨，成为他心中永远无法释怀的伤痛。因此，他选择远离家人、朋友、社会，前往陌生的国度，以死谢罪。

（二）尴尬屈枉的卡列宁

倘若沃伦斯基之遭遇是因果报应，那么卡列宁的结局则堪称窦娥般的冤屈。卡列宁与安娜的结合并非出自他的本意，似乎有被安娜的姑妈利用之嫌。当17岁青春貌美的安娜被提及，37岁的卡列宁，身为市长，内心深处曾充满忧虑，担心无法给予安娜期待的爱情，忧虑安娜会钟情于他人，使他陷入尴尬境地。然而，当安娜的姑妈暗示他，若他不娶安娜，便会让她成为上层社会的笑柄，无人愿娶她，卡列宁终究做出了选择。他依然保持着善良的本性。奥博朗斯基得到优厚的工作，正是凭借卡列宁的关系，因此，无论是对安娜还是安娜的家人，卡列宁都表现得相当负责。

尽管家庭生活单调、刻板、规律，但他从未干涉安娜的社交、育儿，让她充分行使了人妻和人母的权利，享有家中女主人的地位。他虔诚信仰上帝，不沾染外遇，并成就了一番事业，社会地位崇高，成为彼得堡政治核心人物。

可安娜与沃伦斯基的不伦之恋令他蒙羞，更为难的是，他难以启齿，以宽容的态度原谅安娜，相信她会痛改前非，没想到安娜得寸进尺，和沃伦斯基私奔直接让自己成为天下最大的笑柄，满城沸沸扬扬，他除了上班，就是闭门谢客、封闭自己，政治前途、事业仕途一塌糊涂，同事、上下级都是耐人寻味的眼光，平时交际的朋友也是似笑非笑的态度，郁闷，无休无止的郁闷。如果仅是这样，也能视而不见，充耳不闻，可偏偏还有些同情的眼光。

可安娜自杀了，是卡列宁逼死了她，因为一直拒绝安娜离婚的要求，让她在险恶的舆论环境中惶惶不可终日，竟走上了不归路。卡列宁一向以仁爱、宽容为准则，安娜的死使他的心灵背负了沉重的十字架。无论是对安娜，还是留下的两个孩子，满是愧疚。

卡列宁在37岁时与安娜结婚，而安娜离世时仅47岁。此时，卡列宁正值政治事业蒸蒸日上之际，担任部长职务，前景一片光明。可因安娜的影响，他的政治生涯就此搁浅，之前醉心于仕途，是他人生的主要支撑，因为安娜，他一成不变的生活变得危机重重，他自己也陷于难以预料的精神旋涡，久久不能自拔。第一次开始怀疑自己的选择，怀疑自己的人生，怀疑自己的信仰。本身安娜的出轨他是受害者，万没有想到，安娜的自杀使他成为刽子手，而他本意是要做一个殉道者。生命无常，命运弄人，本该相互守望，相互支撑，相互慰藉，相互鼓励，结果却成了彼此的掘墓人。死者已逝，只有安息，唯有活着的人，独自忍受内心的煎熬和寂寞，惶惶不可终日。事业寄托也成为笑柄，膝下两个孩子更是刺痛内心，一个警示自己是凶手，一个提醒自己在这悲剧中的尴尬。

（三）命运多舛的子女

安娜自杀伤害最大的就是孩子。儿女双全，却由于自己坚持爱情的选择，给子女造成难以估量的伤害。这绝不是危言耸听。

自从阿辽沙出生以来，安娜八年如一日地关爱着他，无微不至地照顾和陪伴。在这期间，家庭氛围和睦，母慈子孝。然而，当沃伦斯基进入安娜的生活后，安娜试图调整他与儿子之间的关系。然而，阿辽沙对沃伦斯基表现出明显的抵触和反感，对他们的相处深感厌恶，甚至采取监视和阻止的措施，让安娜感到无所适从。令人遗憾的是，安娜并未意识到，她的言行举止在一个不到 10 岁的孩子心中留下了难以愈合的精神和心理创伤，产生了深远且不可磨灭的影响。

安娜做出的选择，在当时的社会环境中难以被广泛接纳。依据弗洛伊德的精神分析理论，人类的部分本能欲望往往与社会的风俗、习惯和道德规范存在冲突。因此，欲望与规范之间的激烈斗争在所难免，通常情况下，人们会选择压抑自己的欲望以迎合社会规范。然而，若个体屈从于欲望，其结果往往以悲剧收场，正如安娜的命运所示。对旁观者而言，这种压抑会导致无意识的膨胀，使人们难以正视自己内心的欲望。这种情况下，人们可能会对爱情产生抵触或抗拒，甚至走向极端，如成为花花公子等。阿辽沙无疑会受到这种社会现象的影响。

阿辽沙的童年时期，正需母爱滋养，却遭遇母亲突然失踪的打击。父亲告知他，母亲已离世。这对仅八九岁的孩子而言，无异于晴天霹雳。昔日形影不离、亲密无间的母子竟然天人永隔，阿辽沙的生活陷入深渊，受到重创，他沉浸在丧母之痛中，无法自拔。

几个月后，当阿辽沙似乎适应这一切后，母亲一大早竟然出现在自己的床边，真的是母亲，可幸福喜悦终不过是昙花一现。安娜的出现带给阿辽沙无尽的困扰。他心中满腹疑问：母亲不是死了吗？为何突然出现？明明没有死，父亲为何说她死了？既然没有死，为何不来看我？为何不和我生活在一起？难道她不要我了？……阿辽沙一定会千方百计寻找答案，解开谜团。慢慢地，他就会发现他的母亲是一个什么样的人——是为了"一股子热情"抛夫弃子，已然被上流社会驱逐出去的人。

寻找答案的过程相对简单，可接受却是异常痛苦难堪的——从心底最爱的人变成了最瞧不起的、最鄙视的人。这一心理历程阿辽沙会选择隐蔽，绝不让任何人窥视他内心深处的隐藏，绝口不提，表面上若无其事，而内心又过不去这个坎，这样就极易形成双重性格，甚或人格分裂，因此而产生的负面效应会贯穿一生。心灵阴影重重，所到之处不再是美好善良，光鲜亮丽、浓情蜜意下掩藏着厚颜无耻、虚伪欺骗。阿辽沙的生活，要么会类似于花花公子，曲意逢迎，肆意玩弄他人感情，浪荡充斥着他整个生命，而内心深处又感到无力和厌恶，人浮于事，只能麻醉人生；要么就是异常清醒地活着，冷眼旁观，不相信女人，不相信爱情，对现实的一切怀着仇视的态度，即使娶妻生子，也是满满的怀疑和敌视，终会毁掉家人的幸福，孤独终老。

安娜不仅毁了自己，也毁了儿子，儿子又会毁了自己家人的生活，陷入恶性循环，或许因偶然变故，家族命运得以改变，但坎坷之路必不可少。阿辽沙的一生注定充满不幸，这种不幸源于内心深处无可言说的痛苦，远超过生活的艰辛。

小安娜，安娜与沃伦斯基之女，因年幼时未能感受母爱，对母亲感情并不深厚，这也使她会和自小没有母亲的孩子一样敏感脆弱，问题多多。即使这些忽略不计，受安娜影响，卡列宁对小安娜的管理必然异常严厉。这无疑会对小安娜的成长造成不小的负面影响，不知道自己的身世还好，但这几乎是不可能的，知道了自己是私生女，母亲自杀，而自己的养父身份又是这样的尴尬，这真的令她无地自容。

　　小安娜身份异常尴尬。出身不言而喻，受的是相对高等的教育，没有任何财产，又没有可以继承的遗产，前途暗淡无光。上层人不愿意娶她，做人家的情妇她又是从内心深处极力排斥的。下层人她又看不上，运气好的话会有中产阶级的男人看到她身上的美德娶她为妻，当然，她对此心存感激，但生活似乎并不会太幸福。她的婚姻定然不会有爱情，再加上常年被相对严苛的生活压抑的天性，她的现实生活基本上是枯燥、一成不变的，没有生气勃勃，亦没有开心快乐。她的生活看起来就是一潭死水，没有一丝微澜。

　　然而，小安娜或许并未意识到，她的潜意识是多么期望能邂逅爱情，能让自己的生活生机盎然啊！这种潜意识如果没有碰到火花，定然是一直被压抑，走到生命的尽头，生活也是枯寂、苦闷的。可如果一不小心碰到爱的火花，那结局就更加不可收拾，无论怎样都压制不了生命的潜能，又是抛夫弃子，又是私奔，无论结局怎么样，都必然会成为小安娜背负的十字架，这是命运的安排吗？这是人类的非难吗？这是上帝的责罚吗？因果循环，轮回报应，为什么不是枯寂，就是放荡呢？怎么就没有更好的选择呢？命运啊，周而复始，何时是个头啊！小安娜的一生怎么也走不出安娜的阴影，人虽已死，报应还在！

　　一个母亲会影响三代人，无论这个影响是好是坏。母亲影响之深远远超乎人们的想象。安娜的自杀，其影响不仅仅局限于三代人，更是对生命价值的严重践踏。自杀，这是一种极度不负责任的行为，它让亲近之人陷入无尽悲痛，使最亲近的人很难走出生命轮回的窠臼。内心深处孤独无助、凄楚无比，现实生活又是四面楚歌、到处碰壁。要么继续堕落，永无止境，要么克己复礼，期待涅槃重生，而这漫长的等待足以耗掉毕生的生命力，无论怎样，都是异常煎熬，备受摧残。生命如此脆弱，自杀承担不起，苟延残喘，随波逐流，只能是恶性循环，反复不止。为了后辈之人，为了最爱的孩子们，只能选择坚强活着，忍辱负重，也许到生命尽头，会看到些许亮光，指引生命的希望。

五、自我追求的幻灭

对于安娜，更多是谴责和遗憾，她拥有优越的家庭环境，却不知珍惜。这么好的家庭，怎么忍心弃之不顾，怎么忍心破坏，失去了家庭，失去了孩子，失去了社会地位，爱情也岌岌可危，为了心中的爱情，把自己逼上绝境，所谓的幸福也不过昙花一现，拼尽全力、豁出一切的后果竟然是失去一切，包括自己的生命，何其悲也，何其惨也！

在安娜和沃伦斯基欧洲旅行最幸福的三个月中，沃伦斯基感觉到些许的百无聊赖和无所事事，以前觉得遥不可及的幸福变得触手可及、近在眼前之后，得到了自由自在的恋爱和快乐之后，内心深处就滋生了无法满足的欲望，欲壑难填。无聊枯寂的生活让人无能为力，却又不知道如何不让这种情绪蔓延，自己不能沉浸在这种消极的情绪中不能自拔，所以转移自己的注意力，转嫁自己多余的精力，一会儿是政治，一会儿是绘画，当然，这些都不是他真正热衷的事情，只是打发时间的种种消遣。

安娜的感受和沃伦斯基大相径庭，她把沃伦斯基当成生命中最重要的人，把他们之间的爱情当作生命中最重要的事情，把两人在一起当成最幸福的事情，沉浸在这种幸福快乐的情绪中，对沃伦斯基的爱慕和迷恋无法自拔，这是令她自己都吃惊的，所以，内心深处深感自卑，不敢在沃伦斯基面前表露这种情绪，并更珍视他给的爱。两个人都格外小心翼翼，竭力逢迎对方的心意和心愿，似乎都失去了自己，这份两人都加倍呵护的关系已暴露破裂的端倪，可他们能有今天实属不易，格外珍惜，只可惜仍无法遮挡内心生出的恐慌和无聊。

安娜觉得此刻的幸福太不真实。和卡列宁的婚姻生活安娜从未真正感到快乐，和沃伦斯基的幸福生活冲昏了她的头脑，她不愿意面对现实中的尴尬，所以得过且过，从不去想她的丈夫和儿子，可在她的内心深处，她知道自己是一个毫无廉耻的妻子，是一个不负责任的母亲，是一个抛夫弃子的浪荡女人。在获得自由和身体复原后，她觉得自己太幸福了，全身充满力量，浑身都是快乐的源泉。她不愿意去想自己的丈夫，不愿去想丈夫可怜不堪的境遇，不愿去想丈夫的痛苦，受人嘲笑又无人可诉的可悲状况，因为恰恰是丈夫的痛苦才换取她无与伦比的幸福。可过了自我安慰期，她内心深处的责难就越来越分明了，所以更把沃伦斯基当作她生命的唯一稻草，紧抓不放。

一方面是内心深处的自责羞愧，一方面是控制不了的情欲，安娜在无形中走到了生命的两级，两者无法相容，左右为难，于是性情大变，患得患失成为她生活的常态，内心深处的苦楚只能自己一个人吞咽，甚至还要常常忍受她人的奚落和鄙视。幸福目的地遥不可及，似乎什么都没变，可一切都变了。她抛弃一切，心甘情愿追寻的爱情似乎变质了，爱人对她也不再呵护备至，不再小心翼翼，不再朝夕相伴，这种岌岌可危的关系都让两个人感到窒息。对男人来说，他还是需要有大作为的，他是要开创自己的事业的，当爱情已成为拖累，他愿意把更多的时间精力放在事业上、交际上。

抛夫弃子，上流社会不再接受安娜，她没有任何朋友，没有任何依靠，也没有任何财产，只能把所有的希望都寄托在自己的情人身上，变得患得患失，胡思乱想，阴晴不定，情绪也会随之变化多端，敏感多疑，慢慢地，安娜的幸福就变得如履薄冰，惨不忍睹了。

人生就像抛物线，经过了无与伦比的幸福快乐之后，达到了人生巅峰之后，就开始往下坠落了。可是当人生的抛物线往下走的时候，精神层面的指引已经近乎消失殆尽，会把更多的希冀和期望放在外界，会依赖他人而活，会失去自己生命的光辉和色彩，而徒有外表的光鲜亮丽，一如安娜。

安娜从欧洲旅居回来后，所有的一切都被颠覆了。先是外界对她的排斥和驱逐。上层社会的人以安娜的私奔为耻，不屑于和她说任何一句话，甚至看戏时坐在她旁边的包厢都会愤然离去，都觉得是一种耻辱，曾经所有的好友都离她而去，甚至把她当作谈资，把她当作笑柄。外界丝毫没有包容她视如生命的珍贵爱情，只是认为她自私自利，抛夫弃子，寡廉鲜耻，把她视作上层社会的毒瘤，直接剔除才大快人心呢！上层社会的大门彻底关闭了。而安娜对此表现得毫不在乎，没有愧疚，没有自责，只是在屡屡碰壁倍感屈辱后不再出入上层社会，自己选择沉寂于自己的生活中，无所谓，上层社会本来也不是她喜欢的、她倚重的，对此，并无太多不舍。可她的情人——沃伦斯基伯爵哪能离开上层社会啊！哪能离开鱼龙混杂的人啊！哪能离开精彩绝伦的生活啊！他还想开创一番事业呢！他们两人的矛盾呼之欲出。

外界环境的排斥也敌不过人心的残忍。安娜对待她的丈夫卡列宁是残忍的，毫不顾及卡列宁的社会地位、政治前途，毫不珍惜丈夫给予妻子的宽容仁慈，毫不怜惜儿子阿辽沙的成长，毫不在乎他们会沦落到受人耻笑的地步，都不等到离婚的那一天，便毅然决然走向不归路——和沃伦斯基私奔了。如此自私凉薄之人必然遭受唾弃。卡列宁本身对于安娜不顾妻子的本分寻找情人就异常恼怒。

> "她没有廉耻，没有良心，没有宗教信仰，完全是个堕落的女人！这一层我早就知道，早就看到了，虽然为了顾惜她，竭力欺骗自己。"他对自己说。①

卡列宁更对她对自己要求的保持表面和谐、不在家招待自己的情人置若罔闻的态度愤恨不已，对自己因一时怜悯而宽宥安娜的过往后悔不迭，对安娜病好后两人貌合神离不得不强压内心深处的厌恶而感到尴尬……这些消极的情绪还没有来得及消化整理，安娜竟和情人私奔了，彻彻底底让卡列宁沦为笑柄，成为上层社会最可怜、最可笑的丈夫。卡列宁遭遇人生的滑铁卢，整个人倍感耻辱，事业也因此停滞不前，对安娜自然更加愤恨，厌恶至极，所以当安娜回来找他离婚时，他避而不见，拒绝沟通，使安娜彻彻底底沦为他人情妇，没有丝毫的社会地位。卡列宁抛弃之前宽容忍让的基督态度，在妻子安娜要求离婚的事情上不配合，对妻子的要求置若罔闻、置之不理也是合情合理的，卡列宁只是一个凡人，让他做到被打了一下左脸，再把右脸伸过去是很难的。安娜的事情就像一根刺，如鲠在喉。

> 卡列宁觉得自己再也受不住普遍的轻蔑和冷酷的压力了。在这两天里他所遇到的一切人的脸上，都清清楚楚地看出来。他觉得摆脱不了人家对他的憎恶，因为这种憎恶不是由于他坏（要是这样，他可以努力办得更好一些），而是由于他不幸，可耻而又可恨的不幸。他知道就是因为这一层，就是因为他心碎肠断，人家才对他这样冷酷无情。他觉得大家

---

① 托尔斯泰. 安娜·卡列尼娜［M］. 草婴，译. 南京：译林出版社，2014：264.

在毁灭他，就像群狗咬死一只受尽折磨、痛得汪汪直叫的狗那样。

　　他意识到自己在悲痛中孤独无依，越发绝望。不仅在彼得堡，他找不到一个可以一诉衷肠，也找不到一个人不把他看作达官贵人和社会名流，而只是看作一个受苦受难的人那样来同情他；事实上，他在哪儿都找不到这样的人。①

安娜与沃伦斯基的私奔让卡列宁深感厌恶，他却束手无策，只能选择置之不理。因为妻子安娜，卡列宁的人生陷入低谷。对于造成这种后果的安娜，他毫无怜悯之情，甚至认为让她自生自灭都算是宽宏大量。因此，安娜寻求与卡列宁离婚屡屡受阻，这也无可厚非。

唯有那些看破红尘、遁入空门的人才能对此泰然处之。然而，像卡列宁这样醉心于政治事业的男人，尤其是在事业蒸蒸日上的时候，突然遭受致命一击，政治生涯就此搁浅，尚未引发更严重的后果已属万幸。

安娜这个悲剧的始作俑者，竟还不知廉耻地抱怨命运，认为自己的幸福被卡列宁摧毁。事实上，倘若不是安娜背离道德、背叛婚姻，她又怎会落得如此田地？曾经的恩爱夫妻，如今分崩离析，令人唏嘘。人生如同一个怪圈，一步错，满盘皆输。只因一个人的错误选择，与之关系密切的人的人生亦受到牵连，甚至被毁掉。令人唏嘘！

当失去一切时，就会抓住最后的依靠，把它当作生命的支撑，当成最后的救命稻草，当成自己全部的倚重和依托，正所谓人是最多变的，爱情是最不值得信赖的，所有的甜蜜和享受都会过渡到生活中，男人投身于事业彰显自己的能力，女人因家庭而熠熠生辉，因完美爱情结合而成的家庭才可能更长久地享受和谐、幸福。而安娜显然是不可能有完美结局的，虽然爱得荡气回肠，完美无憾，可当激情过去之后，还是得回到现实生活中来，想拥有爱情的恒久和美好，想把幸福永远定格当下，只能是痴心妄想，不得不面对这支离破碎的局面，不得不面对心力交瘁的爱人，不得不去安抚焦躁烦闷的情人，所以和沃伦斯基的关系也就岌岌可危了，绷得越紧，就越想逃离。

---

　　① 托尔斯泰. 安娜·卡列尼娜 [M]. 草婴，译. 南京：译林出版社，2014：466.

沃伦斯基身心俱疲，想逃离安娜，得到片刻的喘息和安宁，而安娜更加患得患失，也越来越胡思乱想，无形之中更加深了与沃伦斯基的裂痕，两人的感情也由和谐变为争吵不休，由彼此珍视变为彼此仇恨，虽然吵架过后会和好如初，但感情还是出现了危机，这令如履薄冰的安娜更加郁闷难安，内心深处毫无安全感。更加在乎这份爱情，表现出来的就是控制欲提升，越是控制，越是逃离，越是争吵，越是淡漠，二人的关系越来越疏离，爱情如昙花一现，开出绚烂美丽的花朵后，终归沉寂枯萎。安娜怎甘心如此，这是她生命的全部，这是她赖以为续的独有支撑。这是她豁出一切才拥有的刻骨铭心的爱情，怎么能就这样失去呢？可是，男人像沙子一样，攥得越紧，失去得越多，最后仅剩下绝望、负气。

安娜的自怨自艾才是最要不得的，本已是罪孽深重，生活感情千疮百孔，社会地位一落千丈，亲朋好友众叛亲离，还是只注重自己的需求，患得患失，把这种消极的、压抑的、让人感到窒息的情绪释放在她唯一的依靠——情人沃伦斯基身上，会遭遇到什么样的后果就不难想象了。安娜感情用事，成为情欲的奴隶，凭自己的感情喜恶去批判事情好坏，她的标准就是"至少不撒谎"，用此标准标榜自己，得出大多数人不如自己的结论，所有的虚情假意、冷酷无情是她最看不惯的，当然也是她最常遭受的，最常感受到的，一切的衡量标准都是她的主观感受。安娜彻彻底底活成情欲的俘虏，最后所感受到的都是委屈和屈辱，感受到的都是愤懑和恼怒，而内心充满无可排遣的压抑和郁闷。

安娜看起来聪明无比，给人的感觉是理性通透，可事实上却是不愿面对自己的真正处境，不愿面对内心深处真正的自己，明明不高兴，不愿意自己一个人，却装作从容应对，在人前光鲜亮丽，自己一个人时却凄苦无比，越是温柔可人，贤良聪慧，谈笑风生，越是苦楚难安，胡思乱想，担心不已，因为爱情，安娜完全变了，战战兢兢，朝不保夕，人前风光体面，美丽诱人，可和沃伦斯基待在一起时，又相顾无言，不敢表明心迹，夜不能寐，只能靠吗啡助眠。安娜的处境可怜又可悲，可她不甘心如此，积极学习，博览群书，以此打发百无聊赖的漫长时光，给沃伦斯基种种建设性的意见，拉近二人的距离，不仅是爱情，安娜恨不得成为他生命中、生活上、事业上最密不可分的伴侣，最必不可少的帮手，最亲密无间的伙伴，看起来充实无比的生活，内心实则慌乱难安。

安娜可以控制住自己不发疯，可如何能控制沃伦斯基不离开她，如何能让他们之间的关系保持甜美、亲密又恒久，一时的落寞伤楚能熬得住，因为对他寄予希望，可其实是渐行渐远，是越来越明显的疏离，是分道扬镳。枯寂无望的生活真的逼疯了安娜，婚离不了，社会融入不进去，和亲人之间的关系从表面的和谐也变成了不可救药的争吵、诅咒，孩子已成为她生命中最大的隐痛，安娜已没有任何希冀，在这糟糕如乱麻的关系中，唯有和情人沃伦斯基的关系似可改善，其他的已陷入死局，所以紧紧抓住这最后的稻草，这最后的希望。但她慢慢失去了所有的一切，尊严、自我，最后连仅存的魅力也丧失殆尽，只剩下慌不择路的疯狂，无可奈何的绝望，孤注一掷的决绝，丧家之犬的落魄，无人可诉的落寞。谁能想到当初超凡脱俗、高贵无比、令人艳羡、自信理性、有条不紊的安娜会沦落至此，彻底失去了自我，如乞丐一样向爱人祈求些许的慰藉。退无可退，生无可恋。

当安娜把沃伦斯基看成最后的依靠时，所有的一切都变了，在她的生命中，只剩下爱情，她也只需要爱情，可是等待啊，日复一日的等待，安娜只能在家里度日如年，打发漫漫时日，沃伦斯基却可享受他的自由，他给安娜的爱情不能妨碍他的自由，安娜除了等待，毫无办法，可就是这饱受煎熬的等待在噬咬安娜的心，让她失去了爱情中美好的感觉，胡思乱想沃伦斯基的花天酒地，可除了忍耐，除了等待，除了煎熬，还能做什么，为他失去了所有，他应该更爱她，可怜她啊！可事实上却截然相反，除了自艾自怜、自怨自艾外，一切就都是自欺欺人了。如此熬到了沃伦斯基回来的时刻，安娜却不愿意让他看到自己如此可怜的境地，擦去泪水，随便翻开一本书，一副若无其事的样子，这么做只是让他明白，只是不满意他的晚归，但并不伤心，绝不能让他看出她的自艾自怜，绝不能让他施舍他的怜爱，绝不能让他高高在上，那么倨傲地瞧不起自己，绝不能吵架，让他觉得自己是个无理取闹的人。可是，事情还是向她期望的相反方向发展，他们还是吵了起来，口不择言，安娜发泄出了她的不满，激动无比，也感觉到他的愤恨与敌意，感到无比的悲观绝望，一时间竟无语凝噎，掩面而泣。沃伦斯基短暂地妥协了，可冰冷的眼神，顽固的神气也出现了，他们之间不仅有爱情，还出现了敌对的魔鬼，安娜深刻感觉到了，可关键是无法从爱人的身上把魔鬼赶走，也不能从自己的内心深处把魔鬼驱除。

本是亲密无间的爱情，芥蒂一经产生，魔鬼一旦出现，裂痕就会越来越深，争吵就会越来越多，两人之间的美好关系就会越来越淡，即使也会和好，可一爆发新的争吵，就又会相互憎恶了，他们的生活再也无法美满和谐了。安娜的爱情是她人生的全部，而他对她的爱情却日渐衰退，让她感受不到爱的痕迹，更加伤心落寞，更加恼怒。她了解沃伦斯基是天生爱女人的，如果这种爱不能集于她自己一身，那么他的爱一定是转移到别的女人身上了，他对她的爱衰退了，一定是他在社交场合遇见了让他倾慕的女人，尤其是他的母亲还怂恿他和别的女子结婚，安娜一想到这些就无比嫉妒恼怒，可除了争吵，除了一个人生气，又无计可施，最关键的是争吵又把他越推越远。沃伦斯基是因为安娜才陷入如此苦恼的处境，而安娜不仅不减轻他的苦恼，反而无事生非，火上浇油，使他的心情更为恶劣。他们却谁也不提自己的原因，都认为错在对方，逮住机会就指责对方。争吵成为家常便饭，而常常是安娜带着悔罪的温顺神情示弱，而再争吵他们的矛盾更加升级，明明是好的开头，也会因为一句话、一个词触动安娜敏感的神经，也会上升至道德层面，也会触碰沃伦斯基的底线，安娜感觉沃伦斯基不再爱她，而是爱上了别的女人，她该离开了。

如今她到哪里去：到把她抚养成人的姑妈家去呢，还是到陶丽家去，或者独自出国？他此刻一个人在书房里做什么？这场争吵是决裂呢？还是又会言归于好？她在彼得堡的熟人会怎么样谈论她呢？卡列宁对这事会有什么看法？他们的关系破裂以后将会怎样？形形色色的思想涌上心头，但她还没有完全沉浸在这些思想中。她心里还有一种模模糊糊的意识，她对它很感兴趣，但究竟是什么，她还不明确。她又想到卡列宁，想到她产后的那场病，以及当时盘踞在脑海里的念头。"我为什么不死掉！"——她忽然想到当时她说过的话和当时的心情。她恍然大悟，她心里藏着一个念头。是的，这是解决一切烦恼的唯一办法。"是的，死！……"

"阿历克塞·阿历山德罗维奇①的耻辱，阿辽沙②的耻辱，还有我自己的难堪的耻辱——只要我一死，就都解决了。我一死，他就会后悔，就会可怜我，就会爱上我，就会为我而悲痛。"她嘴角上挂着一丝自怜自爱的惨笑，坐在安乐椅上，把左手上的戒指取下又戴上，从不同角度生动地想象着她死后他的心情。③

死亡的念头袭上安娜的心，虽然和沃伦斯基争吵完的每一次和好会让这个念头搁浅，但每一次的争吵又坚定了她内心深处的选择，现在于安娜而言，去哪里不重要，同丈夫离不离婚也是小事，唯有惩罚他才是非做不可的。

死现在是促使他恢复对她的爱情、惩罚他、让她心里的恶魔在同他搏斗取得胜利的唯一手段，这种死的情景生动地出现在她的眼前。

她倒出通常服用的一剂量鸦片，并且想到只要把这整瓶药一饮而尽就可以死去，实在容易得很。她不禁津津有味地想象着他将多么痛苦，悔恨和追忆对她的爱情，可是已来不及的情景。她睁着眼睛躺在床上，在一支残烛的微光中望着天花板的雕花墙冠和屏风投上去的一小片阴影，脑子里生动地想象着，当她不在人间而只给他留下一个回忆的时候，他会有什么感触。"我怎能对她说出那么冷酷的话来呢？"他会这样自怨自艾。"我怎能一言不发就离开她的房间？如今她已经没有了，如今她已经永远离开我们了。她在那里……"屏风的阴影摇曳起来，笼罩了整个天花板和整个周围的墙冠，同时有些阴影从另一个方向朝她袭来，刹那间，阴影消失了，然后又飞快地从四面八方涌来，摇曳着，融成一片。于是周围变得一团漆黑，"死！"她想，灭亡的恐惧攫住了她，她好半天分不清楚她在什么地方，她想再点亮一支蜡烛来代替那只熄灭的残烛，可是双手哆嗦，怎么也找不着火柴。"不，什么都不要紧，只要活下去就行！因为我爱他，他也爱我！那些都是往事，什么都会过去的。"她一面说，

---

① 阿历克塞·阿历山德罗维奇指安娜的丈夫，即卡列宁。
② 阿辽沙即安娜的儿子。
③ 托尔斯泰. 安娜·卡列尼娜 [M]. 草婴，译. 南京：译林出版社，2014：684.

一面感觉到欢庆复活的泪水沿着面颊滚滚而下。①

新的一天，安娜一大早起床，回想起前一天晚上的事，好像隔着一片迷雾，笼罩着她整个心灵的迷雾突然消散了，种种感受又刺痛她那颗受伤的心，她怎么也无法理解自己不顾沃伦斯基给自己的屈辱，又在他的房里待了一整天，还那么深深地爱他，离不开他，而他对待自己颐指气使，一副高高在上、横眉冷对的样子，吵完架之后明明知道自己伤心欲绝，还采取了置之不理的冷漠态度，可安娜依然在追寻他的脚步。觉得自己离开他就不能生活，所以，不顾尊严，又乞求他的爱。可当面对爱人的疏离，面对支离破碎的爱情，面对异常憔悴的自己，安娜无计可施，她恨沃伦斯基的冷酷无情，也恨自己的软弱妥协，又受不了一个人漫无止境的等待煎熬，这如地狱般的日子折磨得她片刻不得安宁，她在屋子里待不下去了。她决定去找他。死的念头一直萦绕在她的脑海，没有那么可怕了，不再是不可避免的了，她何以如此妄自菲薄，轻贱自己？何苦向他屈服，委屈自己？何苦自怨自艾，为难自己？可是他凭什么那么得意忘形？曾经有多少高尚美好的东西如今变得一文不值，自己怎么会落到如此可耻的下场？怎么会如此低三下四？这就是自作自受的结局吗？

彻彻底底孤身一人，浑浑噩噩度日，暴躁抓狂，生活已至冰点，生气郁闷，怨怼无奈，在不知不觉间成为怨妇，生活浮皮潦草，自己深感委屈，身体也一塌糊涂。崩溃，只是一个过程，人生看来是彻底废掉了。烦躁，无休无止的烦躁，日复一日地自怨自艾，落寞难安，无法抑制的泪水，彻底失去了生活的重心，眼神迷离，却又无可逃避，慢慢地终于找不回曾经的自己。在虚无缥缈中不能自拔，前方没有一点方向，后面慢慢地一点点剥离，回望遗憾、不舍、后悔，沉迷其中，不能自拔。大有愈演愈烈之势，终于明白选择大于努力，一步错，步步错，步步煎熬，步步后悔。当下的自己太过悲苦，无所适从。

心里想着靠自己，可却常常哭泣不止，明明知道无法放弃和割舍，明明

---

① 托尔斯泰. 安娜·卡列尼娜 [M]. 草婴，译. 南京：译林出版社，2014：690.

不想过分苛责和抱怨，可无法控制自己的脾气，无法遏制自己的愤怒，这些使人无法平静、平和。束手无策，愤怒，暴躁，沉浸在糟糕的秩序和情绪中不能自拔。慢慢变得无事生非，无病呻吟，自己为难自己，在糟糕的情绪中苟延残喘，没有办法摆脱让人讨厌的压抑，愤怒一触即发，一发不可收，终日怨天尤人，悔恨不已，如在地狱中煎熬，却无能为力。

　　安娜在如此糟糕落魄之际，竟然看清了人生的意义及人与人之间的关系，她也不知道这是好还是坏。

　　　"我在爱情上越来越热烈，越来越自私，他却越来越冷淡，这就是我们分手的原因。"她继续想，"真是无可奈何。我把一切都寄托在他身上，我要求他也更多地为我献身。他却越来越疏远我。我们结合前心心相印，难舍难分；结合后却分道扬镳，各奔东西。这种局面又无法改变，他说我无缘无故吃醋，我自己也说我无缘无故吃醋，但这不是事实。我不是吃醋，而是感到不满足。可是……"突然一个念头涌上心头，她激动地张开了嘴，在马车上挪动了一下身子。"我真不该那么死心塌地地做他的情妇，可我又没有办法，我克制不了自己。我对他的热情使他反感，他却弄得我生气，但是又毫无办法。难道我不知道他不会骗我，他对别的女人没有意思，他不爱吉蒂，他不会对我变心吗？这一切我全都知道，但我并不因此觉得轻松。要是他并不爱我，只是出于责任心才对我曲意温存，却没有我所渴望的爱情，那就比仇恨更坏一千倍！这简直就是地狱！事情就是这样，他早就不爱我了。爱情已结束，仇恨就开始……让我想想，怎样才能幸福？好，只要准许离婚，卡列宁把阿辽沙给我，我就同沃伦斯基结婚。好吧，就算准许离婚，正式成了沃伦斯基的妻子。那么，吉蒂就不会像今天这样看我吗？不。阿辽沙就不会再问或者想到我有两个丈夫吗？在我和沃伦斯基之间又会出现什么感情呢？我不要什么幸福，只要能摆脱痛苦就行了。有没有这样的可能呢？不，不！"她毫不迟疑地回答自己。"绝对不可能！生活迫使我们分手，我使他不幸，他使我不幸；他不能改变，我也不能改变，一切办法都试过了，螺丝坏了，拧不紧了……殊不知我们投身尘世也就是为了相互仇恨、折磨自己、折磨别人吗？我以为我很爱他，并且被自己对他的爱所感动。可我没有他还不是照样生活，我拿他去换取别人的爱，在爱情满足的时候，我对这样的交换并不感到后悔。"她嫌恶地回顾那种所谓爱情，如今她把自己的生活和别人的生活看的一清二楚，她感到高兴。①

安娜一会儿满怀希望，一会儿深感绝望，她那颗受尽折磨的心是多么爱沃伦斯基，又多么恨他啊！她再也受不了任何折磨了，这次不是威胁他，也不是威胁自己，一切都是虚假，一切都是谎言，一切都是欺骗，一切都是罪恶，唯有死亡才能惩罚他，才能摆脱一切人，包括自己。纵身一跃，即使再后悔也无济于事，一个庞然大物撞到她的脑袋上，从她的背上轧过，生命转瞬即逝了！

安娜的悲剧根源在于选择的错误。有夫之妇禁不起爱情的诱惑实属正常，但在婚姻存续期间却私订终身，公然违背丈夫的意愿实属错误，未了婚姻关系就与情人私奔实属挑战道德底线之举，极不明智。害人害己，终形成死局，自己也走上异常悲惨的死亡之路。安娜在这场爱情悲剧中，一步一步将自己推上绝路，失去了朋友，失去了儿子，失去了社会地位，失去了自我，也失去了爱情，最终变得一无所有。人生是一场博弈，本应该收获越来越多，而安娜是越来越少，不仅没有意识到问题的真正所在，还自怨自艾，怨天尤人，她的人生天地也就越来越窄。到了人生后期，极尽奢华，内心却惴惴不安，和前期的简洁理性、有条不紊的生活秩序截然相反，装扮自己，卖弄自己，以此博得爱人的青睐，失去了真正的自我，只剩下好看的皮囊，可悲可叹！

丧失了自我，失去了真性情，无论如何伪装都只能短暂吸引人，不论怎样委曲求全，怎样落寞难耐，都不会让事情有本质的变化，反而会越来越妥协，越来越让步，终会丧失自我。

六、《安娜·卡列尼娜》中其他女性人物

陶丽的人生也是悲剧！公爵小姐出身，嫁妆丰厚，嫁给安娜的哥哥奥勃

---

① 托尔斯泰. 安娜·卡列尼娜［M］. 草婴，译. 南京：译林出版社，2014：701.

朗斯基以后，经过了比较幸福的婚姻蜜月期，就开始不断怀孕、生子，生子、怀孕，33 岁就已经是五个活着的、两个死去的孩子的母亲，一直把丈夫和孩子当成天，当成生命中最重要的人，再苦再累也觉得值得。直到发现丈夫竟然和家庭女教师搞到了一起，她的世界一下子就坍塌了，内心的失望不言而喻，未来的迷惘让她无所适从，不知道该何去何从。后来在安娜的真诚劝慰下，和自己的丈夫虽然冰释前嫌，可再也没有往日的和谐宁静了。生活捉襟见肘，丈夫贪图享乐，朝三暮四，不负责任，对家庭事务视而不见，能拖就拖，应付了事。陶丽守着这样的丈夫，生活可谓艰辛无比，苦不堪言，可又无可奈何，只能苦熬！因为照顾孩子，因为照顾整个家庭，陶丽彻底失去了自我。

"总而言之"，陶丽回顾她婚后十五年来的生活，想"怀孕、孕吐，脑子迟钝，无所作为，只要是模样丑恶。生产，痛苦，说不出的痛苦，最后关头……然后是喂奶，通宵不眠，这种可怕的痛苦……"

陶丽给每个孩子喂奶几乎都生奶疖，一想到这种苦，她浑身打了个哆嗦。"然后是孩子生病，无穷无尽的担惊受怕；再有教育，孩子的种种坏习惯，学习，拉丁文——这一切都那么麻烦，不好应付。最可怕的是孩子的夭折。"

"这一切都是为了什么？这一切都会有什么结果？结果只是：我得不到片刻安宁，一会儿怀孕，一会儿喂奶，老是闹脾气，发牢骚，苦了自己，也苦了别人，使丈夫讨厌，就这样过上了一辈子。抚养出一批缺乏教养的小叫花子。……可就是为了培养这个，我得吃多少苦，花多少心血呀……我这辈子也就完了！"①

陶丽嫁为人妇，成为人母，终日操劳，即使省衣节食，勤俭持家，也是捉襟见肘，还要忍受丈夫的欺骗和背叛，这种如毛驴拉磨的日子何时是个头啊！彻彻底底失去自我，没有享受过生活，这是何其悲惨啊！所以，陶丽也是羡慕安娜的吧，至少敢于选择离开自己不爱的丈夫，敢于追求自己的爱情，

---

① 托尔斯泰. 安娜·卡列尼娜［M］. 草婴，译. 南京：译林出版社，2014：560.

至少为自己活过！

不同于安娜悲惨的结局，不同于陶丽家庭主妇的枯燥郁闷，吉蒂收获了完美的爱情和美满幸福的婚姻，成为全书中最幸福的女人。当然，吉蒂的幸福也不是天上掉馅饼，一蹴而就的，她的幸福也是经历了种种磨难才获得的。

当列文初次向她求婚时，吉蒂感到高兴和骄傲，却因为当时沃伦斯基对自己的追求，轻信沃伦斯基会向自己求婚而拒绝了。这次拒绝是吉蒂人生中犯的最大的错误，因为安娜的出现，沃伦斯基移情别恋，在某种程度上吉蒂被抛弃了，她后悔不已，却无力挽回，吉蒂抑郁了，只能出国疗养。吉蒂在国外见识了太多生命痛苦挣扎，结识了历经生活磨难依然乐观坚强的女友华伦加，向她一吐为快，原来生命中还有太多值得的经历和期待，不仅仅是爱情，不仅仅是被人抛弃，不能仅仅因为误解、遗憾、后悔就放弃自己。吉蒂的生命发生了质的变化，变得坚强、勇敢、超然，最重要的是她知道了什么样的人才值得她真正去爱。所以，即使身为公爵小姐，嫁妆丰厚，也没有迷失在莫斯科男女纷杂的花花世界里，保持着自己的纯洁和美好，十分清楚自己内心的坚守，要么不嫁人，要么非列文莫属，不急不躁，平静恬淡，静待花开。

多么幸运，正因为列文的坚持和坚守，正因为吉蒂找回初心，拒绝诱惑，他们才能守得云开见月明，两人喜结连理，共结良缘。看起来轻而易举，实际上是默默地坚守和执着，把对彼此的爱情看得异常珍贵，跨越了地域，超越了时间，超越了彼此的小心翼翼和多虑，才能收获皆大欢喜的结局。婚后，彼此珍视，相互迁就，和和美美，二人用心经营使婚姻一如爱情美好。吉蒂坚守自我，保守本心，又能做出正确的抉择，幸福就非她莫属了！

七、托尔斯泰笔下女性人物比较分析

在《战争与和平》《安娜·卡列尼娜》《复活》中，托尔斯泰塑造了经典的女性形象娜塔莎、玛丝洛娃、安娜，这三位女主人公身上，有爱情，有苦楚，有骄傲，带给读者重要的启迪。纵观这三部小说的三位女主人公，在她们的成长过程中都幸福过、迷茫过、徘徊过、犹豫过，都深陷美妙的虚假诱惑中，都在迷失的旋涡中挣扎不已，都曾经给自己编织了一个无与伦比的梦

幻，梦幻破灭之后，都经受过生与死的考验。最终，她们有的通过自己毫不妥协的顽强努力，走出了生活的阴霾，重新拥有灿烂的明天；有的受不了生活的打击，堕落下去，但又重整旗鼓，坚决割断那些荒淫无耻的生活，重新定义明天，不屈不挠地努力拥有；但也有人忍受不了个人的创痛和所受的侮辱，忍受不了爱情的落寞，决绝自杀。生命原本脆弱，我们只能选择坚强活着，活着的最本质源泉就是人性与爱，学会谅解他人，时刻警醒自己，既不盲从，也不逆天。

《战争与和平》中的娜塔莎出身相对高贵，年轻貌美，热情活泼，风趣健谈，纯洁善良，人见人爱。无论是富裕的私生子比埃尔，还是传统贵族安德烈，抑或是花花公子阿纳托利，都对她一见倾心。在某种程度上，娜塔莎犹如坠落人间的天使，纯洁无瑕，完美无缺，既可以带比埃尔离开孤独、落寞、无人理解的尴尬处境，也能抚平安德烈痛苦煎熬、孤寂难安、百无聊赖的心。每一个和她相处的人都快活无比，因为有她的存在，生活处处充满阳光快乐。

安娜的出身比娜塔莎要高贵得多，虽是已婚少妇，有一个八岁的儿子，仍无法遮盖其高贵、典雅端庄、超凡脱俗的气质，所有彼得堡上流社会的女人都对安娜又爱又恨。有一个身居要职，却从没有桃色新闻又有大好前途的丈夫，安娜自己本身也洁身自好，呵护自己宁静的生活，悉心呵护自己心爱的儿子，安于相夫教子的枯寂生活，乐此不疲，这样的婚姻生活一直持续了八年。

相对而言，《复活》中的玛丝洛娃出身低贱，是一个女佣的私生女，三岁丧母，从不知自己的父亲是谁，被主人家收养，受过不多不少的教育，半是养女，半是婢女，这一特殊身份也使她小心翼翼、委曲求全，同时又渴望能超越现在的生活，内心深处渴望养尊处优、高贵富裕的生活，所以洁身自好，从不敢以身试法，不敢越雷池半步。和同一阶级的下等人从没有过分来往，一直都安分守己地等待属于自己的幸福。

三个看起来如此不同的女人，都经历了最为刻骨铭心的苦难历程。由于娜塔莎的天真无知、不谙世事，在与安德烈约定一年的婚期内，经不起花花公子阿纳托利的诱惑追求，决定和他私奔，在准备离家去坐马车的最关键时刻被拦了下来，虽没有酿成与人私奔又被人玩弄遭遗弃的最坏结局，但准备私奔的消息也不胫而走，弄得满城风雨，闲话不断，和安德烈的订婚也被取消了，在某种程度上，整个世界就剩下她一个人了。娜塔莎想过死亡，想就此结束自己的生命，就此了断所背负的误解和耻辱，世界如此大，却怎么就没有她的容身之所呢？幸亏她的家人，幸亏她的好友，幸亏她自己的乐观坚强，他们都相信她，自己也相信是太年轻，才分不清这种司空见惯的爱情陷阱，才让自己陷入这种尴尬难堪的局面。她是受了诱惑和欺骗，在这件事上，在本质上，她仍是她自己，虽然犯了错误，却并不是不可原谅的。经过了一系列的艰难险阻后，娜塔莎依然坚强地直面生活，勇敢承受生活带给她的酸甜苦辣。

安娜的生活是有规律秩序可循的，严格按照丈夫卡列宁的作息时间安排，压抑了自己的自由活力，直到遇见沃伦斯基。和沃伦斯基的邂逅，也许是安娜生命中最美好的事情，当然也许是最糟糕的，但自此之后，安娜的生活发生了天翻地覆的变化。安娜不顾丈夫的警告，对其他的闲言碎语也充耳不闻，奋不顾身地与沃伦斯基在公开场合谈情说爱，补偿这么多年被压抑的青春，被窒息的生活，被虚化的感情，而对于事态的最终结局置之不理，不加干涉，怀孕、死亡都不能使其悬崖勒马，反而更刺激她选择不计后果的私奔之路。安娜抛弃了她的丈夫，她挚爱的儿子，她的家庭，抛弃了上层社会的荣誉和地位，把自己置于风口浪尖中。无论怎么样，安娜回不去了，她也豁出了一切，不想再回去了。

玛丝洛娃在她人生最美好的时光和聂赫留朵夫相遇了，两个人可以说是一见钟情，女孩美得楚楚动人，男孩热情、大方、真诚、帅气。两个人在人生懵懂时初遇，彼此掩饰不住内心的兴奋和激动，一切都来得那么自然，一切又都那么和谐。玛丝洛娃小心翼翼地呵护这份天赐良缘，既不显得过分主动，又不矫揉造作，显得十分自然和恰到好处。两个人共同度过了无与伦比的快乐时光，短暂离别，魂不守舍地想念，又短暂地相聚，玛丝洛娃没能坚守到最后。被诱奸了之后，聂赫留朵夫离开了，永远地离开了自己。因为怀孕，所有美好的梦想，所有美好的憧憬，所有美好的刻骨铭心的怀念，都无法置换她被玩弄被抛弃的命运，反而成了笑话。因为怀孕，她被驱逐了，天下之大，却无她的容身之所，她让人欺骗，落得如此下场，竟无人怜悯，只能自己吞咽所有的苦果。所幸孩子没多久就夭折了，可以不和她一起感受世间的凌辱。去别人家做女工，总是因为太漂亮被强奸，索性就做妓女好了。既然所有的男人都只把她当作美丽的工具，她又何必吝惜自己，就让自己尽情地在屈辱中堕落吧。

三个女人在她们的人生重要时刻都做出了选择。娜塔莎取消了和安德烈的婚姻，选择与浪荡的花花公子私奔，被拦截后，经过了难以言说的苦痛之后，过上了差不多大门不出二门不迈的隐修女的生活。安娜彻底背离了自己的家庭，舍弃了儿子阿辽沙和丈夫卡列宁，度过了一段无与伦比的短暂甜蜜生活，感受到从未有过的激情和幸福。玛丝洛娃告别了她人生中最美好的生活。选择遗忘给她人生制造最大苦难的聂赫留朵夫，浪迹于社会的最底层，靠出卖自己的身体来掩盖往日的伤痛。当积聚越来越多的伤痛和屈辱之后，就很容易忘掉最一开始的天真纯美。

就作者托尔斯泰本身而言，他并不是要塑造这些在生活中走了弯路的女人，他并不是要给后世的女人一种警告，告诫她们不要走这条路。托尔斯泰并不是老夫子，并不是卫道士，他并不崇尚让女人将自己的贞节视为神圣不可侵的，让女人守身如玉。他所塑造的女主人公是历经生活的磨砺，做出异常艰难的选择，甚至是错误的决定后，依然坚强勇敢地生活下去。选择遗忘过去，选择宽恕别人，选择宽恕自己，而宽恕的最好途径就是道德的自我完善。那么作品中的主人公是否积极主动走完她们的救赎之旅呢？娜塔莎在时间的悄无声息中依靠自己沉静坚强的个性慢慢复原，安娜拒不承认她所追求的爱情是盲目的，玛丝洛娃是在聂赫留朵夫的感动之下完成的自我转变。

出走风波告一段落后，调整好心态的娜塔莎性格也变得安静了很多，不再像以前那样活泼好动，但也没有哀婉落寞的神色。她的内心又回归平静了。也不再把视野局限在她的闺阁生活这样狭小的空间。战火一直蔓延，越来越多的伤兵退回到莫斯科，大街小巷到处都是拥挤的、受伤的兵士，在举家收拾行囊准备离开莫斯科去乡下时，看到流离失所、伤病在身的兵士，和父亲商量减轻自家马车的辎重，不带家具，而是带上这些无家可归又伤痕累累的兵士，使他们不致流落街头，日后遭受忍饥挨饿甚至是兵临城下时敌军的侮辱。被允诺后，她异常忙碌，毫不嫌弃士兵身上的脏臭和伤口的发炎，悉心照顾他们，无微不至地关怀他们，待他们如亲兄弟。这样忙碌的生活竟使她忘记了曾经的不堪，直到遇见安德烈。与安德烈的再次重逢，无论是天意还是作者有意为之，都将会为娜塔莎的心扉彻底打开宽恕之锁。

娜塔莎无微不至、周到细心的照料呵护安德烈，凡事都亲力亲为，一刻也不肯离开。无论安德烈的态度是厌恶、仇视、冷漠，抑或难过，她都坦然处之，都始终如一地呵护周全。慢慢地两个人的心门都打开了，一个是愧疚，一个是怨恨，无论是什么，都化干戈为玉帛了。安德烈告诉她：他一直爱她，都是他不好，没能顾及她的感受，没有好好保护她，让她一个人承受了这么多。纵有千言万语，也表达不出他此刻的心境，他心中的尴尬、屈辱、委屈和不平都可以放下了，他的心真正变得坦然宁静，她再也不用感到愧疚了，他们相拥而泣。娜塔莎解放了，她被宽恕了，她终于释然了，不再苦苦为难自己，不再心怀愧疚，她的心又可以像以前一样自由自在地翱翔了。

安娜和沃伦斯基在欧洲旅居三个月，感到异常苦闷，百无聊赖，无所事事，他们又回到了彼得堡。不幸的是，对安娜而言，上层社会的大门彻底关闭了。试图反抗，却弄得尴尬不已，腹背受敌，安娜却不把这当回事，她想去看心爱的儿子，去信后却无人回复，毫无音信。安娜对此置若罔闻，决定私闯，看到儿子后心乱如麻，竟无言以对。母子二人相拥而泣，儿子告诉她，别人说母亲已死时，她竟不能替自己辩解，还要小心地替卡列宁说好话，痛恨自己的言不由衷，更痛恨自己的有心无力，无可奈何，临走前和卡列宁无意相撞，竟让自己面如死灰，心不由得被揪紧了。回到沃伦斯基处，缄口不语，丝毫不提在卡列宁处所遇到的糟心之事，彼得堡已无容身之所，只得回到沃伦斯基的乡村别墅，做另类的贵妇。面对沃伦斯基的若即若离，忽冷忽热，安娜只能委曲求全，用美术、音乐、文学甚至晦涩的医学等来充斥自己的生活，而内心一直空虚难耐，感觉到沃伦斯基越来越不爱她，两人渐行渐远，感到和卡列宁离婚有如登天之难，她几近崩溃，但心中的苦痛和委屈只能一个人承受，无人可诉，还要在餐桌前伪装自己，勾引别的男人来麻痹自己，甚至故意勾引列文。这所有的一切都让她的心里极不舒服，所言所行完全违背最初的自己。安娜在此旋涡中挣扎不已，度日如年。

玛丝洛娃做了妓女……彻底地沉沦堕落，吸烟、喝酒、生活毫无规律，直到被冤枉谋财害命，被捕入狱，公开庭审，与作为陪审员的聂赫留朵夫重逢。最终，心不在焉的法官宣布，玛丝洛娃无意杀人，被判苦役四年，玛丝洛娃痛心疾首，痛哭流涕，大喊冤枉，却于事无补。第一次在监狱会见聂赫留朵夫还是一副妓女的模样，露出无耻淫荡的笑容，说着讨好有钱老爷的话，只是眼睛呆板，毫无生气，一点都不在意他说什么，他是谁，对他的道歉、忏悔充耳不闻，置之不理，只是想揩贵族老爷的油，要烟、要钱，生活已经把玛丝洛娃摧残得麻木不堪了，在她的心中，只有交易和享乐。她是谁，她为谁遭的罪，上帝对她的考验和不公，她都不在乎，眼前只有这个令人可厌的妓女。聂赫留朵夫对她说过的话，虽然当时对她来说不算什么，可只剩下她一个人时，可当她想到今天身陷囹圄时，想到谁让她堕落到如此不堪境地时，想到谁是她命运的始作俑者时，她愤怒了，想起那些久远的岁月，想起花季少女时所怀抱的天真美好的梦想，如果不是遇见他，绝对不会是今天的堕落生涯。即使遇见贫穷的、平凡的人，他也可以让自己笑靥如花，可是都是因为他给了自己一个无与伦比的虚假的未来，才让自己一步步堕落。满腔怒火，绝不允许这个刽子手再次进入她的生活，无论她现在的生活是水深火热，还是深受其辱。所以再次见到聂赫留朵夫时玛丝洛娃捶胸顿足，对他破口大骂，被糟践后弃之不理，多年后又感到良心上过不去，想用自己赎罪，做梦去吧，即使死了也不用聂赫留朵夫管。这么多年的屈辱，这么多年的坎坷，这么多年的麻木，不是一句两句对不起就可以平复的。玛丝洛娃这么多年所遭受的肆意的奚落、嘲笑、轻视，一句对不起就能抵消吗？

可玛丝洛娃本性是善良的，即使经历了那么多创痛，即使遭受了那么多冷眼、那么多侮辱，蒙受了如此的不白之冤，感到有人真正对她好时如沐春风，如一丝暖流沁入她冰封已久的心田，慢慢融化了以前的屈辱、怨恨，所有的侮辱和不平就这样慢慢消融了，她竟慢慢地和聂赫留朵夫冰释前嫌了，俩人关系慢慢好转。玛丝洛娃默默地接受聂赫留朵夫的一切照顾，心安理得地接受他为自己的不白之冤四处奔走，这么多年的怨恨竟然感觉不到了。不知从何起，玛丝洛娃期盼与聂赫留朵夫见面，也刻意地让自己在他面前有些教养，心中想得最多的竟不是自己的处境，而是他因为她所遭遇的不公、上下奔走的辛苦和为难，她重新爱上了他。因他经历了那么多的屈辱，甚至付出的代价是曾经纯洁美丽的自己，那些不堪回首的过去，都无法抵挡这份爱，她又不可救药地爱上了他。

重大选择面前三位女主人公都做出了不同的选择，娜塔莎和玛丝洛娃殊途同归，一个被宽恕，一个是宽恕别人，都重启了人生之旅。娜塔莎选择直面自己的人生，从哪跌倒，就从哪里站起来，继续勇敢坚强地生活，和自己的家人，和自己的民族，和自己的国家站在一起，共同应对外敌入侵。在民族大义面前，在国破家亡面前，个人的荣辱就会退居一边，很多事情也会在大是大非面前变得无足轻重，正因此，那经历过的坎坷也变得格外顺畅一些，之前所犯的错误也会相对容易释然。而她毅然决然选择在最后关头照顾安德烈，准备听他的谴责，让自己的心真正面对爱人的审判，这是一般女人无法做到的。正因为如此，安德烈宽恕了娜塔莎，娜塔莎也宽恕了自己，她可以真正抛弃曾顾虑的、介怀的一切，重新踏上下一段人生之旅。娜塔莎和比尔重逢了，两个饱受沧桑的心依偎在一起，共同见证了彼此的荣辱，他们不会再分开了。

安娜的选择就不尽如人意，似乎她也无可选择，做任何选择都惨不忍睹。安娜的爱情之火无法熄灭，为此抛夫弃子为上层社会所背弃，沃伦斯基成了她的救命稻草，她只有一线生机，他们的幸福也如履薄冰，安娜越是在意，就越令沃伦斯基感到窒息，从而导致二者关系矛盾加剧，争吵不断，安娜也越发敏感多疑，就越像困在笼中的狮子，越来越暴躁，越来越焦急，也越来越失去理性，这种折磨令她倍受摧残，无法喘息，也同时有了一种决绝的勇气，也许为了爱情，她可以豁出自己，可如果没有了爱情，她该怎么办呢？她能怎么办呢？虽然在脑海中想到的是别人的死。她突然明白，这就是她的命运，所以她选择了卧轨自杀。

作为苦役犯的玛丝洛娃感到从未有过的清净和幸福，她再次见到了聂赫留朵夫，不是以恋人的身份，而是最熟悉的朋友，也许是因为同情，也许是因为愧疚，或者二者兼而有之，聂赫留朵夫请求玛丝洛娃嫁给他。嫁给他多好啊！重新地，全心全意地爱上他，也可以摆脱贫穷、低贱，可以步入上层社会，这些是每一个底层社会女孩儿想都不敢想的，而上天竟如此眷顾她，让她达成心愿，真是无比幸运！可是怎么能只想到自己，聂赫留朵夫呢，他们的结合于他而言，注定是一种侮辱，有辱门第，上层社会的大门会对他关闭，所有上层社会的人都会唾弃他，他再也没有朋友。而这一切都是因为玛丝洛娃是一个苦役犯，是一个妓女，不，不可以那么自私。不能因此毁了他，他做的足够多了，因为爱他胜过自己，所以痛苦的决定，放他一条生路，玛丝洛娃拒绝了他的求婚，选择和另外一个人格高尚的苦役犯共度余生，也许他们两个人有共同的经历，都被社会遗弃过，也会因此格外珍惜彼此。

在西方传统意义上，女人如圣经中的玛利亚，纯洁无瑕才值得被尊重，女人的完美在于纯洁。这一点在托尔斯泰的笔下是有所突破的，女人的完美并不是没有经历过什么磨难、困苦，而是也会选择错误，误入歧途，重要的是在此之后能够辨清人生的方向，能选择正确的人生道路，通过与自己和解，通过与他人和解，与社会和解而释然，依然能够坚强、勇敢、乐观地走完人生路。

娜塔莎和玛丝洛娃都是走过弯路的人，最后的结局殊途同归，一个被宽恕，一个宽恕了别人，最后她们都通过自己的言行举止，通过自己的真情实意，真正从内心深处宽恕了自己，也赢得了属于她们自己的幸福生活。托尔斯泰用浓重笔墨塑造了这两个误入歧途的女人，是告诉我们，每个人都会犯错，重要的是敢于正视自己的错误，敢于承认自己的错误，并心甘情愿为此付出代价，通过净化心灵，通过道德的自我完善，宽恕自己，继续自己的人生之旅，寻找自己的幸福归宿，只要不放弃，就一定能找到属于自己的幸福。

安娜的悲剧让人唏嘘不已，或是同情怜悯，或是痛心疾首，总觉得安娜为此葬送自己的生命太不值得，总觉得安娜应该有更好的出路，总觉得安娜可以有更美好的未来，可事实上，自杀是安娜唯一有尊严的选择。无论是重新回到卡列宁身边，还是继续维持和沃伦斯基如履薄冰的爱情，抑或离开两个人，自己孤苦苟活于世，都是无比屈辱和悲惨的，死对安娜而言，对她的处境而言，是唯一有尊严的选择。

为什么安娜就不能拥有属于她的幸福呢？为什么托尔斯泰就不能让安娜幸福呢？爱人要比爱己更重要，如果一个人爱自己胜于一切，所做的一切都是因为自己的热情、激情，即使两个人一拍即合，在一起了，最终的结局也不见得会有多好，安娜的结局就是这样的，太过于重视追求自我的情感，太过于追求个性解放，就个人而言，没有什么，甚至是值得提倡和鼓励的，但人是活在这个世界上的，是组成社会的部分。一个人更是力量弱小，无法撼动整个社会制度和约定俗成的伦理道德，作为个人，没有足够的基础和能力时，更应该遵守道德传统，更应该懂得克制自己的情欲，收敛自己的冲动举止，人不能选择孤立地存活在敌对的环境中，不能违背社会道德准则，不能过于追求自己的感官欲望，不能太感情用事，不能心中只有自己，活在自己的天地，不能太过自我，要学会审视自我，试着学会牺牲自我的一些利益，去成全别人的幸福。不要一味计较自己的得失，让自己患得患失，从而遗失了最本质的幸福。

第五章

强者女性形象的建构

女性主义自诞生以来，一直致力于追求男女权利的平等。这一理念的核心在于消除性别歧视，确保女性和男性在各个领域都能享有同等的权利和机会。这不仅关乎个人尊严和自由，更是社会公正和进步的体现。

在婚姻领域，女性主义强调女性的婚姻自主权，即女性有权自主选择自己的伴侣，而不是被迫接受传统观念或家庭安排。这一理念的推广和实施，使越来越多的女性能够勇敢追求真爱，选择自己的生活方式。同时，也为社会带来了更加和谐、平等的家庭关系。在社会立足权利方面，女性主义致力于打破性别壁垒，让女性能够在政治、经济、文化等各个领域充分发挥自己的才能。这包括为女性提供平等的教育机会、职业发展平台以及社会参与途径。通过不断努力，女性已经在许多领域取得了显著成就，为社会的进步和发展做出了巨大贡献。

女性主义还强调女性要勇敢地走出家门，与男性一同开疆扩土，彰显女性的风采。这意味着女性不仅要关注家庭生活，还要积极参与社会活动，为社会的繁荣和进步贡献自己的力量。这种精神鼓舞着越来越多的女性投身于各个领域，为实现性别平等和社会进步而努力。

总之，女性主义的目标之一是达成男女平等，让女性和男性在广阔的天地间共同发挥自己的能力，实现个人价值和社会价值。这需要全社会的共同努力和支持，也需要女性自身的觉醒和奋斗。

《飘》这部作品已经过去了近百年，玛格丽特·米切尔笔下的人物仍熠熠生辉，感动了无数读者，斯嘉丽的人格魅力令人向往不已。婚姻自主，在艰苦卓绝的环境下开创自己的事业，即使现代女性也很难像斯嘉丽一样突破自己，很难达到她所取得的成就，斯嘉丽在某种程度上给女性树立了一面旗帜——爱情自由，婚姻自主，经济自给。斯嘉丽敢于反抗和蔑视世俗，敢于追求，在和平时期决定自己的婚姻，在战乱时期捍卫自己的家族，成为特殊时期的孤勇者、奋斗者。

斯嘉丽在那个时代背景下，勇于追求婚姻自主，努力在艰苦卓绝的环境中开创自己的事业。即便是在现代社会，女性也很难像斯嘉丽那样突破自我，达到她所取得的成就。斯嘉丽在某种程度上为女性树立了一面旗帜，为女性主义的发展开拓了空间，女性亦可以无坚不摧，成为强者。作为一个特殊时期的孤勇者，斯嘉丽在奋斗中展现出了女性的坚韧和勇敢。她努力在逆境中求生，不仅为自己的爱情和婚姻奋斗，还为了家族的荣誉和利益而不懈努力。斯嘉丽的故事让我们看到了女性在困境中的强大力量，她成了许多女性心中的榜样。

这部小说传达了一个观念，那就是在逆境中，女性与男性一样，同样能够展现出惊人的毅力和勇气。她们不仅可以为自己的幸福而努力，还可以为了家族和社会做出巨大的贡献。斯嘉丽的形象激励着无数女性，让她们明白，在爱情、婚姻和经济方面，自己都有能力去争取和实现自主。为女性争取自由、自主和自给树立了榜样。

一、斯嘉丽的情爱之路

爱情和婚姻，对女子而言，除了门当户对，更多应该听从父母的建议，而斯嘉丽对于爱情却离经叛道，执迷不悟。当得知艾希礼要订婚时，伤心难过后，她的选择是不接受现实，妄图用自己的小聪明去反转，吸引其他男子彰显自己的魅力，借此让艾希礼妒忌，再向艾希礼表明自己对他的爱情，达到两人在一起的目的。所以当所有的淑女小姐都睡着后，她一个人去找艾希礼，又怕被人看到，又怕找不到，终于找到后，如释重负。之前所设想的告白都忘记了，迫不及待、直截了当地对艾希礼说我爱你，而艾希礼的反应却让她大失所望，被拒绝了。她的所有期待和愿望化为乌有，恼羞成怒下，扇了艾希礼一耳光，而斯嘉丽又后悔不已，艾希礼礼貌退出房间。而这一由斯嘉丽主导的爱情闹剧被瑞德全部听见，斯嘉丽颜面尽失，满面羞红，却又无可奈何，只能傲然离去。

　　换成一般女人，必然是哭天抢地，觉得自己所托非人，觉得自己的感情被愚弄了，伤心落寞，经过一段时间的徘徊难过，才有可能慢慢好转。而斯嘉丽不是一般女人，她直接反击，要比艾希礼早结婚，也是意气用事，最终苦的还是自己，她为此付出了沉重的代价。斯嘉丽略施手腕，就让艾希礼未婚妻媚兰的哥哥查尔斯向自己求婚，做不成情人，斯嘉丽和艾希礼却成为亲人，多么尴尬的关系转变，这也是斯嘉丽的报复，当然，也给二者造成了无穷的麻烦，剪不断理还乱，两人始终纠缠不已。

　　斯嘉丽因为得不到自己想要的爱情，虚荣心作祟，嫁给了自己瞧不起的查尔斯，所有人都是赞同的，除了她的母亲爱伦。爱伦知道斯嘉丽的选择是因为伤心，是意气用事，担心这样做她会后悔，想拖延婚期，可遭到斯嘉丽的强烈反对。因为爱伦自己少女时期痛失爱情，决绝地离开自己的母家，所以担心对斯嘉丽控制太严，会把她逼走，只能眼睁睁看着她往火坑里跳，心痛至极。

　　当然整个事情的发展在表面上满足了斯嘉丽自己的虚荣心，她早于自己的心上人结了婚。而事实上，斯嘉丽的负气结婚，虽然逞一时之快，但引起的悲惨后果却只能自己吞咽。斯嘉丽并不知道自己在做什么，所以真正等新婚过后，她才了解到其中的苦楚——从女孩儿到妻子的过渡。嫁给一个自己不喜欢的人，再也没有年轻的小伙子追求她，自己的丈夫三天后远赴军营，她还没有准备好如何做人的妻子，查尔斯就已经病死在军营中。还未适应妻子身份的自己，突然就成了寡妇，也许这对她来说是幸运的，但已经怀有身孕，一切苦难才刚刚开始。

　　斯嘉丽的生活中再无快乐，寡妇的生活非常苦闷，无聊至极，只能穿黑灰色的衣服，聚会时只能和老太太待在一起，不能跳舞，不能享乐，过去的美好和放纵又回到了她的脑海之中，现在只有孤寂陪伴她，再也不能像以前那样为所欲为地去和喜欢自己的男孩子调情聊天儿，再也不能穿着自己喜欢的绿衣服在舞会上招摇，享受着别人的追求，再也不能畅所欲言，想怎么样就怎么样，再也不能寻求父母的依靠和安慰，做一个任性的人人都宠爱的小姑娘。孩子生下以后，斯嘉丽没有感受到任何作为母亲的快乐，反而消沉了，缅怀过去，却又不知道出路在哪里，日渐消瘦。

在塔拉庄园的日子没有一点生气，处处是束缚她的牢笼，早上还未醒来，婴儿的哭声就把斯嘉丽拽到现实中，告诉她所有的美好已一去不返，她痛恨自己的选择，悔恨现在的生活，后悔结婚生子，巴不得没有这个孩子，可却无处可诉。除了循规蹈矩，生活再也没有任何涟漪和波澜，所以，她自己变得无精打采，提不起任何兴致，她的儿子小韦德哭了好长时间，她都没有意识到，虽然两个人近在咫尺。

斯嘉丽对生活再无兴趣，自己没有丝毫活力，到处都是回忆，每到一处，都是和艾希礼的回忆，自己今天的境地就是艾希礼害的，自己竟然还这么想念他。伤心难过充盈内心，失去了生活的乐趣，也没有在乎的东西，自己也变得尖酸刻薄。包括医生在内，所有人都束手无策，为了改变这种生无可恋的生命状态，家人觉得换一个环境对她会有好处，所以她去了夫家所在的城市亚特兰大。

婚姻在实质上是契约，男女以家为单位，对抗社会中的不利因素，克服重重障碍，相互慰藉，相互鼓励，相互支撑，合作共赢，幸福的家庭需要夫妻双方双向奔赴，彼此成就。而现实情况却是，由一些非你情我愿的原因促成婚姻的缔结，很难做到情投意合，患难与共，夫妻之间的不和谐是常态，更有甚者，夫妻之间相互算计，彼此成为风雨的施与者。幸福成为奢侈品，女性在婚姻中承担更多苦楚和无奈，既无法言说，也无法撼动，亦无法摆脱，只能隐忍、沉默，不再沉默中爆发，就在沉默中死亡。

毋庸置疑，斯嘉丽在生活面前是坚不可摧的，无论失去什么，斯嘉丽都能坚强挺住，没有什么能让她屈服，北方佬不能，提包客不能，艰难的时势不能，高额的税金不能，缺衣少食更不能。但唯有爱情，蒙蔽了斯嘉丽的双眼，她屈服了。

斯嘉丽在面对生存压力之时，果断决定重返亚特兰大寻求援助，并随后投身商海，此举在当时社会堪称惊世之举。毕竟在当时，女性为生活所迫而在公共场所抛头露面的现象实属罕见，然而斯嘉丽却在此领域取得了显著成功。经济自主为斯嘉丽带来了更多的话语权，使得她的第二任丈夫弗兰克无法干涉她，愁苦郁闷，最后为了斯嘉丽的尊严而走向覆灭。在追求进步的道路上, 斯嘉丽虽有所收获, 但也必然有所失去。她获得了超越男性的商业成就和财富, 却失去了爱情和家庭, 这是她一生都无法弥补的遗憾。

何出此言? 媚兰死后, 经过与曾经深爱自己的瑞德沟通, 斯嘉丽终于认清了软弱的艾希礼只是她的一个梦幻, 只是她的一个假想恋人。而她真正喜欢的、真正爱的早已是瑞德, 跨越了梦中的漫漫迷雾, 终于找到了家的方向, 但瑞德早已经被自己伤透了心, 不再爱她, 也不打算再爱她, 也没有精力去爱她了。这对 28 岁的斯嘉丽来说是一个致命的打击。

回眸一笑时已是沧海桑田, 物是人非。斯嘉丽追寻的经济的安全感、家庭的归属感到最后反而成了空。因为失去了瑞德, 即使经济再富有, 再有安全感, 她的爱是空的, 她的家是空的。当然, 斯嘉丽并没有气馁, 希望明天是另外一天。

失去真正的爱情, 失去心爱的男人, 一方面是斯嘉丽自身性格的原因, 因为她的执念, 因为瑞德对她的误解。但在本质上其实是男性、社会的因素对她的一种迫害。

斯嘉丽的爱情悲剧, 一方面是她自作聪明、自以为是, 但更重要的是当时的社会秩序。艾希礼心里是喜欢斯嘉丽的, 但是他不敢超越这个社会的秩序和媚兰分开。所以在战争结束之后, 斯嘉丽一直不停地努力前行。而艾希礼经过了战争的洗礼之后, 更多是缅怀过去的荣光, 更多是在回忆中挣扎徘徊, 所以他们两个的人生早就已经不同了。斯嘉丽即使感觉到, 也不愿意承认, 也不愿意叩问自己的内心, 也不愿意放弃自己曾经最美好的爱恋, 更不愿意揭露生活的残忍给艾希礼看, 她宁愿自己忍受、自己承担、自己闯荡, 也不让艾希礼有任何为难, 斯嘉丽心中的艾希礼永远是骑着白马、满脸微笑、找她游玩的王子, 依然是她心中的挚爱, 依然是她内心深处和过去生活不可分割的挂牵, 永远是她现实生活中不可触碰的圣地。斯嘉丽执迷于此, 越是得不到的, 才越是最好的。

被斯嘉丽深深爱着的艾希礼是有高贵血统的, 不敢面对生活的人, 有异常敏感的心, 却又无法和不幸的生活相抗争的落魄者。当整个社会秩序被战争颠覆以后, 当所有美好的生活都成为回忆, 所有美好的岁月都一去不返, 所有美好的憧憬都成为梦幻, 他的生活就彻底垮了。战争使一切都变得面目全非，摧毁了他的生活，摧毁了他的意志，摧毁了他的期望，当他拖着疲惫的身躯回到塔拉庄园后，一切都变了，生活一片狼藉，困顿不堪，让人无法喘息，他什么都做不来，什么都不会做，再也没有他想要的自由和愉悦，他彻底颓废了，最关键的是他明知道这一切，却无力改变，无法适应，所以他的生活中只有困惑、酸楚，气馁、妥协，不能直面生活，只能委曲求全。这是斯嘉丽一直没有看出来的，或者说即使看出来了，也因为斯嘉丽一直爱着艾希礼，把他神化了，根本顾及不到，在斯嘉丽的心理，艾希礼是骄傲的、高贵的、无所不能的。

　　当塔拉庄园面临难以支付的高额税金时斯嘉丽提出和艾希礼私奔，把其他所有人抛下，他们两个人浪迹天涯，艾希礼拒绝了，又说了一大堆斯嘉丽听不懂的"时代已一去不返，他终将被淘汰出局"的话。他爱斯嘉丽，平时隐藏得极深，此刻却控制不住，又同情斯嘉丽，又懊恼自己的无能，两人紧紧拥抱，嘴唇也紧紧地挨在了一起，但艾希礼马上又意识到自己的所作所为失去了理智，立马推开斯嘉丽。他爱斯嘉丽，可是他更爱自己。

　　瑞德为什么在斯嘉丽再婚之后，仍然频繁出现在她周围呢？自己的爱人已然结婚，和自己没有什么关系了，也不会和自己有什么关系，为何瑞德对斯嘉丽的照顾依然如故呢？虽然不能在一起，但瑞德仍然深爱斯嘉丽，一定要知道斯嘉丽过得好不好，如果斯嘉丽很好，能照顾好自己，那么他就会全身而退，不打扰她平静的生活；如果斯嘉丽的生活出现困难，那他也会挺身而出，为她赴汤蹈火，这也是我们在《飘》中看到斯嘉丽在彼得大叔拒绝为她赶车后，瑞德就频频出现在斯嘉丽独自赶车的必经路上，陪她一起走过最危险的路，给她最有用的建议，哪怕在斯嘉丽因为让瑞德知道后感到尴尬不已的时候，瑞德也能轻声安慰，让斯嘉丽放下羞怯和愧疚，让她能恢复到最好的状态。在斯嘉丽开办经营木工厂的时候，亚特兰大城上层阶级全部都是反对和鄙夷的态度，都反感斯嘉丽一反传统的行为举止，厌恶她和北方佬做生意，只有瑞德支持她，给她安慰，给她鼓励，为她排忧解难，这就是爱！

　　斯嘉丽可谓聪明一世，糊涂一时，糊涂一世，聪明一时啊！在爱情之路上，她一直被心中的执念影响，就算是面对真正的爱情时，她一方面享受，另一方面却放不下心中的执念，觉得自己内心深处爱的是艾希礼，这也使斯嘉丽无法真正认清艾希礼。所以等到最终看清的时候，为时已晚，早已是明日黄花，再也回不去了，即使幡然悔悟，也全然来不及了。而真正爱她的人也被她的固执打败，早已心灰意懒，不敢再爱她了。当斯嘉丽意识到这一切，终于确定了自己的爱情，确定了自己真正爱的人，当欣喜若狂地想要拥抱爱情时，却从未想过瑞德已经被她的执着打败了，早已走到了分道扬镳的边缘，再也回不去了。

斯嘉丽和瑞德的爱情扑朔迷离。斯嘉丽喜欢和瑞德在一起，但是她觉得心里面爱的是艾希礼，最关键的是瑞德也是这么认为的。她以为艾希礼是支撑她所有的动力，但事实上直到媚兰去世之后，她才意识到她爱的只是一个假想的白马王子，只是因为遭到了拒绝，得不到，所以一直抱有执念。斯嘉丽自以为内心深处一直深深爱着艾希礼，却一直不了解他，这种爱是盲目的，甚至不可理喻。

永恒的爱也会慢慢被消磨光的。我们都知道这个消磨的过程：亲密的行为，亲密的接触，无话不谈的细语……慢慢地，就变成了同床异梦，同在一个空间无话可说的咫尺天涯，分离的心，斤斤计较的一切……说到底整个变化的过程还是心的归属。紧紧相拥时不是倾心相与，背道而驰是经过数不清的伤心、无奈、郁闷、绝望之后做出的选择！相互了解是多么困难的事情，相互了解之后又能爱慕更是难上加难。最难的、最痛苦的，而最正常的莫过于在相互不了解的基础之上相守一生。相识于江湖，相忘于江湖，消失于江湖。所有的悲剧都是相似的。

当身边爱自己的人一个个远离自己时，当千呼万唤、用尽全身的力气，再也回不到过去时。当所有的一切都失去时，是否还有重新建立秩序的可能和希望？是否还能有重建一切的勇气和力量？是否在重建时还能够保有初心？是否还能回到幸福的高光时刻？是否还能够把荣耀的光环加在身上？当身心疲惫、毫无力气时，是否还可以重新开始？当意识到金钱的重要性的时候，是否其他的都会变得虚无缥缈，可望而不可即？

二、对传统的反抗

创痛需要告别旧的生活场面，需要新的生活场景，需要结束旧的生活，需要开创新的生活。亚特兰大是一个新兴城市，大兴土木，与时俱进，日日更新，繁忙拥挤，热闹非凡，让人热血沸腾。当斯嘉丽一到这里，就被深深吸引，唤醒了她的生命热情，她以一种新的姿态出现了。

和媚兰相见，两人掩面而泣，肆意流泪，媚兰哭的是亡兄，斯嘉丽哭的是自己被辜负的青春，哭的是悲惨的自己，哭的是无望的未来、遗失的美好，悔恨交加，前途渺茫。谁能懂得斯嘉丽对媚兰的痛恨，媚兰抢走了斯嘉丽心爱的男人，现在斯嘉丽又作为她的嫂子来到了她的家中，还不能表现出什么不满和仇恨，还得装出痛苦哀伤。斯嘉丽打心眼里是瞧不上媚兰的，但是表面上又不得不装得和媚兰一样。和媚兰相比，斯嘉丽更受不了的是死了丈夫之后所要忍受的一切。和查尔斯在一起三天就永远失去了丈夫，还不太懂得男欢女爱，还一片迷茫。但作为一个寡妇，她不得不去医院伺候那些受伤的男人。而像什么舞会之类的，这种她喜欢的事情又没有办法参加，漂亮的衣服也没法穿，只能穿灰色或黑色的，还要装出一副典雅悲伤的样子，说不出来的郁闷和无奈。她想打破这一切却无能为力，所以满腹委屈，一想到自己无处安放的青春就痛哭流涕，甚至一发不可收。她只不过是平凡的一个女孩，只是想享受自己的青春和快乐，只是想跳跳舞，穿漂亮衣服，有人追求，和人出去约会，为什么不行，就因为死了个自己都不记得的丈夫，就因为身为寡妇，就因为周边的人不允许，可除了哭，什么也做不了。她再也不是那个一哭一闹所有人都会满足她无理要求的小女孩了！

斯嘉丽的蜕变是令人由衷佩服的！本是一个出身高贵的贵族小姐，年轻漂亮，富有活力，是最受附近年轻男子青睐的女孩，除了谈情说爱、跳舞聚会，生活中再无其他，无忧无虑，自由自在。可就是这样一个不经世事的女孩，因为爱情的失败赌气嫁给自己不爱的男人，经过了两天有性无爱的婚姻生活后就失去了丈夫，本是个少不更事的任性小姑娘，不承想年纪轻轻就成为寡母，她的人生就这样没了色彩，再无快乐，再无肆意放纵，再无享乐，再无男人追求。枯寂的生活，能看到老得令人厌恶的寡妇的苦闷日子，斯嘉丽因此抑郁了。一般的女人也就认命了，从此长守寂寞，生命就此枯萎终老。

而斯嘉丽是如何也适应不了寡妇的枯寂、郁闷、了无生气的生活，所以换了个环境，来到了亚特兰大。寡妇没有娱乐生活，不能参加活动，不能脱掉丧衣，要时刻哀伤，不能爱男人，更不能被男人所爱，要克己复礼，心如死灰。这哪是斯嘉丽可以做到的啊！所以，无法压抑之下，选择女人最强有力的武器——哭泣，不顺心就哭，感到郁闷就哭，被别人教导就哭，做不成自己想做的事情就哭，虽然没有什么实际的功效，但至少可以使自己不那么郁闷，可以释放自己的不满和难过。到亚特兰大不久之后，斯嘉丽开始参加义卖会，开启了自己人生的新篇章。在义卖会上，不顾大家的眼光，不顾传统的伦理道德，不顾名誉名声，毅然决然地跳舞，这里面有瑞德的鼓励，但如果她自己没有这份勇气，任谁也无法撼动，所以慢慢地，寡丧的所有礼仪都被她突破了。为了自己，享受生活。

斯嘉丽骨子里是反叛的，是要突破传统的，是要突破伦理观念的，但是自己太弱小了，没有办法对抗整个社会秩序，她需要一个契机。义卖会使斯嘉丽终于可以参加舞会了，她有多久没有参加过舞会了？多久没有跳过舞了？哪怕是碰到了最令人尴尬的瑞德，她也是兴奋不已的。

瑞德离经叛道，被父亲赶出了家门，瞧不起任何的正统和道德，甚至跃跃欲试，成为反叛者，如荣耀的战争在他心里都是不值一提的。慈善晚会别出心裁，竞价邀请自己喜欢的女人跳舞。瑞德早就洞悉了斯嘉丽的一切，欣赏斯嘉丽的敢作敢为，当然也为了让她难堪，所以重金邀请她——查尔斯夫人跳舞，一片哗然，所有的人都出来阻挡，她刚死去丈夫，她还是一个寡妇，不能跳舞，瑞德置之不理，斯嘉丽跃然台上，哪怕是最令自己尴尬的瑞德的邀请，哪怕遭受众人的非议，哪怕会被所有人孤立，也无法抵挡跳舞的魅力。和瑞德在舞会上尽情狂欢，激情四射，当然，他们过往的嫌隙也烟消云散。自此之后斯嘉丽开始反叛正统的寡居之路，变得勇敢起来，生活方式大为改观，不能跳舞、不能穿鲜艳的衣服等这些繁文缛节彻底成为过去。当然所有反叛的事情都是在瑞德的帮助之下。斯嘉丽公然出现在大庭广众之下，尽情与人跳舞，坐马车兜风，非议、阻碍的因素都跨越过去，撇弃一切束缚自己的繁文缛节，让自己依然可以随心所欲生活，穿着漂亮的衣服，花枝招展，被人追求，第一次蜕变完美结束。

从某种程度上来说，斯嘉丽所表现出的女性主义是她骨子里面的，是她积极能动选择的必然结局。斯嘉丽的自我意识非常强，重视个人感受而较少受到淑女礼仪、传统道德的束缚，彰显自己，重视自我，为自己而活，在她的身上，女性主义大放异彩。

南北战争的爆发以及南方的战败，导致了社会秩序的颠覆，使得大家陷入无助境地，生活困顿，无所依存。人们在失去传统生活秩序的依托下，感到迷茫困惑，无所适从，陷入生存困境。战争使部分家庭破碎，他们流离失所，迷失方向，悄然消失在时代的长河之中。当然，也会有一些人绝地反击，置之死地而后生，开辟自己的疆土，这些在传统观念中都是男人的事情。而斯嘉丽在男人的世界里闯出自己的天下，保住了塔拉庄园，延续了家族的辉煌，在生活中立于不败之地。这是结果，而奋斗的过程是异常艰难的，她要周旋于杀死自己丈夫、情人、朋友、同胞的北方佬之间，和他们谈笑风生，感觉曾经的侮辱和屈辱都不曾有过：塔拉庄园未曾遭过劫持，她的家人从未忍饥挨饿，她从未害怕过北方佬对她们一次又一次的劫掠和凌辱，她从未担心过失去塔拉庄园……为了继续生活下去，不再让家人挨饿受冻，不再让自己的儿子担惊受怕，不再失去自己最爱的人，所以斯嘉丽选择容忍。

更难的也许是自己人对自己的误判和敌视吧！斯嘉丽再次来到亚特兰大，南方贵族们已经忽略了她以前离经叛道的行径，她受到热烈的欢迎和亲切的招待。可一旦开始自己的生意之路，开始和北方佬打得火热，就受到自己人的诋毁和轻视。如果仅仅是外人的闲言碎语也就罢了，关键还受到自己家人的反对，弗兰克劝阻她放弃自己的生意，彼得大叔拒绝为斯嘉丽赶车……斯嘉丽征服了外部世界，在家中却不得安生，没有人帮助她，没有人开导她，没有人支持她，没有人站在她这边。人们看到的只是她忘记战争的创痛，和北方佬做生意，忘记死去的南联盟战士，反而巴结他们的仇人，巴结北方佬，忘记自己的土地、家园被北方佬肆意霸占，和北方佬谈笑风生。出卖自己的良心，不管囚犯的死活，雇佣犯人辛苦做工，牟取暴利。最关键的是不顾廉耻，驱车招摇，把自己暴露在极有可能被侵犯的环境中，给北方佬、提包客、下流白人和黑人、流氓强奸自己的机会，让每一个勇敢的南联盟男人都面临绞杀或流亡的风险，为了自己的利益，置千万的家庭安危于不顾。所以，相对南方女性贵族来说，斯嘉丽更像是过街老鼠。

三、孤勇的选择

面对生活的种种磨难，斯嘉丽完全可以像媚兰、佩蒂姑妈她们一样，听天由命，找一个保护人，让男人去替她们遮蔽风雨；或者像艾希礼一样，任由十二橡树庄园归属他人而自己一家人流离失所，寄居在别人家中；又或者嫁给弗兰克之后，专心相夫教子，让自己和孩子能解决温饱，而不管塔拉庄园的死活……选择很多，可是她要选择和自己的家人共进退，选择父亲的塔拉庄园能够继续生机勃勃，选择拥有足够的金钱保证她和家人的安全，选择和过去的担惊受怕、少衣少食、忍饥挨饿彻底告别，选择再也不受任何人的威胁和恫吓，再也不让自己的儿子满眼恐惧、饥肠辘辘……所以，只能豁出自己，征服全世界。

在生活面前，斯嘉丽是永不退缩的。濒临战乱、新旧秩序交替之际，面临一切艰难困苦：束手无策地被欺凌和抢劫，当权者的不择手段，司空见惯的忍饥挨饿、破衣烂衫，消息的匮乏和与世隔绝……斯嘉丽没有退缩，没有屈服，勇敢地直面生活。大多数女人可能会选择逃避，有男人可以依靠的时候，就躲在男人的臂弯里痛哭流涕，激发男人的同情心，照顾自己的起居和生活；或者故作清高，外面再混乱也和我没有任何关系，我用傲慢目空一切的态度维持我曾经的骄傲，任何事情也无法让我屈服，宁愿衣不蔽体、食不果腹，也不向当局屈服。也有的人投靠了北方佬或提包客，背叛自己的出身，仅仅为生活下去；也有的人选择认命，既不奋斗，也不反抗，任人宰割，在茫然无措时怀念曾经的美好，自欺欺人却怡然自乐。而这些在斯嘉丽的世界里是看不到的。在她的世界里，只有一直向前。动荡的时代，生活的不安定把斯嘉丽从典型的贵族淑女推到了奋斗生活的前沿，坚强、永不妥协、永不服输的性格让她在激荡的潮流中勇往直前，创造了自己闪亮的一生。

斯嘉丽毅然决然地扛起生活的重担，成为塔拉庄园的主人，主人是不恰当的，应该叫毅然决然地做起了塔拉庄园的当家人。她做过很多让任何人都汗颜的事情，在她的母亲死后，支撑了塔拉庄园的重建。

十二橡树庄园——开篇的盛宴就是在这里，南方贵族一贯的闲适得意、逍遥自在都在此展现得淋漓尽致。但战争摧毁了十二橡树庄园，战后只能被抵押出去抵扣税金。物换星移，所有美好岁月一去不返。所有南方贵族曾经的美好都悄然逝去，所有南方贵族所珍视的一切都是遗失的美好。大多南方贵族舍弃了土地，在颠沛流离的困顿中徒剩怀念，人们都习惯性地抱着回忆，旧有的传统、秩序过活，即使新秩序已然建立，即使新的社会规则已然开始，人们依然无法忘怀过去，依然沉浸在过去中不能自拔。在过去的回忆中重温曾经的温暖，让在现实生活中饱受蹂躏的自己获取短暂的精神慰藉和心理安慰，短暂过后，是无尽的苦难、贫穷、凄婉。梦还是不重温的好，徜徉在往事的回忆中忘乎所以，到最后依然是无尽的抱怨和悔恨。

塔拉庄园的卓然而立让人们大吃一惊，也给困惑的人们打了一剂强心针，即使土地越来越贬值，即使人们的生存状态每况愈下，即使人们经常饥肠辘辘、食不果腹、衣不遮体，即使人们像以前黑奴一样辛苦劳作，即使人们看不到头，不知道能熬到什么时候，但也义无反顾毅然决然地坚持到底，因为土地是他们的根。对于斯嘉丽尤其如此，塔拉庄园是她留下所有美好记忆的地方，是她父母最珍贵的财产，是她所有的动力，是她不屈奋斗的源泉，更是她梦想的支撑。

战时，无依无靠的斯嘉丽在炮火连天中回到塔拉庄园，为的是回到妈妈的怀抱寻找慰藉。事与愿违，母亲却永远离开了她，伤心和绝望无以言表，可看到垮掉的父亲，无助的忠实的黑奴，病榻中的妹妹，她不能哭，所有的一切都等着她做主，她继承了母亲的职责——掌管塔拉庄园。

生活本身就千疮百孔，没有最困苦，只有更难。斯嘉丽从亚特兰大回到塔拉庄园之后，困难和苦楚接踵而至，不给她任何喘息之机，她不能哭，因为只要闸门一开，她咬紧牙关挺住不哭的自制力就会丧失，眼泪就如决堤的洪水一般滔滔不绝。

刚刚回到塔拉，就得解决所有人的吃饭问题，所有吃穿用的物品都被北方佬拿走了，一无所有，一个个老弱病幼，一个个忍饥挨饿、饥肠辘辘，一个个都像是婴孩一样无助惶恐，一双双眼睛都如饥似渴地等着斯嘉丽，斯嘉丽回来是依靠父母的，绝没有想到母亡父傻，自己成了家里的顶梁柱。斯佳丽的人生彻底反转，从一个养尊处优的贵族小姐变成了什么粗活、累活、脏活都干的女人。她开始了在塔拉庄园艰苦卓绝的生活，像没日没夜干农活的黑奴一样，摘棉花、犁地、养猪，徒步走很远的地方去弄食物等。她的两个妹妹、她的黑奴们、她的儿子、她的好朋友都生活在她的照顾之下，斯嘉丽俨然成为当家做主的主人翁，可无计可施，处处是压力，处处是艰苦，无处不在的愁苦郁闷，无所不在的凄苦，孤独是一种罪过。

当斯嘉丽一个人步行到十二橡树庄园寻找食物，看到菜地的萝卜，饥饿感再次席卷而来，都不把萝卜上的泥土擦去就一口咬下去，萝卜又老又硬又辣，呛得她眼泪直流，又触碰到空了许久火烧火燎的胃，她趴在泥土里呕吐起来，整个人也眩晕了：过去一切美好的事物都一去不返了。她的父母、艾希礼、过去她自己连一只袜子都未捡过……所有美好的一切都逝去了，一切都一去不返。她终又站了起来，又回到十二橡树的焦土废墟，她高高地扬起头，青春、魅力、优雅、从容、含蓄的柔情在她脸上彻底消失了。过去一去不返，人死不能复生，昔日再不会重现，她真正完成了身份转换，成为一个当家人。旧秩序消逝了，残忍的新秩序刚刚来临，等待斯嘉丽的是更大的暴风雨和挑战。重压之下必有勇夫。

眼下塔拉庄园没有黑奴、没有丰粮、土地荒芜、棉花尽毁，迷迷糊糊的老人、嗷嗷待哺的婴儿、卧床不起的病人、无依无靠的黑人都在指望斯嘉丽，都依靠她，而斯嘉丽也不过 19 岁，带着孩子，孤儿寡母，不经世事，她自己甚至还只是个孩子，面对如此处境，何去何从，如何作为呢？

经历战争、炮火、饥饿、亲朋的离去，斯嘉丽开始了她当家作主的生活，这种当家作主可谓苦不堪言，她所面临的第一个问题就是命令得不到有效执行。如摘棉花，作为大小姐的她以身作则，可是她的黑妈妈和父亲的贴身管家波克都拒绝执行，理由是这样的活是下等黑人干的，他们是高级的，只做屋里的活；斯嘉丽的妹妹苏伦也拒不执行，理由是如果妈妈活着，绝不会让她们下地干活，斯嘉丽又气又恼，可却没有任何办法。再加上媚兰和卡丽恩身体羸弱，有心无力，也被送回家中休息了，只剩下斯嘉丽和忠心耿耿的迪尔西。一开始的路并不平坦，里外夹击，太多的人不能适应旧秩序的消亡、新秩序的建立，还好斯嘉丽是清醒的现实主义者，从实际出发，头脑中没有那么多的感性、没有那么多的回忆、没有那么多的感想，不去缅怀过去，在她的心中，最重要的就是好好活下去，再也不饿肚子，再也不让自己的家人饿肚子，她所能做的就是经营好塔拉庄园，在北方佬洗劫一空后，重建家园。所以斯嘉丽一马当先，像一个黑奴一样干着各种各样的活，整日风吹日晒，手磨起了厚厚的茧子，衣衫褴褛，食不果腹，拼命遏制自己的食欲，努力干活，就为了家人能过得好一点。

当生活一步步走向正轨时，北方佬散兵的流窜洗劫又令塔拉庄园平静的生活遭受挑战。北方佬骑兵信步而来，如入无人之境，那嚣张跋扈让人愤慨，可又无能为力，家中的男人都去沼泽地找母猪了，楼上只有还未痊愈的媚兰和妹妹们，斯嘉丽本来想坐以待毙，可一想到炉灶上那还不够两个人吃顿饱饭的伙食要被北方佬吃掉，就无比气恼，她们一家人都在忍饥挨饿，凭什么让这个北方佬白吃？不如鼓足勇气死拼到底，宁愿豁出性命也绝不把家园拱手让给敌人。所以，鼓起勇气，决定拼死一战，拿起查尔斯的枪，趁北方佬轻敌不备，对准敌人的脑门，只听"砰"的一声枪响，竟然打中了敌人的脑袋，看着鲜血从他的脑袋流出，没有恐惧，没有害怕，心中只有坦然和得意，终于捍卫了自己的家园，不再任敌人凌辱和欺负，斯嘉丽内心深处与敌人对决的信心大增，不再逃避，而是直面反抗。

有了马，自然就会去看看周边是否有幸存者。所有的庄园都没有男人，都是女人当家，在兵荒马乱中，女人独撑一片天，与敌人周旋斗争，这是何等无畏的信念和勇气。世道变了，人心不变，即使只有女人，也要坚强地活着，无所不能地去开辟新世界。一切都会过去，而勇敢生存下去的信念亘古不变。当你认为已经见过最恐怖的事情，世上再无任何事情令你害怕，再无任何事情让你动容，再无任何事情让你感到意外，这是何等勇敢，又是何其悲惨，心无畏惧，人生唏嘘！在外界环境逐渐恶化中，斯嘉丽也慢慢变得更现实，冷酷、专制、无情。在生活的重压下，南方贵族的传统伦理价值在她身上越来越少，她已经像男人一样了。斯嘉丽是典型的现实功用主义者，听到南方战败，不像媚兰他们那样痛苦，反而感到如释重负，再也不用把贵重的东西藏起来，再也不用把猪、牛、马赶到沼泽地，再也不用提心吊胆、担惊受怕了，再也不用忍受北方佬对自己光天化日的抢劫，终于可以和平生活了，战争终于结束了，斯嘉丽由衷感到高兴，如释重负，终于可以心安理得、正大光明地拥有使用自己的合法财产了，终于可以全力以赴重建自己的家园了，终于可以恢复以往衣食无忧的生活秩序了……

斯嘉丽以自己坚强果敢的精神，顽强不屈的生命力，吃苦耐劳的意志力，开创了塔拉庄园的新局面，在现实面前毫不妥协，宁愿自己暴晒在太阳之下辛苦劳作，付出所有也在所不惜，只为振兴家业。可事与愿违，世事变得更加艰难了。南方贵族作为战败的一方，自然而然会受到凌辱，任人宰割。塔拉庄园再次面临前所未有的危机——税金 300 美元，这对刚刚结束战争的斯嘉丽来说，简直是天文数字，因为大家都一无所有，连保障吃饭穿衣这样最基本的生活都成问题，这也使大多的南方贵族放弃了自己的土地家园，变得无家可归。

斯嘉丽在面对卑鄙无耻的威胁时，保有贵族的骄傲和自尊，毫不顾忌的谩骂，把无耻之徒驱逐出去，可要想保住塔拉庄园必须缴纳足够的税金，但这个时候，谁都没有钱啊！

斯嘉丽绝不容忍自己的土地归别人所有，不能失去塔拉庄园，找艾希礼商量无果，于是决定到亚特兰大找瑞德借钱。对于瑞德，斯嘉丽是满含怨恨的，因为当日是瑞德把自己决绝抛下，毅然决然投戎而去。可塔拉庄园的情况迫在眉睫，万般无奈下只能出此下策。只要能保住塔拉庄园，她宁可把自己卖了。

只要弄到税金，斯嘉丽宁愿出卖自己，宁愿出卖自己的尊严，出卖自己的自尊，出卖自己的爱情，只要能保住塔拉庄园，任何代价也在所不惜，这是何等悲壮、何等无奈、何等决绝啊！当然，这也说明她内心深处还是一个很善良的人。斯嘉丽完全可以不管那些人的死活，可以绝尘而去，自己可以活得更好，只要自己过得好就好。

斯嘉丽是不能再回到塔拉庄园了，挽救塔拉庄园的办法竟然是离开那里，这于斯嘉丽而言，又无奈又心酸。斯佳丽在塔拉庄园完成了由一个贵妇向一个持家人的转变，凡事亲力亲为，不辞劳苦，和家人同甘共苦，不分彼此。可道别的时刻还是来了，她再一次踏上了去往亚特兰大的路途，信誓旦旦却前途未卜。

昔日的生活秩序消失了，但往日的魅力却从未消减，一直深深烙印在人们的脑海中，一直被真切怀念，一直被人们津津乐道。凡是经历过的人，凡是享受过曾经美好生活的人无不怅然若失，无不感受到遗失的美好和永不重现的遗憾，现实生活越是惨痛，在缅怀过去时就越感受到岁月的无情；在现实生活中越是四面楚歌，越是回忆往昔峥嵘岁月的潇洒自由，越是在现实生活中穷困潦倒、饥肠辘辘，就越是想念以往的和平享乐、丰衣足食；越是苦难，人们就越愿意津津乐道往昔的繁花似锦。旧的秩序是不能丢弃的，哪怕在新的社会中毫无出路。南方贵族现有的高贵和体面仅剩下自尊和高傲，明知道回不去了，还抱残守缺，明知道自己要覆灭，也不求改变，等到落日的余晖把自己吞噬，悲壮有余，进取不足。

在战争结束时新旧价值体系更换的特殊时代，作为战败国的南方贵族已失去往日荣耀，境地无比尴尬、悲惨，可大多南方贵族却选择抱残守缺，不思进取，固守往昔的价值理念，高傲自大，放不下可怜的自尊心，也无法在新社会中放弃一切包袱，大展拳脚开创自己的世界。只能一方面遭受北方佬的蹂躏，一方面还要忍受自由人（曾是自己的奴隶）对自己的无礼和侮辱，境况可见一斑。在新的秩序面前，大多南方贵族在风中摇曳，惶惶不可终日。他们未想过改变，只能在这个他们不适应、仇视的世界里感到可悲、凄惨，无力改变，又不能很好地适应，只能苟延残喘，勒紧裤腰带高傲地生活着，静待死亡，以求解脱。

人们都习惯性地抱着回忆，旧有的传统、秩序过活，即使新秩序已然建立，即使新的社会规则已然开始，即使过去的永不再回，人们依然无法忘怀过去，依然沉浸在过去的生活中不能自拔，在过去的回忆中重温曾经的温暖，让在现实社会中饱受蹂躏的自己获取短暂的精神慰藉和心理安慰，过后，依然是无尽的苦难、贫穷和凄婉。梦还是不重温的好，徜徉在往事的回忆中忘乎所以，但最后依然是无尽的抱怨和痛恨。

生活没有最难，只有更难。斯嘉丽以为生活最艰苦的时期已经过去，事实上才刚刚开始，甚至比战争时期更糟糕。战争结束并不意味着和平开始，并不意味着能恢复以往的秩序，并不意味着可以过上富足的生活。生活的艰辛刚刚蔓延开来。旧的秩序已彻底一去不返了，南方贵族已然从统治阶级变成了没落贵族，已然失去了曾经美好的一切。如果想像战前一样成为上层阶级，就只能从头再来，靠自己的吃苦耐劳、靠自己的大无畏、靠自己的拼搏，而非目空一切、骄傲自大，认清了这个局面，在社会中立足并不是难事。当男人靠不住的时候，当曾经美好的世界一去不返时，当旧有的秩序和美德再也不会重来时，斯嘉丽所能做的唯有征服男人的世界，寻求立锥之地。是时代的滚滚浪潮把她推到了风口浪尖之中，也是她自己的坚强、倔强、无所畏惧让她适应新的秩序。

斯嘉丽是清醒通透的现实主义者。她非常清楚自己要什么，会非常果敢地扔掉对她而言无用的东西，如虚伪、做作，自尊心、自豪感、优越感，抛弃对北方佬不屑一顾的傲慢和气愤，收起自己内心深处对北方佬的厌恶，谨小慎微，唯恐自己来之不易的一切又被北方佬夺走。所以，除了自己生意上的事情，斯嘉丽对诸如三K党的事情都是避之不及的。所以，从表面上看，她是乐于和北方佬打交道的，乐于和他们做朋友，这也让斯嘉丽在原有的南方贵族圈四面楚歌、孤立无援，也无人理解，除了瑞德。

斯嘉丽的内心情感十分丰富，可她并不是一个感情用事的人，在感情和事业面前分得一清二楚，有自己的原则和生存之道，骨子里冷酷无情，面上风光无限，虽不经世事，却精明能干，在是非利益面前懂得如何取舍。在生意场上风生水起，让人肃然起敬，成为那个特殊时代一道亮丽的风景线。斯嘉丽所到之处，南方贵族一片鄙夷和不耻，却博得北方佬热诚欢迎和尊敬。

南方贵族认为斯嘉丽是一个背叛者，她的所作所为有违大家闺秀的教养，斯嘉丽倍感无奈，但没有办法，只能选择和"北方佬"保持表面的和气，继续和他们做生意，但是她暗下决心，当有一日金钱充足，有可靠的保障之后，她会比任何人都更有教养，更不愿意搭理北方佬，更不会和北方佬做生意。斯嘉丽把心中的仇恨放在心底，在现实生活中赚取北方佬的金钱，结交他们的家人，让自己立于不败之地。因此，她的反抗方式相较自己的同阶层更胜一筹，更应感到心安理得。识时务者为俊杰，何况斯嘉丽更多是利用北方佬，骨子里仍是傲慢的贵族。只是她不被固守狭隘观念的南方贵族理解，但英雄横空出世，又有几人能理解，这些必是不按常理出牌的，是强者的归宿，要想成就不凡伟业，必将披荆斩棘，超越常人的思维，漠视他人的流言蜚语。

在战争的洗礼下，亚特兰大已面目全非，处处是被破坏的痕迹，每一处残缺都在昭示战争的残酷。但重建已经开始，处处是生机，处处是忙碌，处处是希望。回到亚特兰大，斯嘉丽还是激动兴奋的，这是她的第二故乡，虽不同于往日，但依然觉得亲切无比。可惜，出师不利，本来找瑞德借钱，可瑞德身陷囹圄、自身难保，并且还戏弄她一顿，斯嘉丽悔恨交加、愤怒不已，却又无可奈何，如一只斗败的公鸡，蔫头耷脑、灰心失望，也顾不得自己新做的衣服了，她的世界就像外面的阴雨天一样，乌云密布。正在她伤心失望如落汤鸡走在大街上时，碰到了弗兰克的马车，一听到弗兰克说自己现在干得不错，有 1500 美元时，斯嘉丽的斗志一下子又燃起来，极尽女性各种魅惑，像一个孤苦无依、楚楚可怜的落魄公主一样，等待英雄施以援手，这大大契合了弗兰克的虚荣心。何况弗兰克本就是倾慕斯嘉丽的，哪经得起如此诱惑，斯嘉丽又对弗兰克说苏伦已经结婚，让弗兰克没有后顾之忧，斯嘉丽下足猛料，终于促成弗兰克向她求婚，二人婚姻缔结，塔拉庄园保住了。

斯嘉丽不爱弗兰克，但对他心存感激，在自己能做的范围内，让弗兰克感到幸福。为了塔拉庄园的安全，为了自己家人不再忍饥挨饿，为了抵御一切风险，斯嘉丽急切地需要钱，而弗兰克不可能，也没有能力提供那么多金钱，弗兰克懦弱、保守，无法给斯佳丽想要的保障，斯嘉丽只能靠自己。

于斯嘉丽而言，最可靠的保障是金钱，可以保障塔拉庄园的完整，不受他人欺凌，不被他人抢占，保障家人不再受饥饿的蚕食，保障自己不再提心吊胆。那种女人依靠男人，女人只需躲在男人的壁垒下就可以安然度日的生活对斯嘉丽而言是一去不返了，她知道不是男人不可靠，而是她靠不起，没有男人能给她足够的安全感，弗兰克养他自己的家没有问题，可是要负担塔拉庄园及塔拉庄园所有人的开支，保障他们衣食无忧就是很大的问题。所以，对弗兰克帮助塔拉庄园支付 300 美元已是感恩不尽，斯嘉丽愿意对弗兰克好，可她也知道，如果每年让弗兰克担负这么多钱，弗兰克就不堪重负了。所以，她只能自己想办法，抛弃旧有的传统道德观念，放下自己荣耀的南方贵族优雅得意的生活，在现实生活中大展拳脚，在男人的地盘中争得一线生机，开创自己的世界。

斯嘉丽借瑞德的钱经营木工厂，战后大兴土木，木材生意是多么赚钱啊！只是生意只能由男人做，女人哪能抛头露面呢？女人哪能向男人一样在大庭广众之下招揽生意呢？女人哪能驾着马车满城乱跑呢？而斯嘉丽全都做到了，这当然遭到全城的非议，也让弗兰克颜面扫地，更让亚特兰大的南方的贵妇们愤怒抓狂。斯嘉丽招摇过街，明显是给下流白人和黑人以轻薄之机，如果她因此出了什么问题，全城的绅士们就会为她流血，然后流亡，浪迹天涯，甚至会背负生命的代价。所以，斯嘉丽的处境是四面楚歌、步步惊心。当然，斯嘉丽也没有想那么多，也想不到那么多，她满脑子想到的就是赚钱，只有赚到足够的钱，她才有安全感。

钱可以带给斯嘉丽足够的安全感，因为在塔拉庄园刻骨铭心的经历，使她深深明白钱的重要性，唯有金钱，才能保障她衣食无忧，才能让她的儿子不再忍饥挨饿，才能让她的家人生活无忧，才能承担塔拉庄园高额的赋税，才能保住塔拉庄园；唯有足够的金钱，才能给斯嘉丽安全感，才能保障自己的权益不受侵犯，才不至于衣不遮体、食不果腹，才不至于居无定所，手足无措，才不至于提心吊胆，担惊受怕，才不至于夜夜噩梦，无依无靠。经过了战争的洗礼，经历了战后新秩序的不公和贫苦交加的生活，目睹了处处疮痍、千疮百孔、伤痕累累的城市，越发坚定了斯嘉丽挣钱的决心。由于弗兰克性格软弱，顾忌太多南方绅士的风俗习惯，无法在生意场上做强做大，维持他们夫妇两人的家庭生活是没有问题的，但若养活塔拉庄园的一大家子人、振兴塔拉庄园是绝不可能的，所以，唯有斯嘉丽亲力亲为，拼尽全力，才有可能重振家业。

作为一个女人，在男人的商业帝国中谋得自己的出路是前所未有的突破，自然会受到周边环境的反对和抵制，也会令自己的男人抬不起头，以为斯嘉丽的丈夫弗兰克没有本事，不能供养家庭，才逼得南方贵族小姐斯嘉丽迫不得已抛头露面和男人周旋，在男人的世界中战斗。当然，也有便利的地方，斯嘉丽以娇小文弱示人，长相又甜美可爱，楚楚动人，不需要怎么费劲交谈，就能拢住顾客的心，生意就已成交。斯嘉丽本身就聪明伶俐，精于算计，擅长与人沟通，在生意场上可谓如鱼得水，靠自己的精明强干并购了自己竞争对手的木工厂。

斯嘉丽毫不顾忌传统的道德伦理秩序，毅然决然建立自己的事业，即使没有人给她赶车，她也自己驾车前往木工厂，和商家洽谈，招揽生意，兜售木材，不让自己有一刻空闲。即使在下流黑人和白人横行的街道，即使有被当街奸淫的隐患，即使遭到所有亲朋好友的反对，即使三K党的打击报复猖獗，仍无法阻挡斯嘉丽外出洽谈、做生意。在经济安全保障方面，斯嘉丽是成功的，但置南方绅士们的性命于水深火热中，所以当不幸发生时，为给斯嘉丽报仇，身为三K党的弗兰克英勇献身了。

因为不被他人认可的事业害死了自己的丈夫，斯嘉丽后悔不已，万般无奈，也非常害怕，觉得是自己害死了弗兰克，让身为丈夫的弗兰克一直忍受流言蜚语，让一家之主弗兰克活得憋闷委屈，让身为男人的当家人活得小心翼翼，让期待婚姻幸福的弗兰克受到欺骗、蒙蔽……斯嘉丽开始质疑自己的人生，但是她自己也知道，她没有别的选择。

选择本是人生最无奈的事情，若一切顺意，何需选择？经历了种种磨难，斯嘉丽发现，能带给她安全感的只有金钱。战争期间，斯嘉丽经受过恐惧、担忧，在那个时候寻找依靠、寻找爱，渴望回到母亲身边，渴望能有家的慰藉，再也不用提心吊胆、忧心忡忡地过活。可惜事与愿违，母亲病死，父亲精神萎靡，重担还是落在了斯嘉丽身上。当男人无法给你依靠，无法给你衣食上的安全感，无法满足你必要的经济基础，只能依靠自己的自立强大。

斯嘉丽的奋斗是何其艰苦卓绝，不仅仅要面对商业中的竞争对手，还要面对来自同胞战友的冷落和讥讽，自己亲人的不理解，自己家人的阻挡干扰，自己丈夫的左推右阻，在百般阻力和万千困境中，在重重压力之下，在孤苦无依的单打独斗中，斯嘉丽破茧成蝶。当然，她也被孤立了，被自己的亲人、被自己的朋友、被自己的爱人，只有瑞德同情她、支持她，可瑞德和她一样，也是受人排斥的啊！斯嘉丽依然孤勇奋战。在南方上层社会中她是最孤独的！没有人支持她、没有人相信她、没有人安慰她，斯嘉丽真正一个人的时候，是何等的无助、落寞和悲哀啊！能承受得住无比的孤独，才能成就无比的自己！斯嘉丽在战乱之后，在大多南方贵族都沉浸在悲伤的情绪中时，在人们感到生活苦难却又无能为力时，在男人女人缅怀昨日的美好时，斯嘉丽已经开始开创自己的事业，而且一发不可收，任何艰难困苦，任何磨难都无法阻挡她要赚钱的决心，她宁愿选择树敌无数，也绝不改变自己的意志。不在乎流言蜚语，不畏惧仇视报复，不害怕孤独寂寞，克服无人帮忙的境况，已然从一个十指不沾阳春水的贵族淑女小姐变成能驾驭烈马、驯服男人、征服一切的女强人。

四、启示意义

每个人在内心深处都有和斯嘉丽一样的执念，内心深处都有一种向往的生活，都期待着未来。而如何看待、如何面对、如何理性地把握就是一个重中之重的问题了。斯嘉丽对于她心中的艾希礼——这个执念最终是以失败而告终的。无论如何都不应该有盲目的执着，而应该是把它当成积极的、向上的、乐观的指引，能够让我们的生活因此熠熠生辉。

斯嘉丽身上的果敢、英勇、坚强，这些优秀的品质都值得学习。克服传统，突破传统，克服狭隘的观念、规矩。除此以外，更重要的是克服自己身上的孤寂，克服自己身上的执念，克服自己身上的盲目，只有克服这些，自己才能更好成长。有的人乐于给你的生活带来平坦，有的人乐于成为你的依靠，有的人乐于成为你的港湾，这固然是好事，但前提是你值得拥有这些东西。

瑞德和斯嘉丽一直是一种若即若离的关系，瑞德就像是斯嘉丽的护花使者一样，一旦斯嘉丽有危难，瑞德必在她的身边。当斯嘉丽一个人独处困境的时候，他冲破一切，悉心安慰；当所有的人都离斯嘉丽而去，瑞德坚定地挺身而出，置自己生命于不顾，雪中送炭，帮助斯嘉丽解燃眉之急，所以瑞德像一个英雄般的存在，像一个传奇。而在现实生活中，是很少有这样的男人存在的，所以能带给自己这种生活的只能是自己。

由斯嘉丽到每一个女性，在生活中，无论背后有多么大的家族，无论能继承什么样的东西，无论有多大的财产，都是不可靠的，都不能以此作为寄托。个人能力更为重要，瑞德是赤手空拳干事业，斯嘉丽也是白手起家，而以艾希礼为代表的旧贵族曾经一个个都是锦衣玉食，颇有门第贵族血统，但是当一切都被夷为平地之后，旧有的价值观念被颠覆以后，旧有的社会秩序被破坏后，他们依然沉浸在自我的世界，怀念往昔的秩序，完全接受不了新时代的变化。现实生活中也存在这样的状况，所以重要的不是出身，重要的是自己，重要的不是你拥有什么，重要的是你能争取到什么。

每一个情窦初开的女孩都深深地被男主人公瑞德所吸引，渴望自己能够找到像他这样的人，能爱自己一生，成为自己可以依靠的港湾。而经历过爱情的女孩也会感到自己初心未变，还是深深地感动于他的爱和呵护，但是也知道这样的人是可望而不可即的。一直以来，在爱情方面斯嘉丽其实都是心智不成熟的、偏执的，盲目不已，一直爱着近在咫尺又遥不可及的艾希礼。还好，她没有过多倚重艾希礼，只是把他当成爱而不得的执念，在她心中，金钱才是最值得的依靠和保障，以此满足自己的安全感，筑牢自己的自信，给她所爱的人坚定的踏实的生活。说到底，斯嘉丽所有的安全感，所有的自信，所有的幸福源泉都和金钱有莫大的关系，都是在经济牢靠之后，才去追求精神享受，才去追求爱情。在经济基础没有夯实好，物质生活还陷入窘迫的时候，怎么可能有崇高的精神需求和爱恋的需要呢？

斯嘉丽心中挚爱着艾希礼，但依然和其他的男人卖弄风情，谈情说爱，纵情声色，因为总得生活下去啊！斯嘉丽是非常聪明的，深爱艾希礼的同时也可以相对潇洒地生活。现代的女性在遭遇挫折或者爱情的背叛后，也会伤心欲绝、哭天抢地，或是坚决拔出心中的爱，关注自己的发展，让自己扬眉吐气，但自此之后与爱情隔绝，又或者是勇敢开始下一段爱情。能像斯嘉丽固执己见又能活出乐趣的人实在不多，既不沉迷于过去的回忆，也不抱怨男子的懦弱和无能，寄希望于未来，坚定地一往无前、决不放弃。

斯嘉丽的坚强、勇敢、自信、自强，敢于突破世俗偏见，敢于对抗现实传统对于自我的压抑和摧残，这些是特别值得肯定的品质，特别值得学习的精神。这也是女性主义熠熠生辉的地方。斯嘉丽用顽强不屈、永不服输的斗志和精神占据强者之列。战争是何其残忍，打垮了人们的意志，打没了人们的金钱，打消了人们的信心，毁掉了家园，毁掉了信仰，毁掉了希望，"垮掉的一代"应运而生，已然一无所有，已然没有了斗志、信心、希望，莫不如破罐子破摔，沉浸在回忆中度日如年。多少男男女女选择用这样的方式继续苟活于世。而斯嘉丽绝不，是时代把她推到了强者的阵营，男人誓死保卫祖国，女人拼命保守自己的家园不被敌人抢夺，即使面对敌人的厚颜无耻，刀枪胁迫，也保持自己高贵的尊严，即使害怕，也要捍卫自己生命的尊严。既然一无所有，何必卑躬屈膝，至少还有傲骨和高贵去俯视敌人。

在家国荣辱面前，个人主义就变得无足轻重，一个民族可以打败仗，但不能打败他们的傲骨，不能打败他们的精神，家国天下危难之际，男人在前线参战，女子在后方守卫家园。妇孺老幼，看起来是最需要保护的，却为前方战线撑起了一片天。而在战乱之际，女子遭受的威胁也更多，而她们不畏强暴，不惧贫苦，毅然决然挑起生活的大梁，等待自己的父亲、兄弟、丈夫、儿子平安归来。为了捍卫自己的家园，为了保护自己的亲人，她们无所畏惧，哪怕被刀枪所指，哪怕站在众多敌军的面前，哪怕受到生命的威胁恫吓，即使她们心理再害怕，也表现出无所畏惧的胆识，表现出骄傲自信、拒人千里之外的豪情，表现出目空一切的尊贵，让前来抢夺的敌兵也不由得有所收敛，变得有礼起来。她们的无所畏惧捍卫了自己的家园，保全了家国的体面，守护了男人的尊严，赢得了敌人的佩服。

无论面对什么问题，只要自己挺直腰杆，就无所畏惧。斯嘉丽身上的自立、勇敢、坚强特别值得女性学习，无论处境多难，都能想方设法解决，而且会在困境之中寻找到更好的突破自我的方式方法，自己借机更好地发展，成为一往无前的勇者，无论面对多么大的创痛，都能继续创造精彩的人生。生活中太多的女性缺少这种奋起的精神，缺少置之死地而后生的决绝，缺少毅然决然的勇气，太多的患得患失。尤其是有了婚姻之后，给自己套上了无形的枷锁，失去了往昔的自由，失去了决裂的勇气，失去了奋斗的干劲。面对生活中的不足和委屈，选择隐忍和妥协，像鸵鸟一样，越活越憋屈，彻彻底底丧失了自己，为人女，为人妻，为人母，单单不是为自己。唯有自己最可靠，唯有自己能成为自己最坚强的后盾。唯有自己的绽放才能绚丽多彩，开启美丽的人生。

经历了几千年的附属地位，女性的地位越来越高，无论是在家庭中，生活中，还是在事业上，都有越来越多的话语权、参与权和决定权，这是类似于斯嘉丽这样的女性耗费无数的时间和精力努力奋斗而来的，是她们通过艰苦卓绝的斗争取得的来之不易的成果。

女性应该珍惜今天得之不易的相对平等的生活，无论是在社会中，还是在家庭中，女性都需要自立、自强、自信、自爱，标榜自己的个性，彰显自己的权利，发挥自己的能力，敢于打破传统弊端，打破固化的思维方式，敢于用实际行动打破流言蜚语，让自己孑然自立、思想独立、精神自立、活出真我，而这一切的基础就是经济独立。经济独立，可以使女性拥有更广阔的空间，可以使女性有更多的选择，可以使女性有更好的出路，无论是在社会，还是在生活中，都可以自主决定所面临的事宜，少一些束缚，少一些取舍，少一些顾虑，更多遵从内心深处自己的决定。经济层面的独立，让女性更好地活出自我，更有能力去选择自己喜爱的、向往的生活，尤其是在婚姻中可以拥有更多的话语权，即使婚姻不幸，也有选择结束的勇气，也有独自养育、教育孩子的能力，不再束手束脚，不再唯唯诺诺，完全可以凭借自己过上崭新的生活。所以，女性想要真正掌握、主宰自己的命运，最关键的是经济独立，经济层面不依附他人，人格才能独立，人格相对完整，才会做出正确的选择，选择适合自己的爱人，选择是否结婚，选择是否一个人过活，选择自己人生的精彩程度，选择自己独特的幸福。幸福才是女性追求的终极目标，最靠谱的幸福是自己给予自己的。

第六章

女性主义视域下责任的守护

在 20 世纪六七十年代，女性主义运动进入一个较为激进的阶段。这一阶段的女性主义倡导个性自由，主张追求个人幸福和享受生活。激进女性主义认为，女性不应局限于家庭主妇的角色，而应该走出家庭，尽情享受生活，追求自己的价值和欲望。她们呼吁女性摆脱传统的家庭束缚，争取在社会、政治、经济等各个领域的平等地位。主张女性应该拥有自由、独立和自主的权利，不再将自己局限于家庭生活，要勇敢走出家庭，追求自己的梦想和理想。她们认为，女性应该有自己的事业、爱好和朋友圈，而不仅仅局限于家庭生活。

虽然这一时期的女性运动在很大程度上改变了女性的生活轨迹，为女性争取到了更多的权利和自由，促进了性别平等和社会进步，但也引发了诸多争议。不可否认，这是西方女性主义的过度发展，在一定时期内欧美甚至全球呈现了女性主义过度发展的面貌，颠覆了传统的社会秩序一统天下的局面，在某种程度上也颠覆了男权社会的和谐秩序，对社会、家庭的和谐平稳也形成了一定层面的消极影响。女性主义获得了前所未有的发展，女性得到了空前的权利，她们热情高涨，不再把忠实于自己的家庭、自己的丈夫作为第一要务，不再标榜贤妻良母，一段时期内女性主义的高涨发展，是一些女性过于追求寻欢作乐，甚至置自己的家庭、孩子于无人照顾的境地，跌入无秩序状态中。女性权利得到了前所未有的彰显，但整个社会处于相对混乱的秩序中，妻子忽略了家庭的责任，这是女性主义的消极作用，是不值得提倡的。责任是社会最基础的基石，是构建以家庭为单位的最基本保障，包括妻子与丈夫之间的责任，父母与孩子之间的责任，这也是人类社会最本质的属性特征，如果人类社会失去了责任，那么连蝼蚁都不如，也变成纵情于感官享受的低等动物。

在《约翰·克里斯多夫》这部小说中，作者罗曼·罗兰为我们塑造了以下几个经典女性形象：安多纳德、阿娜、格拉齐娅，这几个女性形象把责任放在重要地位，彰显了动人的女性魅力，让读者为之动容。安多纳德忠实于家庭责任，格拉齐娅忠实于教育孩子的责任，阿娜忠实于作为妻子的责任，在爱情、自我和责任之间她们最终都选择责任，而放弃对自我的追求，放弃爱情的美好。虽然对自我而言是异常痛苦的，但在她们身上却散发了女性魅力的无穷光芒。这才是女性主义真正应该具有的精髓。在个人的享乐和责任之间选择责任。她们的付出和放弃，不是对女性主义所主张的背叛，而是更加自觉地遵守了女性主义的平等。权利对等，尊重他人生活的权利保障，与自己平等的人，具有和自己一样的权利，这才是女性主义真正追求的平等意义，这才是女性主义的内在价值。

一、牺牲自我

安多纳德·耶南是笔者最喜欢的女性形象，出身世家，父亲耶南先生生性乐观善良、乐于助人，但也极容易感情泛滥、意气用事。妻子与他的性格截然相反，做人做事严谨有序、诚实迂腐，骨子里还有悲观气质，愿意沉浸在怨天尤人的郁闷中。对实际事物、现实中的人情世故，两人都不高明，都不懂人情世故，也没有经受过生活的磨难和屈辱，没有感受过现实社会对自己的欺骗和愚弄，一切看起来都是顺利畅通，与一切人的交往原则都是与人为善、和气为主。夫妇俩育有一儿一女，儿子奥利维忧郁寡欢、胆怯孤独；女儿安多纳德继承了父亲的乐天主义，美丽活泼、无忧无虑，在心中编织着关于未来的美梦，无穷无尽的、奇幻的想象充斥脑海，编织着对未来生活的向往，对生活充满美好的期待。平静的生活，静憩的原野，祥和的小城，时光也慢了下来。一家人相亲相爱，其乐融融。如果生活能一直这样延续，没有意外和灾难，这家人是幸福无比的。可在静寂无声中，幸福悄然划过，灾难降临。

耶南先生轻信他人导致自己的银行经营不力，借出了大量的金钱，最后因无法还钱倾家荡产，为了不影响家人的财产、为了保住家人的富贵，开枪自杀，自己背负了破产的代价，钱财、生命、声名、荣誉尽失，可这是他的一厢情愿。在他悄然吞枪饮恨离去时，曾经所有的美好也一并逝去了。小城震动了，流言蜚语、谩骂怨恨都汹涌而至，母子三人对清白看得很重，绝不允许耶南先生的声名受到任何玷污，绝不让他一个人背负如此沉重的代价，都愿意放弃自己的财产，填补父亲的欠款，结果都变得一贫如洗，失去了一切赖以生存的条件：财产、身份、地位，而人们并未因此减轻对他们的敌意，反而随意践踏，对耶南先生的评价依然没有任何改观。

最痛苦的就是安多纳德，因为在此之前她没有任何痛苦的概念，一直以来是一个乐观、快乐、爱生活的，对未来充满期待的小女孩。如今一下子坠入绝望的深渊，死亡触手可及，对她的打击不言而喻。最初震惊和无语过后，除了悲伤、愤怒，就是消沉和绝望了，她独自一人沉浸在痛苦的深渊中。

几天之内，一切都坍塌了：死了一个亲爱的人，失去了全部的家产、地位、名誉，还有朋友，简直是总崩溃。他们赖以生存的条件一个都不存在了。母子三人对于身价清白这一点都看得很重，所以无辜出了件不名誉的事格外痛苦。三人之中被痛苦打击的最厉害得是安多纳德，因为她平时最不知道痛苦。耶南太太和奥利维不管怎么伤心，对痛苦的滋味并不陌生；既然天生是悲观的，所以他们这一回只是失魂落魄而并不觉得出乎意料。两人一向把死看作一个避难所，尤其是现在：他们只希望死。当然这种屈服是可悲可痛的，但比起一个乐观、幸福、爱生活的青年人，突然之间陷入绝望的深渊，或是被逼到跟毛骨悚然的死亡照面的时候的悲愤，究竟好多了。

安多纳德一下子发现了社会的丑恶。她的眼睛睁开了，看清了人性；她把父亲、母亲、兄弟统统批判了一番。奥利维陪着母亲一起痛苦的时候，她却独自躲在一边让痛苦煎熬。她的绝望的小脑筋想着过去，现在，将来；她看到自己一无所有了，一无希望，一无靠傍，不用再想依仗谁。①

而家乡是待不下去了，只能离开世代生活的家园。所谓故土难离，根在故土，落叶归根，除非万不得已，因生活所迫，若不是有无言的痛苦，若不是事出无奈，若不是家乡故土给自己太多的创痛，谁愿意背井离乡，踟蹰远去。在万般无奈下，母子三人就像过街老鼠一样，不敢惊扰任何人，也没有和任何人告别，便消失在清晨茫茫的雾霭中，耶南一家背井离乡，来到了巴黎谋生。

穷在闹市无人问，富在深山有远亲。身无长物、一贫如洗又没有什么生活经验的他们在巴黎的境遇可见一斑，自然是四处碰壁，举步维艰，妄图靠着他人的怜悯和救济度日简直是痴人说梦。一贫如洗的他们还不能正确看待自身的处境和地位，又自命清高，虚荣心作祟，瞧不起所谓低贱的工作，初到巴黎就陷入四面楚歌的境地。唯有靠自尊勉强支撑艰苦的生活，在经历了一系列重创、伤心、失望之后，他们终于认清现实，开始接受生活的不幸，开始和生活斗争了。耶南太太护子心切，还是不想让孩子们承担生活的负担和压力，自己的身体又不太好，再加上屈辱、恼怒、不甘，不久之后耶南太太在痛苦的挣扎中怀着对儿女深深的爱和无与伦比的担心也撒手人寰了。福无双至，祸不单行，耶南家族在世上只剩下没有任何生活经验的姐弟两人相依为命了。

安多纳德还未在悲伤、痛苦、愤怒、震惊中醒过来，就毅然决然挑起了生活的大梁。

　　她唯一的念头是教养弟弟，直到他进高等师范为止。这计划是她独自决定的，她研究了高师的课程，到处打听，也征求奥利维的意见——可是他毫无意见，她已经为他选择好了。一朝进到高师，他一生就不用再愁生活，前途有望了。所以非要他达到这一步不可，无论如何都得活到那个时候。那不过是五六个辛苦的年头：一定能撑到的。这个意念给了安多纳德很大的勇气，叫她整个身心都振作起来。她明白看到摆在她

①　罗兰．约翰·克里斯多夫［M］傅雷，译．北京：人民文学出版社，2012：498.

面前的是孤独艰苦的横祸，唯有靠着"提拔兄弟"的热情才能捱受的。她打定主意倘若自己得不到幸福，至少要使兄弟幸福！……这个还不足十八岁的轻佻而温柔的姑娘，被她英勇的决心改变了。①

姐姐像母亲一样，把所有的负担都揽了过来，投入水深火热、之前瞧不起的工作中了。唯有自尊和姐弟之间的爱支撑着艰苦卓绝的生活。

> 他们的生活就靠一股热烈的信仰，而这信仰又是靠苦行，宗教，高尚的志愿促成的、两个孩子的生命力都倾向着独一无二的目标，就是奥利维的成功，任何工作，任何屈辱，安多纳德都能忍受：她当着家庭教师，差不多被人看作仆役，像老妈子一样带学生出去散步，在街上闲荡几个小时，名目是教他们学德语。这些精神的痛苦与肉体的疲劳使她的傲气和对兄弟的友爱都得到一种安慰。②

安多纳德像慈母一样，全心全意供养弟弟，让弟弟心无旁骛地上学，能够考上巴黎高等师范学院，这样弟弟的人生就有指望了，就可以摆脱现在低贱、窘迫的生活了。为了供养弟弟上学，安多纳德身兼数职，不辞劳苦，默默奉献。安多纳德辛苦工作一天，精疲力尽回家，再照管奥利维的生活，准备晚饭，饭后收拾清洗，她不要奥利维帮她。所有的家务完事后安多纳德再监督检查奥利维的功课，因为奥利维不喜欢，所以她得装得漫不经心，有意无意，也会小心翼翼帮他准备下一天的功课，等奥利维睡了，她再替他整理衣物或做自己的活。日复一日，年复一年，节衣缩食，安多纳德过着清苦的生活，但绝不委屈奥利维，甚至会把自己饿着肚子省下的钱用在奥利维的装饰上，绝不让奥利维低人一等。为了丰富奥利维的精神世界，让他在繁重的学业之余，释放一下学习的压力，放松一下紧绷的神经，会让他自己去听音乐会，为了省钱，她会找种种理由说明自己去不成。奥利维满怀兴奋地去了之后，发现没有了姐姐陪伴的慌乱和无趣，也因此没有什么兴致，就悻悻地回到家中，两人发现还是在家中最高兴。音乐是两姐弟最爱的，此时陷入最

---

① 节选自罗兰．约翰·克里斯多夫［M］傅雷，译．北京：人民文学出版社，2012：507.
② 节选自罗兰．约翰·克里斯多夫［M］傅雷，译．北京：人民文学出版社，2012：508.

惨境遇的他们，唯有音乐可以安抚受伤的心灵，慰藉他们不安的心。安多纳德在捉襟见肘的窘迫生活中，租赁了一架钢琴，让弟弟尽情释放自己不安的情绪，弹钢琴成了奥利维特有的解压方式，而安多纳德早就戒了，可这钢琴却给自己增添了沉重的生活担子。

奥利维身体虚弱多病，再加上神经敏感脆弱，有点风吹草动，一点小症状就会转变成急症，令人忧心不已，安多纳德无微不至地照顾弟弟，小心翼翼地呵护弟弟成长。正值青春期，性格阴郁，敏感，脆弱，奥利维不自信，老是说一些丧气话，但他说过后就轻松了，不放在心上，可却滋长在安多纳德心间，让安多纳德忧心不已。安多纳德用各种各样的办法给弟弟勇气，却因此消磨了自己的心力，表面上装作云淡风轻、快乐惬意，可在她的内心深处，已经滋长了自己的忧虑，无时无刻不在消磨自己的勇气和意志力。

最关键的是奥利维精神的堕落。奥利维思想自由，但意志力薄弱，正值青春期，受不了诱惑，抵抗不了肉欲的诱惑，言语之间更是粗俗不堪，安多纳德一向纯洁，绝不会知道弟弟的思想会向此种方向滑坡，所以当她偶然得知时震惊不已，可又没有办法劝阻，只能伤心失望，又不敢表现出来，不敢向奥利维提一个字，因此只能自己一个人默默哭泣，郁郁难安。而奥利维毫不收敛，甚至愈加过分，竟然夜不归宿，这是对安多纳德最致命的打击，却不能也不敢对奥利维发脾气，只是静静等待奥利维归来，两只眼睛都哭肿了，没有丝毫责备，默默为弟弟准备早餐，不声不响准备他上学的事情。奥利维看见脸色惨白、伤心欲绝又沉默不语的姐姐，羞愧不已，跪了下来，在姐姐的裙角哭了，姐弟两人相拥而泣，没有经过什么风波就平和度过了最大的危机，可是安多纳德无论怎么样也回不到从前对弟弟单纯的爱了，对弟弟多了一层陌生、多了一些厌恶、多了一些防备，而这些就是因为纯洁的安多纳德受到轻浮男子的骚扰、威胁、恫吓，甚至跟踪、尾随，安多纳德一想到弟弟也会这样对待其他女孩子时，厌恶感就油然而生。这种情绪蔓延了好久。

安多纳德也遇到了真正想娶她的男人。他是犹太人，四十多岁，有点秃顶，在远东做外事工作，态度非常亲切，眼睛异常柔和，因为自己受过苦也能真诚地同情安多纳德。安多纳德早就见过了男人的无情、背叛、现实，早就熟悉男人对婚姻的嘴脸——金钱至上，如今一贫如洗的她，对婚姻早就不抱任何奢望了。他的求婚让她喜出望外，安多纳德知道自己并不爱他，但还是被深深感动了，若不是要跟他远走他乡、丢下奥利维的话，她就同意了。固然有恰当的理由彰显高贵的心，但这次拒婚也得罪了介绍人，安多纳德自此之后没有社交生活了。内心的苦楚和遗憾只能深埋心底，不能与人谈及，为了弟弟，她舍弃了改变命运的最佳机会，舍弃了女人最基本的权利，舍弃了女人成家生子的愿望，她注定此生孤苦一人了，只能一个人背负如此大的责任，只能自己拼尽全力去照顾弟弟，只能完完全全牺牲自己，牺牲自己为人妻为人母的幸福生活。为了弟弟，彻彻底底牺牲了自己奔赴幸福生活的可能和机会，不再有片刻的欢愉，不再有点滴的静憩时刻去享受自己的生命。

安多纳德呕心沥血供养弟弟，满心希望弟弟能考上巴黎高等师范学院，可由于弟弟太过紧张，太没有自信，发挥失常，落榜了。安多纳德从未想过弟弟会考不上，她已经心力交瘁，已经支持不住了。她多么希望弟弟能够考上，因为她已经疲惫不堪，支持不下去了，可面对弟弟的落榜，她只能收起自己的失望和疲倦，安慰伤心失望的弟弟，劝慰他，没有关系，下一年可以考一个更好的名次。所以只能隐藏自己的疲乏，加倍努力，为了让弟弟有更好的学习状态，用自己的血汗去滋养弟弟的休憩，还要苦撑一年。可惜天意弄人，天不遂人愿，安多纳德失去了几处薪水最高的教职，万般无奈下，安多纳德只能去德国教书，这是他们姐弟两人第一次分离，依依不舍，难舍难分，惶恐不安，痛苦万分，又无能为力。和弟弟相依为命，彼此支撑，再怎么难，怎么付出也能熬下去，可为了生活，她不得不一个人只身前往陌生的德国，不得不一个人面对所有的陌生，这对她而言是多么大的考验啊！

安多纳德想到将要投身进去的社会非常害怕。六年以来，她大大的改变了。从前她是多么大胆，什么都吓不到的，现在却养成了静默与孤独的习惯，反而以脱离孤独生活为苦差事。幸福的岁月过去了，嘻嘻哈哈的，快活的，多嘴的安多纳德也跟着消逝了。忧患使她变得孤僻。大概是因为跟奥利维在一起，所以她也感染到他羞怯的性情，除了对兄弟，她很不容易开口。什么都使她害怕，便是去拜访人家也要心慌。一想到要去住在陌生人家，跟他们谈话，老是站在人面前的时候，她更急坏了。①

家庭的变故，人间的冷暖，已使最初活泼、开朗、胆大的安多纳德变得静默孤独，她害怕投身到社会中去，所以只身去德国是万般无奈的选择，差不多是走投无路、孤注一掷的无奈之举。女子与生俱来的母性，当生活的重压来临时，她会克服一切艰难险阻，会挑起一切，无论自己的肩膀多么稚嫩，无论自己以前是多么活泼开朗，充满对生活的美好期望，无论自己以前过的是多么锦衣玉食的生活，认识多少杰出的人物，在人生旅途中会碰到多少可以改变自己命运的时机，都会毅然决然地放弃。

女子本弱，为母则刚。安多纳德身处异国他乡，身边没有一个可以信赖的人，没有任何依靠，生活在众目睽睽之下，没有丝毫的隐私和遮掩，身份异常尴尬，对主人来说她是仆人，而对自己来说又是自由、独立的人，可身边连一个说话的人都没有，唯有和奥利维的通信成了她的安慰。这一点精神寄托也是小心翼翼，周边窥探她的眼光太多了，让她无法喘息，她时时刻刻受着折磨，时时刻刻小心谨慎地保护自己，因此更加孤独冷漠，更被人排斥在外了。冷漠之外，安多纳德也没有多少勇气去面对这孤寂的环境，在这陌生的城市，没有一个人真正关心她，没有一个人真正在乎她，更没有一个人想去了解她，主人家还用各种冠冕堂皇的理由监视她的生活，时刻偷窥她的隐私，让她不能有片刻的松懈和自由。真的是小心翼翼，战战兢兢，内心深处也是烦闷压抑，不能自由畅快地呼吸，即使想哭，也找不到宁静之地，只能极力忍着、挨着、熬着，过了这一年，一切就都好起来了，她只能抱有这样的希望，否则根本无法支撑下去。

起起落落入凡尘，战战兢兢意难平。安多纳德这是经历了世间百般坎坷，把所有的努力、辛劳都奉献给了弟弟，这份责任，这份担当，令人肃然起敬。可并不因为高尚、无私、与人无害就会被人称道，安多纳德还是被辞退了。只因为被克里斯多夫牵连，只是因为和素不相识而全城都厌恶的克里斯多夫

① 罗兰. 约翰·克里斯多夫 [M]. 傅雷，译. 北京：人民文学出版社，2012：518.

在一个包厢看了一场法国戏剧，只是因为这些作威作福的人的臆测，所以，安多纳德被解雇了，这样更好，终于可以和奥利维见面了，终于可以摆脱德国令人窒息的空气了，真是痛快，她终于可以回到自己的祖国了，只是那个和自己一样被人冤屈的音乐家怎么样了，这是她唯一放不下的。因为同时暂留在一座小城，两人竟然在迎面而来的火车上相遇了，对望了几分钟，心中充满着不解和谅解，就此别过了，没想到，这竟成了安多纳德人生中最美好的插曲。

　　并列在一起停了几分钟的车厢里，他们俩在静悄悄的夜里也看到了，一句话也没说。他们能说些什么呢，除非是一些极平淡的话？而这种话，反而要亵渎彼此的同情与神秘的共鸣；那是除了心心相映以外别无根据的，说不出的感情，在最后一刹那，两个毫不相知的人相互望着，看到了平时跟他们一起生活的人从来没窥到的内心的隐秘。说话、亲吻、依偎、拥抱，都可以探望；但两颗灵魂一朝在过眼云烟的世态中遇到了——认识了以后，那感觉是不会消失的。安多纳德把它永远保存在心灵深处——使她凄凉的心里能有一道朦胧的光明，像地狱里的微光。①

安多纳德并不怪克里斯多夫，虽然被冤枉的罪名让这个纯洁的姑娘蒙羞、愤怒，她虽然不懂人情世故，对克里斯多夫一无所知，但直觉告诉自己，克里斯多夫和自己一样饱经风霜、忧患缠身，而且意气用事、乐于助人，是个仗义执言的豪侠。两个人都是被侮辱的，都备受屈辱坚强地活着，一想到这，想到世界上还有和她一起受苦的灵魂，她就怜悯起克里斯多夫来，反而看淡自己的悲苦了。至少这世界上还有一个和你一样的人，吃够了所有的苦，经历了世间的恶，披荆斩棘，绝不屈服，只为自己心中的信念。安多纳德的信念就是让弟弟考上高师。她又回到了巴黎，和弟弟相聚了，终于又在一起了，终于告别分离了，日子过得再苦，只要两个人在一起，只要他们互为依靠，只要他们能彼此支撑，困苦和屈辱又算得了什么！

恢复了曾经亲切甜蜜的生活，经济也稍稍有所改善，不那么窘迫了，弟

---

① 节选自罗兰．约翰·克里斯多夫［M］傅雷，译．北京：人民文学出版社，2012：521.

157

弟不负众望，终于顺利考上大学了。一切苦难都是值得的，一切付出都是值得的，一切屈辱都是值得的，一切努力都没有白费，一切苦都没有白吃，一切苦难都没有白经历，两个人相拥而泣，可安多纳德连快乐的力气都没有了。

兄妹两个决定庆祝一下，去了瑞士旅行。安多纳德长年来透支了自己的身体，为了弟弟，放弃了人生的所有，终于完成了自己的心愿，如释重负。当她试图去寻找自己的生活、关注自己时，早就为时已晚了，她发现她自己已经完全与同龄人脱节了，她也早已心力交瘁、力不从心了，她再也没有力气好好生活了。

> 安多纳德可不加入这个青年人的集团。她的体力，她的疲乏，表面上没有原因的精神的颓丧，使她瘫下去了。经过那么多年的操心与劳苦，她被折磨得身心交瘁；姐弟的角色颠倒了：如今她觉得跟社会，跟一切，都离得很远了！……她不能再回到社会里：所有那些谈话，那些喧闹，那些欢笑，大家所关切的那些小事，都使她厌烦，疲倦，甚至于气恼。她恨自己这种心情，很想学着别的姑娘们的样，对她们所关切的关切，对她们所笑的也笑……可是办不到了！她的心给揪紧了，仿佛已经死了。晚上她守在屋里，往往连灯也不点，在暗中坐着；……奥利维在女友房门口恋恋不舍地一遍一遍说再会的时候，她才会从迷惘的境界中醒来；那时，她在黑洞洞的屋子里微微笑着，起来捻开了电灯。兄弟的笑声使她振作起来。①

苦尽甘来后，为何安多纳德会变得对任何事情都提不起兴趣？是在生活中所遭受的重压？还是付出一切终有回报的收获之后的释然？抑或是彻底放松下来，细数生命无奈之后感受到的颓废？抑或是终至完成一切的自我放弃？安多纳德出身世家，生活富裕，热情开朗，无忧无虑，对美好的生活和未来怀有无限美好的期望，即使在遭受生活的重创之后也可以凭借自己美丽的外貌、娴静的性格、女性的柔美、高贵的修养、高雅的气质，嫁给一个喜欢自己的男人，过上相对来说比较富足的生活，但是为了避免和弟弟分离，为了

---

① 罗兰. 约翰·克里斯多夫［M］. 傅雷，译. 北京：人民文学出版社，2012：526.

让弟弟心无旁骛地学习，为了弟弟的前途，她舍弃了自己的幸福，舍弃了自己的婚姻，为了弟弟，为了耶南家族，她舍弃了自己的青春，付出了自己的生命。

安多纳德本是一个性格开朗的小姑娘，因为父亲的自杀，全家逃到巴黎，在母亲死后承担起照顾弟弟的责任。为了生计，只能从事一些低贱的工作，渐渐失去了活泼开朗的性格。当然，在苦难的生活中，她也看透了人间百态、体味了人间冷暖。在故乡曾拥有美好的爱情，可在父亲自杀、家庭遭受重大变故之后，恋人就消失得无影无踪了。在经历了灾难之后，在经历了彻彻底底的贫困重创后，才看清身边的人，所以，安多纳德是在完全的孤独和孤立中支撑着弟弟的学业，未经世事，什么都不懂，就要经历社会的摧残，在困苦不堪的旋涡中拼命挣扎，受尽各种委屈和羞辱，却只能竭力隐忍，忍辱负重。她的生命，何其无助，何其无奈！无法自由自在地呼吸，生活的重压和侮辱让她感到窒息，再加上弟弟的不懂事，青春期所遭遇的逆反都令安多纳德感到无比委屈和窒息，而她却无人可诉，也不愿意与人倾诉，她不愿接受任何人的怜悯，在可怜的境遇中，倔强地、不屈不挠地自我成长。虽然沉默寡言，但也因此养成了娴静如水、看似柔弱实则坚强无比的性格，具有非凡的人格魅力。在苦难面前毫不妥协、毫不屈服，在亲情面前舍己为人、牺牲自我，不计一切代价无私地付出让人感动不已，熬坏了身体，透支了生命，把自己熬成了枯灯。

安多纳德具有与生俱来的母性，当生活重压来临时，就会毅然决然地挑起一切，无论自己的肩膀多么稚嫩，无论自己曾经多么柔弱，无论对生活抱有什么样的幻想，都会无怨无悔地放弃自己，忘记了自己也曾经是个活泼好动开朗的小女孩，忽略了自己也曾经是锦衣玉食、十指不沾阳春水、被人追求的公主。

安多纳德太爱自己的弟弟了，她怎么忍心让弟弟去吃社会的苦，怎么忍心让弟弟低声下气、任人凌辱，怎么能让从未体验过社会之苦的奥利维身处这痛苦、挣扎的旋涡。她宁愿牺牲自己，牺牲自己追求幸福的权利，放弃享受生活乐趣的机会，面对欺凌和侮辱。除了身体的苦，精神层面感受到的孤独，受人凌辱和侮辱的压抑无奈之外，还有一些说不出又令自己心惊胆战的威胁。

安多纳德晚上回家，常常被人盯着，听着他们粗野地大放厥词，又惊又怕，难以忍受。她虽想让弟弟陪着，可奥利维不大愿意，她也就不敢坚持，不愿意耽误弟弟的学习，更不愿意告诉弟弟这些事情，对她而言这些都是难以启齿的，只能一个人面对，默默忍受。当知道她是一个贫寒又无人保护的女孩子，别人对她就更是无所顾忌、肆无忌惮了。有两三个油滑少年自以为能轻而易举得手，以她的羞怯来进攻，甚至拿她打赌。安多纳德收到了几封匿名信，先是追求，后是恫吓，接下来是谩骂和侮辱，赤裸裸地描写她身体的某些部分，说着下流的话。他们想利用安多纳德的天真无助恐吓她，如果不去赴约就让她当众出丑，他们认为无可依靠的安多纳德必然会束手就擒，乖乖就范。安多纳德因为这些难以启齿的威胁痛苦地哭了，她觉得不理不睬并不能保卫自己，决定见面，这个纠缠不清的混蛋一见到心心念念的安多纳德，还假装殷勤，用亲狎的口吻和她说话，安多纳德一改往日的娴静，异常大声地说他是个没骨头的男人，欺辱女人，引起周边人的注意。看到这个男子自惭形秽，闷声不语后，安多纳德转身走了。可那个男人不愿意就此认输，跟着她出来。安多纳德走到车前，突然打开车门，拿瑞太太——以安多纳德的保护人自居——马上叫着那人的姓名，招呼劈面而来的混蛋，这个混蛋男人一时手足无措，赶紧溜之大吉，从此再未出现过。

年纪轻轻，毫无依靠，没有任何社会经验的安多纳德本不用以身犯险，直面社会的残忍、凶恶和侮辱，可为了弟弟奥利维，宁愿牺牲自己，在那个丝毫不给纯洁无瑕、吃苦耐劳、安分守己女子机会的强权社会痛苦挣扎，即使被欺凌、被侮辱也不忍告诉弟弟自己所遭受的屈辱、所感受的害怕，为弟弟撑起一片天。在男尊女卑的社会中，安多纳德只能勉强支撑，心不甘情不愿，却又无可奈何，不得不为之，满心期待为自己的弟弟提供力所能及的铺垫，拼尽全力，让弟弟少受苦，希望弟弟能考上大学，有一份体面、可以养活自己的工作。好一份慈母之心啊！年纪轻轻，未经世事，却可以替弟弟考虑得这么长远，让弟弟全无后顾之忧，豁出了自己，牺牲了自我，奉献了所有，这份责任担当，这份超群大爱，让人感动不已。

世间有多少默默无闻的女子都在经受现实生活的磨砺，在遭受百般屈辱后仍然毅然决然地直面生活的打击，她们的坚强、百折不挠、能屈能伸让人感动不已，她们的世界很小，她们的视野很窄，她们也许没有自己的事业，甚至生活很糟糕，但她们心中有执着的信念，责任使然，义务使然，把自己最平凡的生活过成了一道光，感动了无数人，牺牲了自己，照亮了别人，让自己心心念念的人有了支撑，奔赴幸福。生活本就是一场艰苦卓绝的斗争，每一天都是这样，日复一日，年复一年，永远都不能松懈，不能休息，要不然辛辛苦苦挣来的、收获的极有可能在你松懈的时候前功尽弃。孤独、无奈、无助是常有的事情，毫无依靠、悲伤绝望也是常有的，力不从心更是家常便饭，但都不能放弃，决不允许自己沉浸在消极的情绪中，虽然自己茫然无措，早已没有了希望，但不能让依靠自己的人堕入自己这种无助无望的境遇，至少得保障衣食无忧、体面生活。

放下自己，毫无尊严地活着就是为了让自己悉心、全力照顾的人能生活得更好，能摆脱自己的困窘。因为把全部心思都放在自己所爱之人身上，所以当有机会改变自己受苦的命运时，考量的唯一标准也就变成是否会不利于所爱之人改变命运了。自我牺牲成了最正常的事情，来这世界一遭不就是牺牲自己、成全弟弟嘛。付出、忘我、自我牺牲是上帝的旨意，上帝了解自己一切的苦衷、苦楚和辛酸，对此也大加赞赏。安多纳德的一生随着弟弟奥利维如愿考上大学也失去了活下去的价值和动力，走向枯萎了，她的身体也被熬干了，徒留世间何用？谁能想到，身心放松下来，漫无目的地徜徉竟然邂逅了爱情。

有一天，她和弟弟在戏院听音乐。

那天有克里斯多夫的出场演奏。他们并不认识这位德国音乐家。但他一出台，她心里的血马上沸腾起来。虽然她困倦的眼睛不能清清楚楚地看见他，可是已经认出了她在德国受难的朋友。她从来没跟弟弟提过，便是自己也不大想起：那时以后，她全部的思想都给生活问题占据了。并且她是个极有理性的法国女子，不愿意承认那种没来由而又没有前途的感情。她心中有一个深不可测的区域，藏着许多自己羞于见到的情愫；她明知有这些东西存在，可是不敢正视，因为对于不受理智监督的那个生命感到说不出的恐怖。①

　　她激动得不能自已，她的心又苏醒过来，爱的力量和幸福的希望又奋发了一下，这对她来说是最无可奈何的，因为她知道自己已经无力去爱了，而且那也是和她性格完全相反的、是荒唐的，这简直要了她的命，在她的人生尽头，还能拥有这么炽热美好的爱情。她在深深爱着奥利维，为奥利维付出了一切，熬得油尽灯枯之际，还有余力去全身心地爱克里斯多夫，这是多么疯狂啊！这种热情和激情，令安多纳德兴奋，也感到羞愧，自己怎么可以抱有这么浓郁、热烈的激情呢？知道自己是因为生病，是因为大病前期引起的兴奋过度与迷蒙的状态才会胡思乱想，没有控制好自己的感情，才会令自己向往的爱情不可遏制地爆发，也不觉得羞愧了。可是已经是行将就木之人，哪有时间和精力去感受，去爱呢？因为知道自己命不久矣，怎么能给克里斯多夫添麻烦呢？徒添一个人烦恼是安多纳德绝对不会做的事，她一向最富于牺牲精神，何况是对自己爱的克里斯多夫呢！就这样深埋自己的感情，寂然别世不是更好吗？内心油然而生的热情和爱情就这样悄无声息地折磨着惯于牺牲自己的安多纳德，她最终安静地带着无限的眷恋、不舍、深情离开了人世，离开了自己深深眷恋的人，把自己所爱的都留在了奥利维和克里斯多夫身上，冥冥中的天意，让他们两个男人成了最好的朋友、知己，相爱相依，相互倚重。

　　在她生命最后的尽头，她的弟弟开始追求新生活，慢慢地忽略了他们之间的爱、他们之间的亲情的时候，她丧失了对生命一切的欲望和活着的动力，连吃饭的欲望都没有。失去了生活的目标，也失去了活下去的斗志，失去了活下去的动机和价值，就只能放弃自我。可令她自己都没有想到的是，她碰到了久违的克里斯多夫，那个害她在德国失去工作，和自己一样被人污蔑的音乐家。

　　　　她根本没想着她所做的事，只想着克里斯多夫，她自己不承认。赶到她筋疲力尽，凄怆欲绝地走出来，忽然瞧见克里斯多夫在对面的人行

---

① 　罗兰．约翰·克里斯多夫［M］．傅雷，译．北京：人民文学出版社，2012：529.

道上走过。他也同时瞧见了她。她马上不假思索地向他伸出手去。这一回克里斯多夫也停住了脚步，认出了她。他已经走下人行道迎着安多纳德来了；安多纳德也迎着他走过去了。可是势如潮涌的群众把她推着挤着，像根草似的，街车的一骑马滑跌在泥泞的街上，在克里斯多夫前面形成了一条堤岸，来往的车辆被阻塞了，成了个难分难解的局面。克里斯多夫不顾一切地还想穿过来，不料夹在车马间进退不得。他好容易走到看见安多纳德的地方，她已经不见了；她竭力想抵抗人潮而抵抗不住，也就灰了心，不再挣扎，觉得有股宿命的力量阻止她跟克里斯多夫相会；而既然是命中注定的，又有什么办法？所以她从人堆里挤了出来，不想再回头走去。她忽然怕着了：她敢对他说些什么呢，做何举动呢？他心目中又要把她看作怎么样呢？想到这些，她便溜回家了。①

重逢是多么不容易，又是何等惊喜。两个遭到生活重创又穷困潦倒的人，只隔着一条马路，近在咫尺，却如天涯，熙熙攘攘的马车、人群却成为阻断他们见面的壁垒，两个身体脆弱的人，两颗孤寂的心，多么需要相互靠拢，彼此慰藉，却还是无情地被人流冲散了，连远远望着都做不到了，被挤出彼此的视野之外，重逢的惊喜和喜悦被一扫而空，安多纳德心想这就是命吧！好不容易相逢却不能相见，上帝开了一个多么大的玩笑，安多纳德带着深深的眷恋和想念离开人世，自此阴阳两隔，纵是满满的浓情厚谊，纵是满怀深情的郎情妾意，也终是永远别离，徒留下无尽的相思和遗憾。

安多纳德内心深处被压抑许久的爱情在这一刻死灰复燃了，可是她的生命已经走到了尽头，无限的热情、无限的爱恋也无法使她的生命多留片刻。反而在知道自己不久于人世后，内心深处却感到无比庆幸，终于可以不成为爱情和亲情的负累了，她把炙热的爱情深藏于心，不轻易向任何人透露。虽然给克里斯多夫写了热情洋溢的告白信，却没有勇气和力气写完，随便夹在一本书中束之高阁，当时的她已经病入膏肓，一时清醒一时糊涂，如果是在理智清醒的时候，她一定做不出这种事情。在她生命弥留之际，在她的爱情

---

① 罗兰. 约翰·克里斯多夫 [M]. 傅雷，译. 北京：人民文学出版社，2012：531.

之花绽放之时，当她中了丘比特的爱情之箭时，她拼命压抑，却克制不住自己内心深处喷薄而出的爱情，完全不受理智控制，向克里斯多夫伸出自己的双手，两人隔街相望，拼命想要穿过熙熙攘攘的人群，却被人群冲开了，只能是相逢之后又别离，而这一次的别离却是永别，留下了无限的遗憾和不舍。

于安多纳德而言，生命弥留之际还能邂逅这么美丽的爱情，还能再遇到克里斯多夫，也可告慰平生了。带着浓浓的爱意和不舍，她离去了，把自己心爱的弟弟委托给她认识的人照顾，而把爱情深埋心底，不向任何人倾吐，在她还算清醒的时候，烧掉了自己所有的隐秘。当然，给克里斯多夫的那封信被她随手夹在了一本书里，在清理的时候忘记了，后来被奥利维看见，才洞悉她内心深处的隐秘和痛苦，才为她悲苦的一生抱屈不平，才知道她也有如此轰轰烈烈的爱情，可惜在萌芽中就逝去了，也促成了克里斯多夫和奥利维的伟大友谊。安多纳德生前为弟弟付出了一切，但死后又帮助弟弟获得了克里斯多夫的友情。克里斯多夫像安多纳德一样无微不至地照顾弟弟，所以无论生前死后，安多纳德一直围绕在弟弟的身边，关注他、关怀他、照顾他。

安多纳德和克里斯多夫的爱恋更让人为之动容，从没有开始，二人却都把对方深深刻在脑海、刻在心里，心心相印、惺惺相惜，精神层面共鸣。相互之间的真切同情，无需更多的话语和告白，即使阴阳两隔，两个人也能产生灵魂的交流和共鸣，安多纳德虽然已经离去，但以一种不可替代的精神形式与克里斯多夫和奥利维共存，一直停留在他们的生活中，使她的生命得到永生。这也是安多纳德生命的一种延续，也是安多纳德无与伦比的光辉！

二、回归家庭

阿娜在自私自利与淡漠无情的环境下长大，出身世家的父亲不顾家族反对娶了庄稼汉的女儿，因此被家族和社会抛弃。忍受不了对抗所引起的一系列苦果，父亲中风而死，母亲悲痛欲绝，在生下阿娜后也郁闷而终。祖母收养了阿娜，却对她抱着固执的偏见，为防止她走父母的老路，始终对她严厉而且怀有猜疑，同时也想在孩子的身上追究父母的罪恶，所以对待阿娜甚是无情，没有丝毫爱的温情，教育层面倒是完整的。阿娜自小就学会了克制、刻苦、秩序、漠然，按照小城通行的观念克己复礼，虔诚地信仰宗教，甚至奉行严苛的苦修，虐待自己，挑战自己的恐惧，做令自己痛苦的事情，如把钉子钉在自己的手指上，只是为了让自己感受皮肉之痛给自己带来的快感。外界越是冷漠无情，她越是井然有序，可事实上就越需要一个释放口，发泄无法安抚的悸动、热情、不满、压抑、愤怒等情绪，却很难找到，长久生活在压抑、窒息、被管控异常严厉的境遇中。

阿娜在一次本不该参加的婚礼上遇见了克罗姆，克罗姆是个医生，生性爱唠叨，又言之无物，但善良慈悲。阿娜静静聆听，她的少言寡语吸引了克罗姆，从没有人像阿娜这样集中注意力听自己说话，从未有人像阿娜这样对待自己有如此耐心，克罗姆决定和阿娜在一起。他毫不顾忌阿娜不光彩的出身，毫不在意她没有任何嫁妆，毫不介意她的古板性格，克罗姆很快就迎娶阿娜为妻。阿娜是没有选择的，很少有男人会注意这样出身的她，她要么在祖母的店里被禁锢一生，要么在宗教的信仰中压抑自己，让自己的人生枯竭。阿娜没钱没财产，甚至很少会引起别人的注意，命如草芥，却只能忍受。阿娜并不爱克罗姆，但对克罗姆娶自己是心怀感激的，让她成为女主人，可以自主、自由地操持一个家庭，让自己有一个安全的家，把自己作为平等的妻子，让自己拥有了平等的人格、尊严，让自己拥有正大光明的身份，有了受人尊敬的社会地位……克罗姆的心是了不起的，所以阿娜对自己的丈夫虽然没有爱情，但无比忠贞，忠实于自己的丈夫，把妇道看得尤其重要，结婚七年，从未有过任何风波，虽不善交际，却和克罗姆一直保持着和善的夫妻关系，虽相互不了解，彼此之间没有爱情，却是一对相敬如宾的模范夫妻。阿娜也因之前的看店生活练就了一身本领，把自己的家打理得干干净净、井井有条，自己的生活也很有规律性，定期去教堂做礼拜，整个生活都是一副祥和淡然的模样。如果克里斯多夫不出现在她的家中，阿娜会这样终老。

因为杀了警察，克里斯多夫不得不逃亡到瑞士，可得知奥利维惨死的消息，克里斯多夫立马踏上了回法国最早的火车，可惜没有直达车，只能中转，当火车缓缓穿行在山林城镇中，愤怒的克里斯多夫终于慢慢冷静下来，回法国除了让自己身陷囹圄，没有任何的意义。他下了火车，像一个孤魂野鬼到处游荡，身无分文，凭着超常的求生意志才找到自己的朋友——克罗姆的家。克罗姆热情地收留了克里斯多夫，真诚地同情他的遭遇，嘘寒问暖，无微不至地照顾他，知道克里斯多夫的失意和痛苦，让克里斯多夫随心所欲地在自己的家中待着，做自己想做的任何事情，夫妇毫不介怀。克里斯多夫沉浸在无与伦比的痛苦中，除了睡觉，他做不了任何事情，埋怨自己，痛恨自己，深深地扎根于痛苦中不能自拔。他连太阳都不敢看了。何种的痛苦让他一见明媚的阳光就退避三舍；何等的痛苦让他逃避光明，在黑暗中栖身；何种的苦痛让他选择自我封闭，不见天日。这是绝大多数人都未经历过的。会厌恶自己终生致力的理想事业，会彻底颠覆、否定自己的人生，可再煎熬的苦痛也会消逝在时间中。重生是不经意的。终于有一天，克里斯多夫哭出来了，他的痛苦被眼泪瓦解了，如果能哭出来，那痛苦就不是最痛苦的了。得活下去，非得活下去不可！克里斯多夫重新上路了，关闭了心房，不让自己也不让别人去触碰那些痛苦，他好像很平静了，又可以开始创作音乐了。

因为音乐，阿娜和克里斯多夫有了交集，有了交流，也因此迸发出了火花。阿娜一下子就能理解克里斯多夫创作的钢琴曲，一听就懂，她隐秘的内心深处在暗流涌动，契合了她生命的激情，她无法和克里斯多夫共处一室了，害怕自己表现得与平常迥异，害怕别人察觉自己的隐秘。阿娜选择躲在门外聆听克里斯多夫的生命之歌。沉醉其中，享受精神苦闷的释放，感受从心而发的热情在自己身上的蠢蠢欲动，只有自己时，她可以放任自己的精神和情感自由一下，可有一次，克里斯多夫突然开门出来，撞到了惊恐的阿娜，阿娜后怕不已，还好克里斯多夫没当一回事，不以为意。一小时后，三人共处一室，各忙各的，都不说话，克里斯多夫背对阿娜，他前面墙上有一面镜子，一直觉得阿娜在望着自己，起先不在意，可老是被这个念头折磨，就抬眼看了看镜子，阿娜的目光让他呆住了：

> 灯光映着她的脸，那种惯有的严肃与静默显得她心里郁积着一股暴泪之气。她的眼睛——他从来没有机会看清楚的陌生眼睛——钉在了他身上：暗蓝的巨大的瞳子，严峻而火辣辣的目光，悄悄的抱着一股顽强的热情在那里搜索他的内心。①

---

① 罗兰.约翰·克里斯多夫 [M].傅雷，译.北京：人民文学出版社，2012：783.

　　克里斯多夫试着去正面印证，碰到了阿娜回避的态度，他也就不放在心上了。阿娜知道自己内心深处的隐秘被克里斯多夫觉察了，一度慌乱，虽然她一直是冷漠和镇静的，一直压抑和隐藏内心的热情，一直压抑和控制自己涌起的情感，可克里斯多夫创作的音乐一下子就抓住了阿娜的灵魂，激活了她的生命热情，使她不能自已。而这是她一直小心翼翼竭力避免的，她自己感到羞愧难当，在她心里对丈夫的爱情都是一种罪恶，何况其他的情感呢？内心深处复活的激情让她深感罪恶，必须放弃。她不让自己细细体味情感的美好，而是拼命压抑，继续维持这不变的生活秩序，让人看不出她的情感有任何悸动。

　　诱惑天天有。一个星期后，阿娜为克里斯多夫新谱的曲子唱歌，这是大大出乎克里斯多夫和克罗姆两人预料的，高亢激昂、饱含激情、热情奔放、大放异彩，使克里斯多夫大为感动，她创造了契机，也第一次成为真正的自己。克里斯多夫的音乐使阿娜恢复了她一直遮蔽、压抑的本性。可长久以来的规矩使阿娜不敢面对真实的自己，借家务压制自己的慌乱，不让暧昧的思想抬头，克里斯多夫一弹琴，她就不在客厅待了，她也没有再唱歌。阿娜内心深处患得患失，感到害怕，还是孤独好一些，还是以前压抑的生活好一些，没有什么可暴露给他人，可这些一旦爆发，就不可遏制了。

　　阿娜一直在克制自己，当音乐打开她的心门，当她的精神世界和情感世界被克里斯多夫的音乐敲开之后，她的心摇曳不定，她的内心波涛汹涌、起伏不定，她内心深处被压抑、被窒息的灵魂复苏了。这次她感到害怕，害怕背叛固有的传统，害怕背叛自己的丈夫，害怕被世俗的流言蜚语吞没，可内心深处一直激荡不安，她一直逃避自己的热情，一直压抑自己的天性，一直活在令她窒息的空气中，她已经习惯了，她已经放弃自我了。怀抱着感激，和丈夫相对和平的生活，相安无事，用各种琐屑的生活填满时间，用静寂的社交方式打发自己的空虚，度过空无一人又相对压抑的生活，她还有什么不满的呢？当然，枯寂、令人窒息的压抑让她感到不能呼吸，但她不是在向上帝祈祷，不是心向上帝的吗？

　　可是克里斯多夫的音乐敲开了她的心门，让她的思想、她的心灵、她的精神都有了倾诉之地，都有了释放的空间，在克里斯多夫的音乐中迸发，尽情宣泄自己、释放自己。从前见不得光，感到羞耻的，令人蒙羞的一切都喷薄而出，这是她自己吗？她都开始怀疑自己，多么可怕！多么不受控制啊！多么有力！她怎么能让自己的本性出现在与她之前截然相反的生活中呢？她怎么能重蹈覆辙让自己的心性、自己的感性、自己的激情去控制自己现有的平静淡然的生活呢？怎么能让好不容易才抹去的不光彩再度笼罩在她灰色的人生轨迹上呢？

音乐敲开了她多年封闭的心门，不是一点一点地，而是以迅雷不及掩耳之势猛烈撞击，让她措手不及，防不胜防。一直被压抑的热情、活力被激起，她感到前所未有的恐惧、害怕。不能让它毁了现在的平静生活，不能让它打破现有的、固有的秩序和偏见，她的父母已经为此付出生命的代价，她不能再重蹈覆辙，绝不能再被自己的激情所吞噬，她一直搏斗，她怎能屈服于她长久以来所逃避的本性呢？可内心深处的暗涌如洪水一样破堤之后倾巢而出，长久以来被压抑的感情、热情如汹涌澎湃的滔滔江河，如吞噬一切的火焰熊熊燃起，任何试图阻止的力量都如火上浇油，被吞噬掉了，反而助长了自始至终被压抑的天性的复苏，不可遏制，如滔滔江水不可阻挡。可哪能让自己坚守的一切轻易坍塌呢？怎能听任自己的情感之流决堤而出呢？怎能背弃从小刻在骨子里的上帝呢？她是上帝忠实的信徒，曾经唯教义马首是瞻，以救赎自己为终极目标，唯令是从，可现在只因暗流涌动，就要彻底颠覆自己的人生吗？就要颠覆自小接受的教育吗？就要背叛信仰吗？就又要与人为敌，与传统为敌，与社会为敌吗？就要众叛亲离，彻底地被抛弃吗？命运给她开了多么大的一个玩笑，她苦修，她虐待自己，她忠于上帝的结果竟然是背离了所有的初衷，所有为之付出的艰苦卓绝的努力和克制，最终都逃不掉命运的藩篱。

可是，总得再拼命反抗一次，再保护一下自己终身护卫的所谓美好纯洁吧！于是阿娜躲避音乐，躲避自己的丈夫克罗姆，更躲避唤醒自己沉睡心灵的始作俑者克里斯多夫，祈祷上帝能救她于万劫不复的轮回之中，能拯救她于痛苦的旋涡中，能让她免于熊熊的欲火中烧，能赦免她所有背叛的罪，能让她免于诱惑。不再让她众叛亲离，让她能够把离经叛道的生命内质压制下去，让她在挣扎的情欲之中淡然而出，回归到以往的平静生活，浇灭她的欲望之火，不再受着煎熬的折磨，不再面对诱惑的时候如临大敌，不再忍受这无力的压抑，把自己所有的天性、热情、激情都抹杀掉，再没有诱惑，再没有任何情感，只有冰冷、强硬、毫无温度的井然秩序。可祈祷、逃避、冷漠、麻木再无作用，甚至都集合起来冷眼旁观，等着阿娜的生活成为笑话。当试了一切办法都无法压抑自己的心性后，只能暂时做它的俘虏，静待事情的发展。

一次旅行，彻底拉近了两人的距离，阿娜卸下所有的防备，对克里斯多夫畅所欲言，和他讲自己童年所做的残酷事情——让自己身体受苦，以抚慰压抑的精神。之后他们拼命地掐对方的手，试图让对方感到更痛，此刻，世界上的一切都消融了，他们生命的枷锁，对过去的悲伤，对未来的恐惧，曾经让他们身心忧虑绝望担心的事情都被消灭了，只有彼此，他们消除了隔阂，摒弃了敌意，那一刻，他们的生命中只剩下彼此了。阿娜发生了翻天覆地的变化，她的样貌、她的身体、她的思想、她的精神、她的情感都得到了重生。他们也终于突破了所有的道德、传统、宗教、世俗的束缚，放下心中的偏见和壁垒，相互对望，看到了彼此的心，平静而温馨，经历了这么多苦痛和压抑，如此渴望宁静平和，却注定波涛汹涌，巨浪滔天，阿娜终于抛开一切清规戒律，放飞自我，连蹦带跳，尽情旋转，忘我快乐，这是克里斯多夫没有见过的，也是阿娜自己从未有过的释放和超然。当然，这一切都是暂时的，结束了旅行，在回家的途中，阿娜又变回了之前严肃、呆板、僵直的自己，又变成了枷锁下的人，试图抹杀掉之前的热情似火和忘乎所以，又成了压抑自己个性的苦行者。活泼美丽的躯体变成了僵硬、呆板的石像，和克里斯多夫又成了最熟悉的陌生人，连续几天都是如此，同一屋檐下，寂然无语。可这种悄无声息又能延续多久呢？

又是音乐再一次敲开了她的心房，她又激情澎湃地演绎了克里斯多夫的钢琴曲，声音高亢饱满，富含感情，诠释了曲子的本质，让人热泪盈眶，感动不已，二人沉浸在音乐的世界中不能自拔，都为觅得知音，达到精神境界的共鸣感到欣慰不已，也打开了二人孤寂压抑的心，他们之间的情欲也膨胀起来，谁也不敢动，忽然，像闪电一样，两个人的嘴不约而同、情不自禁地亲吻了，呼吸也交融在一起，片刻即永恒。阿娜把克里斯多夫推开，溜走了。

阿娜心潮澎湃，此起彼伏，她怎么能背着丈夫与克里斯多夫发生这样的事情，虽然不爱克罗姆，可克罗姆对自己是多么善良，他的好心是多么了不起，完全出于一片好意和出身低微的自己结婚，单单凭这一点也要感谢他一辈子，对他忠贞。阿娜一向把妇道看得很重，可是克里斯多夫闯进了她的世界，他的音乐把她的性灵从沉睡、压抑中唤醒，让她感受到无与伦比的快慰，不知归处的压抑无助都消解了。精神的共鸣，灵魂的伴侣，肉体的诱惑，如何能忍受得了？这么多年被压抑的生命、欲望、灵魂都得以一一彰显，无处安放的精神情感终于找到了依托，而且触手可及，是活生生的人，不是虚无缥缈的寄托，而是实实在在的慰藉，这是何等的诱惑啊！人是多么脆弱啊！可以忍受身体的任何创痛，可以忍饥挨饿，可以缺衣少食，可以降低生活无限的要求。精神的需求就不一样了，虽然也可以委屈自己，压抑心性，麻木情感，可一旦有了缺口，再想关闭，再想回到以往的状态简直难于上青天，必须豁出一切，达至人生巅峰，可人生不会一直高扬，会急转直下，前路会有不可估量的代价，甚至是生命代价。可阿娜顾不得了，她要呼吸，她要感受自己活着，而不是像一具行尸走肉一样没有感情，她要宣泄，而不是麻木不仁，她要曾经没有的一切，这触手可及的致命诱惑，是无法抵抗的，她沦陷了。不顾道德操守，不顾社会舆论，不顾好心的丈夫，她和克里斯多夫相互占有了，等待二人的必是地狱般的谴责，克罗姆是救过他们的，一个是给予健康的生命，一个是给予新的生活。如此忘恩负义、厚颜无耻的报答方式怎能敌得过内心深处的十字架呢？代价一定是惨重无比的，饮鸩止渴的释放终会荼毒自己，贻害无穷。

音乐，打开灵魂深渊的音乐，突破了一切障碍，驱逐了一切，打破了一切恐惧、迷惘，使两颗孤寂的心不顾一切地纠缠起来，这如火的激流，爱情都不足概括这种强烈的情感，这是百倍、千倍于爱情的感情，两人不可救药地沦陷了。

激情过后，就是深深的自责和内疚。阿娜对克罗姆一片好心娶她这件事情始终抱着感激的心，虽然克罗姆不了解自己，两人之间没有爱情，但对婚姻、对丈夫抱着无比严肃和忠诚的态度，相安无事多年，绝没有想到竟然和丈夫的朋友通奸，这是何等忘恩负义的行为。何况克里斯多夫也是自己的丈夫救的，丈夫对他也有救命之恩，可恰恰以怨报德，做出如此让人深恶痛绝、忘恩负义的事情。可这才是真正的自己，这才是自己所迸发的生命之光，喷薄而出的激流，长久以来被压抑的真正自我被释放出来后，一发不可收。这是滥情吗？这是激情吗？这是爱情吗？都是，都不是，这是真正的自我，这是凤凰涅槃，这是自我生命的重生啊！可这得颠覆自己之前奉行所有的规矩，践踏克罗姆的荣誉、尊严，这怎么能行？怎么能背叛过去，离弃丈夫，受人唾骂呢？这代价太过惨重，会毁了克罗姆的。所以不能把这激情之火烧到克罗姆的身上，他是一个多么了不起的人，他有一颗多么了不起的心，他是多么仁慈善良，怎能像虎狼之辈一样吞噬他的美好生活呢？怎么能颠覆他对婚姻生活的认知呢？怎么能让他也深陷绝望中不能自拔呢？怎么能让他也感受到不忠实的背叛在心理上形成的负面影响呢？怎么能让他本来受尊敬的生活受人指摘、遭人贬损呢？……

　　无法遏制的激情，无法取缔的负罪感，无处安放的悸动都在噬咬阿娜，让她痛不欲生，又害怕因此产生的一系列负面效应。她害怕这隐秘会暴露在大庭广众之下，她害怕众口悠悠……似乎只有自杀才能保全自己，才能遮掩一切，才能保全丈夫的名声，为了几天真正的自由，为了生命的激情，为了冲开曾经的压抑，竟付出生命的代价，得不偿失啊！可这才是真正的自己啊！这才是自己的真性情啊！人活一世，难道要委委屈屈，压制自己的本性，假面人生吗？那宁可没有来过世间。克里斯多夫愿意和自己一起奔赴死亡。可是，死亡也是无比奢侈的！自杀是很难做到的。经不住种种压力和恐惧，阿娜一下子病倒了，奄奄一息，徘徊在生死边缘。活着是如背负大山一样沉睡吗？死亡是倾心相与的吗？结束一切挣扎，结束一切痛苦，结束一切磨难，结束一切压抑，结束一切向往，欣然接受死亡。可生命本不就是磨难吗？如果就这么轻言放弃，轻而易举走向死亡，自己的一生岂不是浪费了吗？岂不是一败涂地？岂不是直接下地狱了吗？所有的痛苦、挣扎，所有的压抑、坚持，所有的希望、向往都会逝去的，那平白无故遭受的苦，那不甘屈辱的心，那终日虔诚的祈祷，那秉承一生的信仰不都成了笑话吗？自己的人生不也成了一场笑话吗？克罗姆也会被人说三道四，也会授人以柄，成为人们茶余饭后的谈资。这么善良仁慈了不起的心，也会遭受世俗社会的污蔑和践踏，这怎么可以呢？阿娜的求生意志又被唤起了，她得活！

和克里斯多夫的结合令阿娜的内心深处无比煎熬，此前她过着严格的自律生活，严格的宗教信仰，有条不紊的生活，颇有规律的日常生活。她把贞洁看得无与伦比的重要，痛恨一切淫秽之事，把它们看成一种罪恶，可是绝没有想到过着近似清心寡欲生活的自己竟然没有抵抗住音乐的诱惑，成了俘虏。她的所有生活、所有秩序全部被打破了，在本我和超我的剧烈冲突中，她困惑不已，不知道该向谁臣服。而克里斯多夫选择逃离，把她一个人扔下，让她一个人在痛苦的旋涡中挣扎，多么自私的男人，唤醒了自己的生命本能，复苏了自己的生命意识，和自己发生了践踏传统道德的关系，却一个人逃之夭夭出去躲清静了，让阿娜自己一个人面对这尴尬的所有。阿娜也想离开，离开这个让她窒息，让她挣扎，让她曾经心怀感激现在却又令她无比害怕的家！她的心烦躁不安，狂躁不止，她无法面对自己，无法面对他人，更无法面对自己的丈夫克罗姆。在这小城，有一点风吹草动都会让人瞩目，突破伦理，会被钉在耻辱柱上的。阿娜内心矛盾不已，惶恐不安，她整夜睡不着觉，这种折磨，无论白天黑夜，都让她痛不欲生。

阿娜除了吃饭的时间，整星期都关在房里。她又恢复了平时的意识，习惯，和一切她自以为已经摆脱、而实际是永远摆脱不掉的过去的生活。她故意装作看不见一切，可是没用。心中的烦恼一天天地增加，一天天地深入，终于盘踞不去了。下星期日，她仍旧不去做礼拜。但再下一个星期日，她又去了，从此不再间断。她不是心悦诚服，而是战败了。上帝是个敌人，——她竭力想摆脱的一个敌人。她对他怀着一腔愤恨，像个敢怒不敢言的奴隶。做礼拜的时间，她脸上冷冷的全是敌意；心灵深处，她的宗教生活是一场对抗主子的恶斗，主子的责备对她是最酷烈的刑罚。她只做不听见；她和上帝争得很凶，咬紧牙关，脑门上横着皱痕表示固执，露出一副狰狞的目光。她恨恨地想起克里斯多夫，不能原谅他把她从心灵的牢狱里放出了一刹那，而又让她重新关进去，受刽子手的磨难。她再也睡不着觉了，不论白天黑夜都想着那些折磨人的念头；她可不哼一声，硬着头皮继续在家指挥一切，对付日常生活也始终那么倔强固执，做事像机器一样有规律。①

　　虽然日常生活表面上照旧，可人却迅速地瘦了。克罗姆虽不知道阿娜具体发生了什么，却无比担心，想为她检查身体，她毅然拒绝。因为克罗姆，自己才备受煎熬，虽然深感惭愧，但对待他也不知不觉残忍起来。平时被封锁的情欲的妖魔鬼怪，都纷纷跑出来噬咬她、折磨她，因理智、宗教这道防线已溃不成军，妖魔鬼怪更是猖獗，疯狂地颠覆一切，誓要毁掉阿娜。

　　克里斯多夫回来了，二人谁也没有办法把这该死的情感压下去，两个人又都放不下彼此，不能拥有彼此，分开受不了，又不能在一起，两难选择，陷入死局。三人之中，必有消亡，杀了克罗姆，二人正大光明地在一起，一切就都云开雾散。可是不能杀他啊！这样一个好人，他们都知道，怎么能杀死这么好的人。阿娜知道自己不可能杀死自己的丈夫，也不允许任何人伤害他，她不能欺骗自己的丈夫，也不能和克里斯多夫一走了之，撇下丈夫，让他像个傻瓜一样受人怜悯，让人讥笑嘲讽，成为人们茶余饭后的谈资。可是自己该如何面对克罗姆呢？他已经发现事情的端倪了，如果他获悉事情的全部真相，他该是何等的绝望和悲痛啊！当然，他不会责怪阿娜，不会恨阿娜，也不会埋怨克里斯多夫，他只会恨自己，恨自己不能给阿娜她想要的生活，恨自己的无能，恨自己的多余，他会感到何种程度的绝望啊！他还会自暴自弃，无比消沉低迷，会毁了他自己。克罗姆本是无比善良的人，一生行善积德、救死扶伤，却因为自己的好心毁了自己，怎能如此呢？怎么能毁了这么好的一个人呢？那么，只能毁灭自己了，阿娜决定自杀，唯有自杀，才能结束一切苦痛，结束内心无与伦比的煎熬，结束不可跨越的障碍，终止内心的复苏，遏制住内心深处的追求。是时候做个了断了，社会上已经风言风语，有所察觉了，必须顾虑到克罗姆，顾虑家庭关系、社会责任、社会关系，必须对家庭负责，必须对家人尽责，绝不能让流言蜚语毁了自己，毁了克罗姆，也摧毁了这个家。人言可畏，无论怎样逃离，怎样小心翼翼，怎样隔离自己，在这小城里，都无法逃避，自己完全是赤裸裸的，没有秘密，没有隐私，没

①　罗兰．约翰·克里斯多夫［M］．傅雷，译．北京：人民文学出版社，2012：798.

有自己，什么都不属于自己，既然如此，就结束这一切苦痛吧！

　　唯有死亡才能使自己解脱。但自杀失败了，煤气、开枪都没有成全自己，克里斯多夫愿意陪自己赴死，这多么令人欣慰啊！可关键是自己死不了。阿娜再也忍受不了，再也坚持不住，她病倒了。这场病来得太突然了，也太及时了。阿娜处于极度虚弱的状态，放弃了内心深处的挣扎，不再做无谓的反抗，整天一动不动，脉搏微弱到了极点，濒临死亡。到了第二天，阿娜的眼睛睁开了，却没有任何表示，仍是一动不动，只盯着墙上的一角。上帝还是让她继续活下来忍受生命的屈辱和压抑，可是，她的生命也曾挣开了一道口子，激情涌现，音乐敲开了她的心门，克里斯多夫点燃了她的生命，可却如昙花一现，转瞬即逝了，留下了无尽的烦忧和郁闷。上帝啊您开了一个多么大的玩笑啊！她神思恍惚了，如梦如醒，如痴如醉，让人捉摸不透，她现在已无任何斗志和生存意志，她没有任何求生或赴死的念头，完全把自己的生死交给了上帝，完全把自己的身体交由丈夫照顾。

　　　　克罗姆看见她大颗大颗的眼泪从消瘦的腮帮上直淌下来，便很温柔地替她抹着，但她始终流着泪。克罗姆喂了她一些东西，她完全听人摆布；晚上又说了些没头没脑的话，提到莱茵河，想跳下去，可是河水太浅。她迷迷糊糊地始终自杀的念头，想出种种古怪的死法，而老是死不了。有时她不知跟什么人在哪里争论，神气又愤怒又恐惧；她也跟上帝对话，固执地向他证明是他错了；再不然是眼中燃烧着情欲的火焰，说出一些她似乎不知道的淫荡的话。一忽儿她注意到巴比（女仆），清清楚楚地吩咐她第二天应该洗的衣服。夜里，她昏昏地睡着了；忽而抬起身子，克罗姆赶紧跑上去。她神情好古怪地瞅着他，结结巴巴的，很不耐烦的，胡说一阵。①

　　阿娜心中仍有克里斯多夫，可是像笑话一样，时刻讽刺着自己，唯有上帝能让自己解脱。唯有向上帝告罪，求救赎才能令自己回到往日的宁静中，唯有祈祷才会让自己的心不再沉沦，不再失去理性，不再让情欲压倒自己。

---

①　罗兰·约翰·克里斯多夫［M］.傅雷，译.北京：人民文学出版社，2012：809.

阿娜向命运妥协了，再次皈依上帝，回归丈夫，回到她以往的生活中。阿娜再不能和克里斯多夫有任何的瓜葛了。可这才是阿娜的生命啊！这才是她真正的自己啊！上帝啊，你为什么如此残忍，这是你的考验吗？阿娜没有好的出身，身份暧昧，从未有过父母的疼爱，没有任何温情的陪伴，有的只是枷锁处处限制自己的成长，没有任何的欢愉消遣，没有任何休闲快乐，在摧残自我的身体过程中感受麻木的神经，感受生命的快感。阿娜在自我的成长过程中，没有自我，没有朋友，没有灵魂，静默无闻、悄无声息的生命像蝼蚁一样，幸运的是她遇到一片好心的克罗姆，他娶了自己，终于有了一个属于自己的家，有人可以接纳自己，接纳阴郁不完美的自己。以为自己的生命不再有任何涟漪，为什么非要再激活生命的原始动力，而且还要伤害克罗姆，虽然有了朋友和灵魂，可这代价怎么能承担得起呢？阿娜又一无所有了，又重新失去了一切，身心交瘁，一切都被毁灭了。上帝啊，把肉体和灵魂都收走吧！已经不堪重负了。所有的毁灭和颠覆都是为了重建。得重生啊！阿娜又活过来，回到原来的生活，回归上帝的信仰，回到关切自己的丈夫身边。让克里斯多夫永埋心底吧！

阿娜就像一只迷途知返的羔羊，迷失在生命的情感激流中，挣扎在情欲的旋涡，徘徊于对丈夫的忠贞和自己生命的热情中，还要顾忌社会舆论的重重阻力。突破自我、点燃生命是一个异常艰辛的过程，处处充满诱惑，有的时候让人无法克制，终会沉沦，体味别样的人生，但过后能够分辨出什么才是真正的人生，什么是自己该放弃的，什么是自己该秉持的，什么是该坚持的。毕竟在这个世界上我们不仅仅是个体，不仅仅是我们自己，我们还是社会中的人，有家庭，有父母，有丈夫，有子女，有使命，有责任，有担当，有舍有得，才能成就自己，也能成就我们最在乎的人。在婚姻、家庭和社会生活中，我们发现我们委屈了自己，是为了更好地存在！我们牺牲了自己的某些方面，也成就了一些非凡的方面！

三、母爱的守护

格拉齐娅和克里斯多夫在瑞士的一个小城重逢，多么大的意外和惊喜，二人却都没有表现出太过强烈的欣喜，两个人的高兴都是平和淡然的，好像面对的是再平常不过的一件事情。经历了什么样的创痛和磨难，才会让两个阔别十年的好友、知己表现得如此平静淡漠、不动声色呢？他们怎么都变得如此心平气和，风轻云淡呢？克里斯多夫唯一的朋友奥利维死去了，又和阿娜有那样刻骨铭心却又不堪入目的过往，一个接一个的致命打击，颠覆了克里斯多夫以往的世界观和价值观，他在迷惘和无奈中徘徊，在生与死的旋涡中挣扎，在绝望中寻找凤凰涅槃的生机，经过了种种剧烈的思想斗争，终于脱胎换骨，有了看似平和却又孤独的新生。

格拉齐娅经历的磨砺更多，和克里斯多夫意外重逢在异国他乡，却强打精神勉强开口，对待儿时的好友、一生的挚爱竟然如此心不在焉，可见平时的状态一定是郁郁寡欢的，要不是有两个孩子作为支撑，怕是早已绝尘而去。故友重逢，她是喜出望外的，可又顾虑重重，约定再次见面的地点是在人多嘴杂的旅馆大堂，她害怕自己克制不住长期压抑的孤独，也怕克里斯多夫的多情。格拉齐娅处处设防，小心翼翼，明明想见克里斯多夫，却又寻找借口，百般推脱，言行不一。

再见克里斯多夫时，格拉齐娅的丈夫死了，死于决斗。寥寥几字，却把格拉齐娅不幸的婚姻生活展露无遗。格拉齐娅是无比坚贞的，即使面对儿时就深深喜欢的克里斯多夫，因为自己已经结婚，给他的也只是平静而伟大的友情，那么面对其他形形色色的男人，拒绝就更是轻而易举了。而自己的丈夫是个处处留情的花花公子，他的情妇、女友一定都泛滥了，自身漂亮，出身高贵，也有相当的魅力，沉浸在不知节制的情欲生活中。死于决斗，不难想象一定是为了争某个上流社会备受欢迎的交际花，或者是被有妇之夫的丈夫发现，反正所干的事情并不怎么光彩，死得却像是一个大丈夫，无尽的悲伤和压力只有格拉齐娅一个人承受。

格拉齐娅出生在意大利一个静寂无人的乡下，在万籁俱寂的村野成长，无人干涉她的自由遐想和行动，无人打扰她自己编制的多彩的梦，感受生命的静憩和美好。

> 在小格拉齐娅周围，生命似乎睡着了。人家不大理会她。她是在恬静的空气中自由自在地长大的。那么平静，那么从容。她性子懒懒的，

喜欢东溜溜，西逛逛，没头没脑地尽睡。她会在园子里几小时地躺下去。她在静默中飘飘荡荡，好似一只苍蝇在夏日的溪水上轻轻抚弄。有时，她无缘无故地突然奔起来，奔着，奔着，像一头小动物，脑袋与胸脯微微向右边侧着，非常轻灵，自然。她简直是头小山羊，就为了喜欢蹦跳而在石子堆里溜滑打滚。她和小狗，青蛙，野草，树木，种田的人，院子里的鸡鸭，唠唠叨叨地说话。她疼爱周围的一切小生物，也很喜欢大人，可是不像对小东西那么无所顾忌。她不大见到外界的人。庄子离城很远，完全是孤零零的。尘土飞扬的大路上，难得有个满面正经，拖着沉重的脚步的农夫，或是一个眼睛发亮，脸孔紫铜色的，美丽的乡下女人，昂着头，挺着胸，摇摇摆摆地走过去。格拉齐娅在静悄悄的大花园里独自消磨日子：一个人也不看见，后来不厌烦，对什么也不怕。①

后格拉齐娅的母亲去世了，因父亲没有能力管好女儿的教育，被姑妈带到巴黎了，幽静、谦虚，怀揣着纯洁美好和善意来到了巴黎。这时就跟表姐高兰德和克里斯多夫学琴了，因为克里斯多夫的音乐大受感动，幼小的心灵受到感染，慢慢就钟情于克里斯多夫了。因克里斯多夫性格刚直，对人对物完全凭着自己的喜恶，在上层社会并没有什么真正的朋友，后来和高兰德也闹掰了，自然而然只剩下了自己，格拉齐娅在内心深处与周围的人决裂了。一首大家听着都打哈欠的音乐，格拉齐娅却听得感动落泪，因不愿意让人发现，更不愿意听众人嘲笑克里斯多夫而溜走了。自此之后在她的内心深处把克里斯多夫当成重要的朋友，引为知己，若一起受到责难，哪怕只是把克里斯多夫的名字和她联系在一起，即便是批评，也是高兴的。在她的心中，克里斯多夫已和她融为一体。甚至和高兰德表姐决裂了，不再唯她马首是瞻、唯令是从了，只因为格拉齐娅从克里斯多夫的角度看到高兰德的卖弄风情和虚荣虚伪，开始厌恶她的表姐了。后来克里斯多夫不再来了，格拉齐娅就更痛苦了，想离开巴黎。后因为听见、看见大家对克里斯多夫刻薄的议论、嘲笑，伤心难过又无力排解，终于回到了意大利，又和她喜欢的大自然重聚了，

---

① 节选自罗兰. 约翰·克里斯多夫［M］傅雷，译. 北京：人民文学出版社，2012：457.

过着单纯和宁静的日子。对克里斯多夫的爱也一直深埋心底，在心灵深处燃烧，像一朵静止不变的火焰，内心深处坚定地支持克里斯多夫，不因岁月的变迁有任何的改变。

成年后美丽漂亮、魅力非凡的格拉齐娅嫁给英俊的伯爵，又置身在巴黎这个曾让她又爱又恨的地方时，她发现儿时在她心里就扎根的克里斯多夫的生活境遇没有得到太大的改变，还是一直处在舆论的旋涡，有人要对他大做文章、大兴讨伐时，她凭借自己的魅力，略施手段，那些对克里斯多夫的贬低言论就寂静无声了，甚至报界还开始赞颂克里斯多夫，甚至还收获了真正的声名、赞誉、邀请，名利双收。当然，克里斯多夫对此是不甚在意的，多年征战已经铸就了他钢铁般的意志，四面楚歌也罢，剑拔弩张也好，他全然不会放在心上，已经习惯了与人为敌、处处受排斥的境遇，早已见惯了当权派的嘴脸，好坏都不甚在意，所以，有人替他出头他也感到不足为奇，也不去探究各种原因，甚至有人告诉他是伯爵夫人的青睐，他也不想知道伯爵夫人是谁。格拉齐娅也不甚在意，内心深处更为坦然，甚至内心暗暗高兴，克里斯多夫一直没有变，还是她心中的模样。两人还是相见了，在大使馆的音乐演奏会上，克里斯多夫作为特邀嘉宾，当人们告诉他这就是伯爵夫人时，那么亲切的笑容，毫不做作的仪态万千，那么友好的似曾相识，哦，格拉齐娅，他记忆中儿时的格拉齐娅已出落得亭亭玉立，成为大家闺秀了。

格拉齐娅二十二岁了，一年前嫁给了贵族出身的和奥国首相有亲戚关系的裴莱尼伯爵，因为伯爵的社会关系，加上自己本身的不凡魅力和处事智慧，再加上自身的美丽漂亮，从前害羞胆怯的少女竟在巴黎社会一跃成为最受瞩目、最讨人喜欢、最有魅力的年轻太太之一，因为与生俱来的平静的心，依旧保持恬静淡雅的心境，所以在鱼龙混杂的巴黎社会更受欢迎，她也懂得运用，所以如鱼得水，能很好地运用自己的影响力，还能较好地保持自己的独立性，在巴黎社会这个大染缸中，做到出淤泥而不染，如鱼得水，游刃有余，总是用善意和亲切的笑容遮掩她的厌恶，克里斯多夫声名鹊起就是她帮忙的。

她没忘记她的好朋友克里斯多夫。当年不声不响的抱着天真的爱的女孩子，固然已经不存在了，现在的格拉齐娅是个极有理性而全无荒唐

幻想的女人，对于自己幼年时代的夸大的感情觉得又甜蜜又可笑。但是想到这些往事，她照旧很激动。关于克里斯多夫的回忆的确是她一生最纯洁的岁月的回忆。她听到他的姓名就感到愉快；他每次的成功都使她非常高兴，好似其中也有她的一份：因为他的成就是她早已预感到的，她来到巴黎以后就想法寻访他，邀请他，在请柬上加注她少女时代的名字。克里斯多夫没有留意，把请柬往垃圾箱里扔掉了。她并不生气，继续暗暗地留神他的工作，甚至也探听他的生活状况。最近使报纸上抨击克里斯多夫的笔战突然停止的，便是由于她的力量。淳朴的格拉齐娅和报界没有多大交际；但为了帮助一个朋友，她能够运用狡猾的手段，笼络那些她最不喜欢的人。她把猖猖狂吠的报纸经理请来，略施小计就使他大为颠倒；她满足了他的自尊心，把他收拾得服服帖帖：仅仅在无意间提了一句，表示人家对克里斯多夫的攻击很诧异也很可鄙，那攻击就立刻终止了。经理把预定在第二天刊出的一篇谩骂的文字临时抽掉；执笔的记者请问他理由，反而挨了一顿骂。他还更进一步，吩咐他的走狗之一在十五天制造一篇热烈恭维克里斯多夫的文字；结果当然是照办，文字的确写得很热烈，可也是荒谬绝伦。她又发起在大使馆内举行几个演奏克里斯多夫作品的音乐会，更因为知道他有心提拔塞西尔，也就帮助那年轻的女歌唱家显露头角。末了她利用和德国外交界的交谊，慢慢得用着巧妙的手腕，使当局注意到被德国判罪的克里斯多夫。她无形中促成了一种舆论，准备向德皇要求特赦，让一个为国增光的艺术家能够回去。又因为这个特赦不能希望立刻实现，她设法使人答应克里斯多夫回故乡去逗留两天而假作痴聋。①

当格拉齐娅和克里斯多夫终于见面时，喜悦溢于言表，说什么都不重要了，重要的只有他们自己，一切都消失了，所有的人，所处的环境都消失了，只剩下他们两个人，他们谈着过去，谈着只和他们自己有关的事情，突然，一切美好都被打破了，因为格拉齐娅的丈夫被介绍给了克里斯多夫，所有的

---

① 罗兰．约翰·克里斯多夫［M］．傅雷，译．北京：人民文学出版社，2012：720.

声音又回来了，聚会的热闹又来到了眼前，克里斯多夫心中的光明熄灭了，心里立时冰冷，沉默地回礼，立刻走了。隔了很长时间，克里斯多夫才去看格拉齐娅，格拉齐娅就要离开巴黎，他们倾吐了彼此的心声，格拉齐娅对克里斯多夫说起了她初遇他的时代。那时格拉齐娅年龄虽小，却怀有对克里斯多夫满腹的柔情，能体会和理解他的苦闷和无奈了，都能够与他感同身受了。为他的痛苦而痛苦，甚至比克里斯多夫本人感受到的痛苦还要强烈。因为表姐高兰德的原因，克里斯多夫经常被惹火，自然一同学琴的格拉齐娅就代为受过，成为迁怒的对象，这让格拉齐娅手足无措，又惊又怕，琴弹得自然是一塌糊涂，受到克里斯多夫无情地指责，格拉齐娅因此倍感伤心，把眼泪都哭尽了。克里斯多夫哪里知道这个看起来少不更事的小姑娘在心底深深地爱着他，哪里知道这个看起来柔弱无比的小姑娘在和他并肩作战？在格拉齐娅的内心深处一直深深眷恋着克里斯多夫，默默地在心中和他对话，远远地关注着克里斯多夫，她注定会成为克里斯多夫的密友，和他并肩同行。

格拉齐娅平和恬静娓娓道来，这种亲切又天真的谈话使克里斯多夫感到快乐，空气中弥漫着爱的氛围，克里斯多夫感受到格拉齐娅的温情和爱意，这种纯真的爱恋沁润了克里斯多夫暴躁、易怒、坚强、勇于反抗、积极昂扬的性格，她在他的内心深处如同火焰一般熊熊燃烧，不再平静。格拉齐娅发觉克里斯多夫爱着自己，克里斯多夫也发觉了，可是格拉齐娅只能给他恬淡的友谊了，因为她已成为他人的妻子。带着深深的遗憾和不舍，他们就此分别了。在当时的社会，情妇情夫早已司空见惯，格拉齐娅的丈夫就处处留情，到处拈花惹草，巴黎社会的已婚贵族都如此，稍有影响力的女人基本都有情人，很多男人都寻找情妇，屈膝在女人的石榴裙下，以改变自身的窘境，从而爬上统治阶级地位。格拉齐娅和克里斯多夫两情相悦，完全可以在一起，同时还有助于增长两个人的名气，他们的爱情故事一定会被津津乐道。格拉齐娅是一个有丰富情感又颇有理性的贵妇人，她更注重自己的家庭、自己的家人，即使知道丈夫对自己的背叛，她也把自己的家庭放在第一位。而克里斯多夫于她而言，就是初恋，是最美好、最热切的怀念，再到巴黎，她时刻关注着克里斯多夫的动向，急他所急，忧他所忧，为他平复所有的不公和不平，为他的成功和声望积极奔走，恨不能给他全世界。可虽然能为克里斯多夫做一切事情，却不能和他在一起，致自己的家庭于舆论的风口浪尖。格拉齐娅始终把自己的家庭放在最重要的位置，从未忽略过自己对于家庭的责任。

格拉齐娅与克里斯多夫再次相遇，竟是阔别十年有余。两个人都历经磨砺、坎坷，格拉齐娅已是一身孝服，陪伴她的是一对儿女，丈夫因与人决斗而亡，丢下妻子儿女。细数十余年的生活，真是苦不堪言，丈夫经常寻花问柳、招蜂引蝶，喜欢结交社会名流，喜欢追求演员，不忠于自己的家庭，不重视自己的家人，不尊重自己的妻子，肆无忌惮地在外寻欢作乐，为了见风使舵遭人唾弃的情妇，竟然丢了自己的生命，真是愚不可及。只落得格拉齐娅疲于奔命，家庭的全部重担落在了格拉齐娅身上，而她也承担起这个沉重的责任，她一向把家人看得重于泰山。

格拉齐娅美丽端庄，性格又温柔、安静，心地善良，性情温和，社交能力强，是内贤外能。而丈夫依然在外边以各种各样的理由和其他女人卿卿我我，共度良宵。格拉齐娅是爱自己的丈夫的，但他的所作所为把她伤得体无完肤，不务正业、吃喝玩乐还不够，竟然还包养情妇，这让格拉齐娅怎么能忍受，如何能忍受得了！吵闹过后，不仅于事无补，格拉齐娅发现丈夫变本加厉，越来越肆无忌惮，都公开化了，成为人们的谈资和笑料。虽然这是普遍现象，格拉齐娅却很难接受，哪个全心全意爱自己丈夫的女人不希望自己的丈夫对待自己是专一的，是有始有终的，能把自己的所有都慷慨无私地给自己的妻子，给自己的家呢？一次又一次，伤心难过，每一次都是致命的打击，爱已经变成了锋利的刀子，只是刀尖向内，扎得自己好疼，却只能把所有的委屈、所有的侮辱、所有的疼痛、所有的不甘都深埋心底，慢慢堆积起来的这些负面情绪让自己日渐沉浸在悲伤中不能自拔，甚至开始自我怀疑，自我贬低，自我否定，会无缘无故地寻找自己身上存在的问题，久而久之，伤心转变成失望，乃至绝望。从一个对婚姻抱有美好憧憬的女孩终至唉声叹气的怨妇。同时，还要面对其他男人追求自己的事实，当身心疲惫，当不再执着于丈夫的爱时，还有一重诱惑，就是其他丈夫们或男人们也想成为她的情夫。而格拉齐娅是不屑于在丈夫之外再找男人的，她极其厌恶和丈夫以外的男人发生不伦不类的关系，其精神如此高贵，绝对容不下这看似平常实则龌龊无比的关系。可又不能得罪这些男人，只能小心翼翼地周旋着、应付着，不能和他们撕破脸，还要让他们抱有些许希望。表面上和他们谈笑风生，看起来漫不经心，实则处处小心周到，久而久之，就习惯性地在自己的内心深处营建了壁垒，把所有浮华的、虚伪的、虚假的、真诚的、可怜的一切都隔离在外。世界再热闹，也只剩下自己，孤苦无依，内心深处的不安和落寞只能一个人默默承受，无人可诉，华丽的外表下是枯寂的岁月无情。因为丈夫对自己的欺骗和背叛，让格拉齐娅的生活尽失色彩，她的生活也慢慢失去了希望，失去了温情，失去了幸福快乐，也失去了自己相对来说活泼开朗的性格，慢慢变得沉郁、变得安静下来。可随着家庭生活变得糟糕，她也不像以前那么热衷于社交了。十多年婚姻生活的不幸、丈夫的不忠，让她性格大变，颠覆了曾经的生活，但她没有怨天尤人，反而把更多的爱倾注于孩子身上，尤其是自己的儿子。当然，格拉齐娅可以选择拥有更好的生活，如像丈夫一样置家庭于不顾，自己寻欢作乐，把所有的责任都抛给管家、保姆、仆人之类的，或是抓主要方向，不苛待自己，让自己也有身心愉悦的生活方式。但格拉齐娅绝对不会这样做，因为她强烈的责任感，从始至终都把家人放在最重要的位置，这也是格拉齐娅最令人感动的地方，为了孩子，为了这个家，始终选择孑然一身。

丈夫决斗死了，终于可以把这些年的委屈和郁闷表现出来了，终于不用再掩饰自己，不用故作愉悦，可以正大光明地悲伤了。可实在忍受不了人们的嘘寒问暖，跑到了宁静的瑞士小镇，没有什么人认识自己，可以一个人平静地疗伤，可谁能想到竟碰到了多年不见的克里斯多夫。

因为两人都沉浸在无边的孤独中，多年未见的格拉齐娅和克里斯多夫意外重逢并未引起两人多大程度的惊喜和欢乐，平平淡淡地打着招呼，表示自己的意外，多年的苦难让这两个人都看淡一切。分别之后，重逢的喜悦才袭上心头，才发现自己孤寂了这么长时间，才发现自己多么需要一个知心人，才发现自己多么需要对方的友谊。可长期的习惯使格拉齐娅不能一下子释放自己的心灵，惯有的壁垒横在中间，不能让他们畅所欲言，也不能单独见面，对男人的防备和戒心也把克里斯多夫排斥在外了，这让克里斯多夫多少有点不高兴，格拉齐娅也有点内疚，当慢慢意识到克里斯多夫对自己的独特性和重要性后，才放下了壁垒。两个人可以单独见面，可以畅所欲言，可以倾吐心声，两个人都进入对方的心里，占有最独特的位置，他们成了彼此的慰藉和依靠，终于两颗孤寂的心靠拢了，他们再也分不开了。和过去的孤寂告别，他们重新拥有了生命，拥有了彼此。

因为彼此的存在，自己的生命熠熠生辉。格拉齐娅告别了曾经孤寂的岁月，不再像以前一样无奈无助，故作高冷，逢场作戏。十年的孤独，十年的愤懑，十年的郁积在两人重逢的几天内喷薄而出，经过泪水的冲刷，经过了生命的洗礼，两颗孤寂的灵魂在对方那里得到了安慰，感到自己的生命得到了庇护，自己的心有了可以停泊的港湾，爱和幸福充斥其间，无需多言，一切尽在不言中。他们靠着通信来维持他们的和谐，来维持他们恬静的友谊，维持他们羞于出口的爱恋，润物细无声，慢慢地坚定地朝对方靠拢，不畏人言，不畏风暴，一个娴静如水，一个暴烈如火，彼此间相互沁润，往更好的方向发展。

格拉齐娅拒绝了克里斯多夫的求婚，愿意和他保持最纯洁的友谊，不愿意让日常生活亵渎他们之间的纯洁关系，因为自己上一段婚姻的失败，不再相信婚姻，不相信他和自己的结合能够幸福美满，因为他们两个人的性格都太强了，无论谁为另一方妥协，都会失去本性，而这是格拉齐娅最不想看到的。如果自己妥协，她会再次失去自我，感受不到幸福，如果是克里斯多夫妥协，为自己改变，那么他终生所奋斗的事业将会受阻，她会毁了他的才华，这是她最不愿意看到的，克里斯多夫日后也一定会后悔不已的。所以，格拉齐娅让他们的关系保持为相互爱慕的纯洁关系。爱是存在于他们之间的，但不一定缔结为婚姻关系，也可以倾心相与，无话不谈，毫不拘束，之前无法抑制的激情转变成了一种淳朴的、恬淡的友谊，精神的爱胜过一切，渗透彼此的心灵，点燃二人的生命，两个灵魂交相辉映，都收获满满。告别了过去的孤独愁苦，变得恬静乐观，包容快乐。无论是在一起，还是飞燕传书，两个人都是幸福的。格拉齐娅很好地把握了两个人关系的度，恰到好处地保持了两个人的距离，既不让克里斯多夫心生妄念，也不拒他太远，发乎情而止于礼。

　　打破这一平衡关系的是格拉齐娅的儿子雷翁那罗，他聪明却很顽劣，弄虚作假，矫揉造作，身体羸弱却喜欢借题发挥，利用自己肺的脆弱而呈现病态的神经质，把母亲格拉齐娅管控得死死的，因为母亲总是对生病的孩子更宠爱一些，也因为大儿子的逝去，格拉齐娅更疼爱自己这个唯一的儿子。儿子的肺病复发，格拉齐娅只身带着儿子去了瑞士的一家疗养院，拒绝了克里斯多夫的陪伴。疗养院处处笼罩着死亡的气息，还有无尽的孤独徘徊，孩子的病也加重了，格拉齐娅倍感无助，焦急万分，却无可奈何。克里斯多夫如雪中送炭般及时赶到，这是格拉齐娅一直期望却不敢向克里斯多夫提的。克里斯多夫的到来如定海神针一样，驱赶了格拉齐娅的落寞无助。克里斯多夫全心全意、无微不至地照顾雷翁那罗，以前所未有的耐性和无微不至的关心细心陪护孩子，他们两个人也都感到了前所未有的快乐。终于，看起来没有什么希望的雷翁那罗病情好转了，格拉齐娅与克里斯多夫之间的关系也更为亲密，也变得更加神圣了。

　　格拉齐娅不再为了舆论、不再因为面子而隐藏和克里斯多夫的亲密关系了，她随时招待他，和他一起散步，一起去戏院，当着众人的面和他兴高采烈地谈话，别人都误认为他们是情侣。可事实上，他们还是朋友，亲密无间的最好的朋友，两人之间没有什么隐瞒，一切事情都互相商讨，格拉齐娅常常听从他的劝告，像妻子听从丈夫一样。他们之间的关系好像没有什么变化，又好像变了。格拉齐娅想给克里斯多夫更多的温情、更多的关心、更多的爱，她要和他结婚，让自己的人生不再有遗憾，让自己能嫁给真切关心自己的人，也成全他的人生，患难见真情，最好的结局就是有情人终成眷属了。可现实是残酷的，格拉齐娅的儿子雷翁那罗一向是厌恶克里斯多夫的，对待克里斯多夫非常粗暴，即使在生病期间享受克里斯多夫悉心照顾时，也是恶语相向，丝毫不掩饰对他的仇视。而且，雷翁那罗是能洞悉母亲的心理的，当感到母亲想要嫁给克里斯多夫时，就使出惯用伎俩，装病、咳嗽、上气不接下气，格拉齐娅觉得儿子是故意的，可又害怕是真的，害怕儿子的病更严重，因此对儿子百依百顺。雷翁那罗一看事情按照自己的意愿走，就愈演愈烈，利用母亲对自己的爱，使出浑身解数，阻止母亲和克里斯多夫在一起。

　　那孩子有种特别的本领会猜透母亲的心。只要眼睛一扫，就能知道对方的思想，从无数不可捉摸的征兆上看到。这种天赋，经过共同的训练当然更有进步，而在雷翁那罗是被他处心积虑的恶意琢磨得愈加尖锐了。阴损别人的欲望，使他眼睛格外明亮。而他又是恨极了克里斯多夫，从看到克里斯多夫的最初几天起，他对于他母亲曾经爱过的人就有了恨意。后来格拉齐娅心里想嫁给克里斯多夫的时候，仿佛孩子在直觉上是当场感觉到的。从此他就一刻不停地监视他们，紧跟他们，只要克里斯多夫来了，他就不肯离开会客室，或者正当他们在一起的时候出其不意地闯进去。更厉害的是，倘若母亲独自在家而暗中想着克里斯多夫的话，他会坐在旁边用眼睛盯着她，直把她看得非常难堪，几乎脸红了。她只得站起来遮盖慌乱的心绪。——他又挺高兴当着母亲的面用难听的话提到克里斯多夫。她要他住嘴。他偏偏说个不停。要是她想惩罚他，他就用害病来恫吓。这是他从小用惯而极有力的手段。他很小的时候，有一天挨了骂，就想出了报复的办法：脱光了衣服，赤裸裸地躺在砖地上叫自己受凉。——有一回，克里斯多夫带来了一个曲子，特意为格拉齐娅生日作的，不料被雷翁那罗拿去弄得不见了。后来人家在一口柜子里发现，已经给撕成一条条的了。格拉齐娅冒了火，把孩子狠狠地训了一顿。于是他又哭又叫，跺着脚，躺在地上打滚，大大地发了一场神经病。格拉齐娅吓坏了，只得抱着他，哀求他，答应了所有的要求。①

雷翁那罗的这一撒手锏有效地控制了格拉齐娅，屡试不爽，这个小坏蛋破坏了格拉齐娅和克里斯多夫在一起的美好时光，自然也破坏了他们的婚事，虽然他们格外珍惜，但也于事无补。格拉齐娅为了儿子，牺牲了自己的幸福。这种对子女盲目的爱，这种高尚的奉献精神和牺牲精神，葬送了母亲余生的

① 罗兰．约翰·克里斯多夫［M］．傅雷，译．北京：人民文学出版社，2012：884-885．

幸福，在某种程度上，也毁了儿子，为其没有出息的未来提供了无限的可能，把孩子培养得自私自利，这是一种相互伤害的结局。可多少母亲仍然是一叶障目，在盲目和一味地付出中埋没了属于自己的人生，这是类似于格拉齐娅这样的母亲的悲哀。

格拉齐娅和克里斯多夫的幸福就是毁在了雷翁那罗的手上，而且格拉齐娅认命了，不再做任何的反抗，放弃了和克里斯多夫肉体的结合，虽然他们精神上更紧密了、更契合了。可雷翁那罗非要把母亲和克里斯多夫分开，又拿出他的撒手锏要母亲离开巴黎、离开克里斯多夫，母亲伤心不已，却无力反抗儿子的无理要求，只能忍痛和克里斯多夫诀别。谁能想到，这一别竟是永别。雷翁那罗自作聪明，滥用自己的伎俩，终于让母亲厌烦起来，天天喊狼来了，当狼真的来了时，母亲也就不相信了。雷翁那罗的肺病开始蔓延，贻误了最佳的就医时间，他没有挺过去，死了。虽然雷翁那罗自作自受，死有余辜，可却给格拉齐娅无与伦比的打击，又一次陷入深深地自责中，再次失去儿子让她痛心不已，她的身体本就因为儿子的折腾变得脆弱不堪，哪经得起这么大的打击，一次流行性感冒就要了她的命，生命弥留之际，她有无尽的遗憾。她多么想见克里斯多夫啊！她多么希望克里斯多夫就在她的身边啊！她多么希望能和克里斯多夫度过最后的时光啊！可是她连笔都拿不起来，无法通知他，只能带着无尽的遗憾只身前往另一个世界，让女儿把戒指和想念留给克里斯多夫。何其悲哀，又何其无奈！

小结

女性主义在彰显女性权利层面有些激进、片面，一味地强调追求权利，主张女性要冲破一切障碍，包括社会、传统、道德、伦理、家庭等，却忽视了责任担当，忽略为人母、为人妻的合理义务，这是不能苟同的。但从另外一个层面，纵然女性主义有些诉求过于绝对化，可也对一些女性一味地在家庭里埋头苦干，在妻子、母亲的角色中持续深耕是一种提醒，一种警示，为女性活出真正的自我提供一种可能，一种借鉴，一个航标，一个方向。

在《约翰·克里斯多夫》这部作品中，安多纳德、阿娜、格拉齐娅的自我牺牲精神让我们感动不已，她们为了弟弟、丈夫、孩子舍弃了自己的幸福，甚至是生命，无私的奉献让人感慨万千，除了感动，也为她们感到不值，她们以牺牲自我的幸福为代价，但结局也不尽如人意。安多纳德把自己年轻的一生都给了弟弟，辛苦劳作，身心俱疲，体力透支，积劳成疾，终于供弟弟上了高师，安多纳德在完成自己的任务后带着对生命浓浓的不舍和对克里斯多夫浓浓的眷恋撒手人寰。可安多纳德的期望都付诸流水，奥利维因为厌恶老师工作的死板单调，感到教学工作无聊郁闷，竟然辞职了。因为没有经过社会的磨砺，处处不满，愤世嫉俗，勉强度日，虽娶妻生子，但妻子却背叛了他，与人私奔，这给他致命的打击，消沉落寞后，似乎燃起了一点生活的斗志，投身于写作，后在工人浪潮中为救他人被践踏而死。年轻的生命就这样陨落了。当然，对奥利维而言，这是一种解脱，毕竟活着比死亡更让他痛苦无奈，可他辜负了姐姐安多纳德舍命为他换得的生命和机会，安多纳德的苦心可谓白白浪费了。安多纳德的奉献，更多让我们感动，因为事出有因，家道中落，看尽人间冷暖，实属无奈之举。

阿娜彻底冰封了自己的心，在身体上忠实于丈夫，可早已心灰意冷，无情无欲了，再无任何的激情和兴致，把自己彻彻底底交给了上帝。和丈夫的生活也如死水一般，没有任何激荡人心的地方，如行尸走肉一般再无活力，两个人都小心翼翼，都不敢触碰内心深处的情思。枯寂、煎熬，日复一日年复一年，终于把自己熬成了毫无欲念的古板女人，内心深处却又备感压抑，在无数个漫漫黑夜细数生命的悲哀。阿娜出身不好，对于丈夫娶自己一直是心怀感激的，因为这份感激，取代了所有的感情，日子萧瑟，却不得不承受。婚姻中没有爱情是多么可悲的事情啊！

格拉齐娅因为儿子的反对，放弃了自己的幸福，在弥留之际，竟无力再见爱人一面，数不尽的相思，说不尽的后悔，道不尽的遗憾，为了儿子，拖垮了自己，毁了自己的幸福，儿子也夭折了，竹篮打水一场空。在类似于格拉齐娅这样的女性的人生中，追求自我幸福和家庭责任竟然成了取舍题，舍弃了自己，成全了家人，而结局却不尽如人意，以母亲的责任为己任，以大爱为依托，舍掉自己的爱情，在茫茫的人海中错过本属于自己的幸福，何其艰难，又何其伟大！所幸今天的我们不会再面临她们那样尴尬的处境，面临她们那样的选择，我们可以做出更好的选择。

随着女性主义浪潮的不断发展，女性在多个领域都取得了显著的进步。从受教育权到婚姻权，从政治到经济，女性逐渐摆脱了束缚，争取到了更多的平等与尊重。这一变化不仅体现了社会的进步，也反映了女性意识的觉醒。女性主义浪潮的发展为女性带来了更多的权利与机会，但同时也面临着许多挑战与困境。在这个过程中，我们需要关注女性的内心世界与情感需求，帮助她们在追求爱情的过程中保持理性与清醒，实现个人价值与社会价值的和谐统一。

西方女性主义强调个体的自我解放和权益，这无疑为女性争取平等权利提供了理论支持。然而，过度强调个体自由，却可能导致一些传统美德的丧失。比如，在婚姻中，女性可能会因为追求新鲜感和感官刺激而忽略对家庭的责任和义务。这种将个人自由凌驾于家庭伦理之上的观念，显然与我国传统的家庭观念和道德伦理相悖。

西方女性主义在追求个体自由的过程中，有时可能会忽视对家庭、社会等集体利益的考量。这种极端的个人主义倾向，不仅不利于家庭的和谐稳定，也可能对社会的和谐发展产生负面影响。因此，我们在借鉴西方女性主义时，应该保持清醒的头脑。西方女性主义在推动女性权益和社会地位提升方面也有很大的积极作用。在西方社会，女性主义运动为女性争取了选举权、教育权、工作权等一系列权益，使女性能够在各个领域都取得与男性平等的地位。这对我们来说，无疑是一种值得借鉴的经验。

在对待西方女性主义的问题上，要采取一种辩证的态度，既要看到其积极的一面，也要认识到其潜在的问题和局限性。在借鉴其有益经验的同时，也要结合我国的实际情况和文化传统，进行有针对性的改造和创新。只有这样，才能在保持传统美德的基础上，推动女性权益和社会地位的提升，实现真正的性别平等和社会和谐。

总的来说，任何一种理论都是一把双刃剑，既有其积极的一面，也有其潜在的问题，西方女性主义也不例外。因此在借鉴其经验时，必须保持清醒的头脑和批判的态度，取其精华、去其糟粕。只有这样，才能真正将西方女性主义的积极因素融入我国的社会主义精神文明建设中，推动女性权益和社会地位的全面提升。同时，也要坚定信念，坚信在马克思主义妇女观的指导下，一定能够走出一条符合我国国情的性别平等之路。

参考文献

［1］勃朗特．呼啸山庄［M］．张玲，张扬，译．北京：人民文学出版社，1999.

［2］季若曦．古希腊神话故事［M］．北京：中国华侨出版社，2013.

［3］奥斯汀．傲慢与偏见［M］．李继宏，译．天津：天津人民出版社，2016.

［4］托尔斯泰．安娜·卡列尼娜［M］．草婴，译．南京：译林出版社，2014.

［5］鲁迅．鲁迅全集［M］．广州：花城出版社，2021.

［6］罗兰．约翰·克里斯多夫［M］．傅雷，译．北京：人民文学出版社，2012.

［7］玛格丽特．飘［M］．黄健人，译．北京：中央编译出版社，2015.

［8］欧里庇得斯．美狄亚［M］．罗念生，译．上海：上海人民文学出版社，2015.

［9］哈代．德伯家的苔丝［M］．张谷若，译．北京：人民文学出版社，2020.

［10］勃朗特．简·爱［M］．张承滨，译．哈尔滨：北方文艺出版社，2016.

［11］张爱玲．张爱玲经典小说集［M］．北京：北京十月文艺出版社，2019.

后 记

作为赤峰学院文学院的教师，任教十年有余，本书作为第一部出版的作品，我内心感慨万千，有欣慰、有激动、有收获，更多的是感激。感谢我的家人，感谢我的舅舅范贵龙对我的帮助和支持，无论生活多么坎坷，都坚定地站在我的身边，义无反顾地支持我。

感谢赤峰学院学术专著出版基金资助出版，感谢赤峰学院蒙古学学院、文学院、科技处同仁给予我的帮助，为我解决后顾之忧。在此，特别要向文学院的王升书记致以最诚挚的感谢。此外，还要感谢赤峰学院文学院汉语言文学院的学生们，有你们才有我的作品……千言万语，唯有谢谢！

赵伟华